L'Aiguille creuse

ÉTONNANTS • CLASSIQUES

LEBLANC

L'Aiguille creuse

Présentation, notes et dossier
par FABIEN CLAVEL,
professeur de lettres

GF Flammarion

Le récit d'aventures
dans la collection « Étonnants Classiques »

DEFOE, *Robinson Crusoé*
JEAN DE LÉRY, *Le Nouveau Monde* (*Récits de voyage 1*)
LONDON (Jack), *L'Appel de la forêt*
MARCO POLO, *Les Merveilles de l'Orient* (*Récits de voyage 2*)
Robinsonnades (anthologie)
STEVENSON, *L'Île au trésor*
VERNE, *Le Tour du monde en 80 jours*

L'éditeur tient à remercier l'Association des amis d'Arsène Lupin (A.A.A.L., « La Résidence », c/o P.-A. Dumarquez, 4, rue du Président-René-Coty, 76 790 Étretat) pour avoir mis à sa disposition les clichés reproduits sur la première page du cahier photos.

ISBN : 978-2-0812-7562-1
ISSN : 1269-8822
N° d'édition : L.01EHRN000306.N001
Dépôt légal : mars 2012

SOMMAIRE

Présentation 7

Vie et œuvre de Maurice Leblanc 7
L'Aiguille creuse, un roman d'aventures 13
Réalisme et invraisemblance 20

Chronologie 27

L'Aiguille creuse

1. **Le coup de feu** 41
2. **Isidore Beautrelet, élève de rhétorique** 65
3. **Le cadavre** 90
4. **Face-à-face** 113
5. **Sur la piste** 137
6. **Un secret historique** 154
7. **Le traité de l'aiguille** 173
8. **De César à Lupin** 195
9. **Sésame, ouvre-toi !** 210
10. **Le trésor des rois de France** 228

Dossier 255

Avez-vous bien lu ? 256
Microlectures 257
Qui est Arsène Lupin ? 260
L'aventurier et l'enquêteur 267
Écriture d'invention 286
Pour aller plus loin 286

PRÉSENTATION

Vie et œuvre de Maurice Leblanc

Un auteur prisonnier de son personnage[1]

Les débuts

Maurice Leblanc naît en 1864 à Rouen. Avec ses deux sœurs, Jehanne et Georgette, il grandit dans un environnement aisé. Leur père est négociant en charbon ; leur mère est issue d'une famille de riches teinturiers. En 1875, le jeune homme entame des études brillantes au lycée Corneille, à Rouen. Il excelle notamment dans les matières littéraires et obtient son baccalauréat en 1882 avec la mention « assez bien ». Cependant, ni l'école ni le milieu bourgeois rouennais ne trouvent grâce à ses yeux. Il apprécie en revanche les vacances qu'il passe dans la maison de campagne de son oncle, à Jumièges, petite commune de Haute-Normandie où se trouvent les ruines d'une abbaye qui l'inspireront lorsqu'il créera le décor de *L'Aiguille creuse*. En parcourant toute la région à bicyclette, le jeune Maurice découvre également les fameuses falaises d'Étretat, qui bordent la Manche à proximité du Havre. En plus d'éveiller l'imagination féconde du jeune homme, ces lieux jouent un rôle majeur dans

1. Ces indications biographiques doivent beaucoup à la notice de Jacques Derouard, dans *Les Aventures extraordinaires d'Arsène Lupin*, Omnibus, 2004, t. I, p. 1173-1209.

sa formation littéraire : Flaubert et Maupassant, dont les œuvres rendent hommage à la Normandie, où ils sont nés, font partie des lectures du garçon, qui les admire et revendiquera sa filiation avec eux à de nombreuses reprises.

En 1888, après son service militaire, Maurice Leblanc s'installe à Paris, officiellement pour se former au droit, mais en réalité pour lancer sa carrière d'écrivain. Dès l'année suivante, il épouse Marie Ernestine Lalanne qui lui donne une fille : Marie-Louise. Un an plus tard, il publie sa première nouvelle, « Le Sauvetage », dans la célèbre *Revue illustrée*, puis, à compte d'auteur, un recueil de contes d'inspiration psychologique, *Des couples*, qu'il dédie à Maupassant. Ces œuvres ne rencontrent pas de succès. L'été, il se rend régulièrement sur la côte normande, à Vaucottes, non loin d'Étretat. Les relations qu'il y noue lui permettent d'entrer au journal *Gil Blas*, périodique prestigieux dans lequel paraissent nombre de ses contes, ainsi que ses premiers romans, publiés en feuilleton. Parmi eux, *Une femme* (1893), que saluent Jules Renard, Alphonse Daudet mais aussi Léon Bloy. Maurice Leblanc rédige également un article puis un roman à la gloire de la bicyclette : « Elle » (1894) et *Voici des ailes* (1897), assez bien accueillis. Entre-temps, en 1895, l'auteur a divorcé.

Des ambitions refrénées

Entouré d'artistes, Maurice Leblanc se fait une haute idée de la littérature et aspire à faire valoir son talent. À partir de 1895, il fréquente activement les milieux littéraires et en particulier le salon de sa sœur Georgette : celle-ci a épousé un poète reconnu, Maurice Maeterlinck (1862-1949), et reçoit régulièrement chez elle des écrivains réputés tels Oscar Wilde, Stéphane Mallarmé et Colette, ainsi que des artistes de renom tel Auguste Rodin. Dans cette atmosphère mondaine, Maurice Leblanc passe pour un dandy cultivé. En 1898, il est admis à la Société des gens de lettres – association d'écrivains fondée par Balzac en 1838, qui a pour but de protéger les droits des auteurs.

Dans l'espoir de faire reconnaître sa valeur littéraire, il publie en 1901 un roman autobiographique qui lui tient particulièrement à cœur et auquel il a beaucoup travaillé : *L'Enthousiasme*. Mais le texte passe inaperçu, alors même que la réputation de l'écrivain commence à être bien installée. C'est une cruelle déception pour Leblanc ; elle est suivie d'un second échec en 1906, celui de sa pièce de théâtre *La Pitié*. Il « renonce à faire du grand théâtre » et entreprend de « fabriquer des choses pour gagner de l'argent »[1].

Pour vivre de sa plume et s'assurer un train de vie confortable, Maurice Leblanc se tourne vers des productions plus attendues du public : il écrit quarante « contes sportifs » pour le journal populaire *L'Auto* (1903). À la Belle Époque, les Français se passionnent aussi pour les récits d'aventures et de mystères : le succès de Sherlock Holmes, célèbre détective inventé par Conan Doyle, s'étend au-delà de la Grande-Bretagne, et la presse française espère bien tirer profit de cet engouement croissant. C'est dans ce contexte que Leblanc donne vie à son personnage Arsène Lupin.

La naissance d'Arsène Lupin

Le gentleman cambrioleur apparaît pour la première fois en 1905, dans la nouvelle « L'Arrestation d'Arsène Lupin ». Ce récit n'était pas destiné à avoir une suite. Mais Maurice Leblanc répond à l'appel du directeur du journal *Je sais tout*, Pierre Lafitte, qui désire faire de lui « le Conan Doyle français[2] ».

---

1. Cité par Jacques Derouard, *Les Aventures extraordinaires d'Arsène Lupin*, *op. cit.*, t. I, p. 1180.

2. *Le Collier de la reine et autres nouvelles*, éd. Pierre Naugrette, Le Livre de poche, 2009, p. 8.

L'écrivain s'engage à écrire pour le périodique une série intitulée « La Vie extraordinaire d'Arsène Lupin ». C'est entre 1908 et 1909 que paraît dans *Je sais tout* son roman *L'Aiguille creuse*, considéré comme l'un de ses meilleurs textes. Le succès est foudroyant et inattendu. Cependant, Maurice Leblanc continue de penser qu'il est destiné à une littérature de plus haut rang : les romans fondés sur l'analyse psychologique ont à ses yeux plus de valeur que les récits d'enquête et d'action.

Ainsi, après son second mariage et la naissance de son fils, l'écrivain poursuit une double carrière : il rédige d'une part les aventures d'Arsène Lupin, d'autre part des romans « psychologiques ». Quand il signe un contrat en 1912 avec *Le Journal*, un autre périodique de l'époque, il propose *Le Bouchon de cristal* et trois autres romans, tous mettant en scène Arsène Lupin. Toutefois, il émet une condition à leur publication : le directeur du *Journal* doit accepter de faire paraître son roman sentimental, *Les Quatre Sœurs amoureuses*.

La Première Guerre mondiale

En 1914 éclate le conflit mondial. L'événement marque une rupture dans l'œuvre de Maurice Leblanc. L'écrivain est trop âgé et sa santé trop fragile pour qu'il prenne part aux combats. Il se lance alors dans une activité débordante au sein de la Société des gens de lettres, notamment pour rendre hommage aux écrivains morts au front, prévenir leurs familles, offrir des livres aux blessés et aux prisonniers, et donner des conférences à tonalité « patriotique ».

Néanmoins, il continue d'approfondir la figure d'Arsène Lupin dans des romans tels *L'Éclat d'obus* (1914), *Le Triangle d'or* (1917) et *L'Île aux trente cercueils* (1919). Parallèlement, il publie des *Contes héroïques* (1915) qui magnifient l'action des Français au cœur de la guerre. L'inspiration de Leblanc se révèle plus sombre et plus engagée.

Le retour à la sérénité

Il faut attendre 1922, date à laquelle paraissent en feuilleton dans l'*Excelsior* les nouvelles qui composeront le recueil *Les Huit Coups de l'horloge* (1923), pour que l'auteur délaisse le motif de la guerre qui a hanté son œuvre au cours des dernières années.

Maurice Leblanc est contraint d'abandonner ses activités au sein de la Société des gens de lettres en raison de problèmes de santé. Selon ses propres mots, il souffre d'un « système nerveux ultrasensible » : son tempérament angoissé l'empêche de travailler. En outre, il éprouve une profonde nostalgie pour la Normandie, où il a continué à passer presque tous ses étés. Il renoue peu à peu avec la société rouennaise. En 1921, il achète une villa à Étretat qu'il rebaptise « Le Clos Lupin » et qu'il fait remettre en état.

D'autres héros, un autre genre

Se résigner à n'être « qu'un » auteur de romans d'aventures n'a pas été chose simple pour Maurice Leblanc. En 1910, il a tenté de faire mourir son héros dans son œuvre *813* mais il l'a ressuscité dès 1912 dans *Le Bouchon de cristal*. Conan Doyle a connu la même mésaventure avec Sherlock Holmes : ayant tué son détective dans « Le Dernier Problème[1] » (1893), il l'a fait reparaître dans « La Maison vide[2] » (1903), cédant à la pression populaire et palliant ses difficultés financières par la même occasion. Pourtant, dans les années 1920, Leblanc a fini par accepter son statut de romancier populaire.

Bien plus, il s'est employé à créer d'autres héros (on peut citer : Dorothée[3], même si ses aventures rejoignent celles de

---

1. Nouvelle parue en 1893 et reprise dans le recueil *Les Mémoires de Sherlock Holmes* (1894).

2. Nouvelle parue en 1903 et reprise dans le recueil *Le Retour de Sherlock Holmes* (1905).

3. *Dorothée danseuse de corde* (1923).

Lupin, puisqu'elle doit résoudre une des énigmes laissées par la comtesse de Cagliostro, personnage qui traverse la vie du gentleman cambrioleur[1] ; Balthazar[2], héros d'une « parodie du genre » où, de son propre aveu[3], notre auteur « excelle » ; Jim Barnett[4], un détective privé fantaisiste, mais qui se révèle n'être autre qu'Arsène Lupin). Il s'est en outre essayé à des récits d'anticipation : *Les Trois Yeux* (1919) et *Le Formidable Événement* (1921). Le premier texte relate l'étrange découverte d'un chercheur français : sur le mur de son hangar apparaît un œil mystérieux, qui projette des images du passé, phénomène attribué aux Vénusiens, peuple extraterrestre. Dans le second, un journaliste assiste à la disparition de la Manche et découvre dans ses profondeurs une civilisation jusque-là inconnue.

Toutefois, seul le personnage d'Arsène Lupin lui procure une notoriété non démentie. Les droits d'adaptation de certains romans sont vendus en 1931 à la Metro Goldwyn Mayer (grande société de production et de distribution pour le cinéma et la télévision). En 1936, Radio Cité diffuse une adaptation radiophonique de ses aventures. Au fil du temps, le personnage a évolué : chauvin et vengeur dans les premiers récits, il s'est peu à peu transformé en défenseur de la veuve et de l'orphelin.

Maurice Leblanc meurt en 1941 en laissant, entre autres manuscrits, deux romans consacrés à son héros ainsi qu'un roman historique.

---

1. Voir p. 262.
2. *La Vie extravagante de Balthazar* (1925).
3. Dans le prière d'insérer qui accompagne l'édition illustrée de *La Vie extravagante de Balthazar*, en 1926.
4. *L'Agence Barnett et Compagnie* (1908).

L'Aiguille creuse, un roman d'aventures

Qu'est-ce qu'un roman d'aventures ?

Caractéristiques du genre

Jean-Yves Tadié indique que le roman d'aventures « est un récit dont l'objectif premier est de raconter des aventures, [...] qui ne peut [par conséquent] exister sans elles[1] ». Mais comment définir l'aventure elle-même ? D'après Jacques Rivière, elle est « ce qui s'ajoute, ce qui arrive par-dessus le marché, ce qu'on n'attendait pas, ce dont on aurait pu se passer[2] ». Cette définition recourt à l'idée d'événement et de surprise : le roman d'aventures est un récit dans lequel surviennent des péripéties, le plus souvent de manière fortuite. Un personnage rencontre des obstacles inattendus (fruits du hasard ou du destin) et doit les surmonter pour faire progresser l'intrigue : la narration est ainsi fondée sur une logique de l'action et du dépassement de soi.

De ce point de vue, tous les moyens sont bons pour conserver intact l'intérêt du lecteur. Bien plus, « tout, dans la narration, est organisé en fonction [de ce dernier][3] ». La place centrale qui lui est accordée est essentielle à la compréhension même du genre : un roman d'aventures doit plaire à son public. Il ne faut pas que le lecteur puisse reposer le livre avant de l'avoir terminé ! Pour parvenir à cet effet, les écrivains jouent du décalage

---

1. Jean-Yves Tadié, *Le Roman d'aventures*, PUF, 1982, p. 5.
2. Jacques Rivière, « Le Roman d'aventures », *La Nouvelle Revue française*, 1913.
3. Jean-Yves Tadié, *Le Roman d'aventures, op. cit.*, p. 7.

entre ce qui est normalement attendu et ce qui advient dans la fiction.

L'espace et la temporalité tiennent un rôle très important dans la construction du récit. Loin de se dérouler de manière linéaire, le roman d'aventures progresse généralement par à-coups : enlèvements, naufrages, poursuites, combats et autres événements extraordinaires entrecoupent la narration et lui confèrent un rythme particulier. En outre, les événements ne sont pas forcément contés dans leur ordre chronologique. Afin de préserver l'intérêt des lecteurs, les auteurs peuvent retarder au maximum les explications des zones d'ombre du récit et ne les élucider que lors du dénouement. Enfin, les romans d'aventures font preuve d'un goût prononcé pour l'exotisme, célébrant des espaces peu connus, voire inconnus...

Mais que serait l'aventure sans un héros pour la soutenir et l'incarner ? Ce type de récit fonctionne d'autant mieux qu'il est placé sous le signe du danger et qu'il valorise un personnage capable de se sortir de toutes les situations, même les plus périlleuses, et auquel le lecteur aime à s'identifier. Ce personnage est caractérisé par un mode de vie « hors norme » et par une aptitude à surmonter les obstacles. Il agit souvent en solitaire et poursuit un but idéal.

« Il n'y a pas de roman d'aventures sans héros préparé pour nous[1] », indique Jean-Yves Tadié. « Préparé pour nous », c'est-à-dire façonné par les attentes du lecteur. Aussi le héros meurt-il rarement – et les exceptions ne sont là que pour confirmer la règle. Pour autant, cela ne l'empêche pas de vieillir, de changer, de progresser et de souffrir. C'est d'ailleurs une différence importante entre le roman d'aventures et le conte, où le héros reste immuable.

---

1. *Ibid.*, p. 9.

Petite histoire du roman d'aventures

Perçu comme une littérature de divertissement, le roman d'aventures a souvent été considéré comme un genre dénué de valeur. Pourtant, ses origines sont anciennes et illustres : au IVe siècle, le Grec Héliodore contait déjà dans *Les Éthiopiques* une histoire d'amour à rebondissements, enchaînant naufrages, attaques de brigands et enlèvements. Ce roman commençait *in medias res*, c'est-à-dire qu'il plongeait immédiatement le lecteur dans l'action, inaugurant par là une tradition littéraire destinée à perdurer. Ses héros entreprenaient un voyage semé d'embûches vers une patrie quittée depuis longtemps. Ces deux motifs – celui des péripéties contrecarrant l'action des héros et celui du dépaysement (le voyage) – fondent la trame du genre.

Au Moyen Âge, ces récits prennent une coloration religieuse : le héros est soumis à une épreuve divine. S'il est pécheur, il ne peut réussir, comme Lancelot dans *Lancelot ou le Chevalier de la charrette* de Chrétien de Troyes (amoureux de la reine Guenièvre, le chevalier devient son amant, alors qu'elle est mariée au roi Arthur et que Lancelot doit servir son seigneur fidèlement).

Au XVIe siècle, le récit d'aventures subit l'influence du roman picaresque, un genre littéraire venu d'Espagne dans lequel des héros pauvres et marginaux subissent toutes sortes de déboires extravagants. Mais ce n'est véritablement qu'à partir de la fin du XVIIIe siècle que ce type de production s'intensifie : les progrès de l'édition permettent la naissance de collections telles que la « Bibliothèque bleue » ou les « Voyages imaginaires ». Au sein de ces séries, les récits d'aventures fleurissent et séduisent un lectorat populaire de plus en plus étendu, vu les progrès de l'alphabétisation.

Au XIXe siècle, le succès du journal et des romans-feuilletons accroît encore la popularité du genre : c'est la grande époque du roman d'aventures. On peut citer, avant même les *Voyages extraordinaires* de Jules Verne (1828-1905) – qui jouent à la fois sur le goût de l'exotisme et sur la fascination pour le progrès technique –, les œuvres d'Alexandre Dumas (1802-1870) et celles d'Eugène Sue (1804-1857). Dans le monde anglo-saxon, le roman d'aventures dispose de dignes représentants avec notamment Walter Scott (*Rob Roy*, 1818), Robert Louis Stevenson (*L'Île au trésor*, 1826), Fenimore Cooper (*Le Dernier des Mohicans*, 1826).

C'est au cours du XIXe siècle que les contours du genre se dessinent avec plus de précision. Malgré son succès, il subit le mépris des élites intellectuelles, qui lui reprochent l'invraisemblance de ses péripéties, le manque d'épaisseur de ses personnages et son objectif de séduction d'un public populaire. Si, jusqu'au XXIe siècle, il souffre d'une forme de discrédit dans le monde littéraire et se trouve très souvent confiné dans le rayon « littérature de jeunesse », il semble qu'il puisse rentrer en grâce, en empruntant par exemple des voies nouvelles, comme celles de la science-fiction et de la *fantasy*... Pourtant, le genre est aujourd'hui concurrencé par le cinéma, les bandes dessinées, les séries télévisées et les jeux vidéo, qui proposent au joueur d'être lui-même le protagoniste de l'aventure.

« L'Aiguille creuse, c'est l'Aventure[1] »

Une entreprise qu'on peut qualifier d'aventure romanesque mais aussi un roman d'aventures : telle est l'œuvre de Maurice Leblanc, texte composite mêlant des éléments caractéristiques du récit policier, du roman noir et du roman historique, pour mieux se fondre dans la catégorie du roman d'aventures.

1. Chapitre 10, p. 238.

À la croisée des genres

À première vue, *L'Aiguille creuse* semble se rattacher à la catégorie du récit policier. L'intrigue doit beaucoup aux grands ressorts du genre : un vol avec meurtre est commis dans la demeure du comte de Gesvre. Cet acte criminel se double d'un mystère : le cambriolage demeure incompréhensible, puisque rien n'a disparu. Pour éclaircir le mobile du larcin et du crime, une enquête s'engage, à laquelle participeront plusieurs enquêteurs tels l'inspecteur principal Ganimard et le fameux Herlock Sholmès[1]. Dès les premiers chapitres apparaît également tout le personnel traditionnel du roman policier : le juge d'instruction Filleul, l'inspecteur Folenfant, le substitut du procureur, le greffier Brédoux, le brigadier Quevillon. Les capacités de déduction exceptionnelles d'Isidore Beautrelet et l'intelligence supérieure d'Arsène Lupin doivent également beaucoup aux figures types du héros de roman policier, tel que l'ont dessiné les maîtres du genre : Edgar Allan Poe (1809-1849), Émile Gaboriau (1832-1873) et Conan Doyle (1859-1930)[2].

Pourtant, une fois le mystère du premier vol éclairci, l'intrigue s'enrichit d'éléments qui, eux, relèvent d'autres genres. L'enlèvement de Raymonde de Saint-Véran, puis la découverte de son cadavre et de celui de Lupin appartiennent aux lieux communs du roman gothique. Né en Angleterre dans la seconde moitié du XVIIIe siècle, ce dernier se caractérise par la peinture d'événements violents ou cruels, par son goût pour les choses du passé ainsi que par l'irruption fréquente du surnaturel. Plusieurs éléments de *L'Aiguille creuse* rendent hommage à ces récits noirs

---

1. Il faut signaler que Maurice Leblanc a d'abord fait figurer le personnage anglais sous son véritable nom, Sherlock Holmes, mais qu'il a dû modifier son parti à la suite de protestations de Conan Doyle qui n'appréciait pas le traitement qu'on faisait subir à son héros.

2. Voir le dossier, p. 267-276.

et romantiques : la crypte où se réfugie Lupin blessé, la belle jeune fille enlevée par un brigand qui tombe amoureux d'elle, la description macabre des cadavres (chapitre 3) qui contraste avec le ton général du roman.

Quand l'intrigue progresse, le texte tend à se rapprocher du genre du roman historique : le mystère de l'Aiguille creuse nous plonge dans l'histoire nationale. La mention du trésor des rois de France au chapitre 10 est l'occasion d'évoquer quelques grandes figures royales du passé. Au chapitre 5, il était déjà question de l'homme au Masque de fer.

Enfin, le rythme du texte, initialement publié en épisodes dans le journal *Je sais tout*, est bien celui d'un roman-feuilleton. Chaque épisode doit entretenir le suspens et prendre fin au moment où la curiosité est à son comble, pour inspirer au lecteur le désir de lire le numéro suivant. Les innombrables rebondissements de l'action et l'utilisation constante de dialogues répondent à cette exigence de vivacité.

Un roman d'aventures

Malgré ce « feu d'artifice narratif », il est aisé d'identifier dans *L'Aiguille creuse* les caractéristiques du roman d'aventures énoncées plus haut.

Les révélations sur le fond de l'affaire sont constamment retardées, ce qui permet d'entretenir à la fois l'attention et le plaisir du lecteur. Isidore Beautrelet lui-même n'hésite pas à faire patienter ses interlocuteurs, notamment le juge d'instruction. Il recourt aux effets d'annonce en promettant d'informer la presse des avancées de son enquête.

En outre, aucune question ne reste sans réponse. La vérité finit par voir le jour concernant le meurtre de Jean Daval et l'identité des cadavres trouvés sous l'autel de la chapelle dans la propriété du comte. Enfin, au terme de multiples péripéties, le mystère de l'Aiguille creuse est levé dans les dernières pages du texte.

Propres au récit d'aventures, les thématiques de l'obstacle et du dépaysement sont aussi présentes dans le roman : malgré sa perspicacité, Isidore Beautrelet emprunte des fausses pistes avant de saisir le fin mot de l'histoire. Le caractère historique de l'affaire de l'Aiguille est propice à faire voyager le lecteur à travers le temps.

Isidore Beautrelet et Arsène Lupin, les deux protagonistes principaux de l'histoire, répondent en tout point aux caractéristiques des héros de roman d'aventures, déclenchant immanquablement chez les lecteurs un processus d'identification : les plus jeunes se projettent dans le rusé Beautrelet – comme eux, il a une famille, des amis, et fréquente un lycée –, les autres dans l'intelligent Lupin. Sa manière de jouer avec les représentants de la loi et ses amours malheureuses lui valent l'empathie du public. D'ailleurs, rien de fâcheux n'arrive aux héros : bien que Raymonde, puis Isidore et Sholmès tentent d'abattre le gentleman cambrioleur, celui-ci s'en tire systématiquement ; frappé par Brédoux et victime d'un attentat alors qu'il est sur sa bicyclette, Beautrelet se remet rapidement.

À la lumière de ces arguments, c'est bien à la catégorie du récit d'aventures qu'appartient l'œuvre de Maurice Leblanc. Rappelons que l'auteur lui-même préférait pour ses textes les expressions « roman d'aventures mystérieuses », « contes d'aventures » ou « romans d'action et de mouvement » à l'expression « romans policiers »[1]. Comme l'indique Jean-Pierre Naugrette dans son édition du *Collier de la reine et autres nouvelles*, « Lupin n'est ni simplement cambrioleur, ni seulement détective, c'est un aventurier qui échappe aux étiquettes trop commodes[2] ».

1. *Le Collier de la reine et autres nouvelles*, éd. cit., Le Livre de poche, 2009, p. 10.
2. *Ibid.*, p. 12.

Réalisme et invraisemblance

On a souvent accusé le roman d'aventures de multiplier les péripéties les plus extravagantes sans tenir compte de la vraisemblance. Qu'en est-il de *L'Aiguille creuse* ? Peut-on dire que Maurice Leblanc s'est attaché à donner l'illusion de la réalité ? Ou bien son roman doit-il définitivement être placé du côté de l'imaginaire et de la pure fiction ?

Réalisme : le pays cauchois dans les années 1900

L'auteur s'est efforcé de décrire fidèlement la réalité, en particulier au début du roman. Il ne cesse de préciser le cadre spatio-temporel du récit : les dates et les durées sont énoncées à chaque étape de la narration. Afin que les événements paraissent les plus véridiques possible, Maurice Leblanc évoque même des faits divers contemporains de l'histoire[1]. En outre, il mentionne les diverses communes de Normandie, et plus particulièrement celles du pays de Caux, en accompagnant ses indications géographiques de précisions kilométriques. Sa connaissance de la région lui permet de détailler les lieux. La description de l'Aiguille d'Étretat est notamment très fournie. De même, lorsque Isidore Beautrelet cherche le château de l'Aiguille, la narration précise l'itinéraire que prend son train pour Châteauroux[2]. Le personnage erre dans une grande partie de la France et les noms de villes et de départements sont abondamment cités.

---

1. Voir p. 85.
2. Voir p. 145.

Les personnages sont tous caractérisés avec beaucoup de soin. Nombre d'entre eux ont des métiers clairement identifiés : chapelier, maquignon, professeur, juge, greffier, notaire, etc. Le cas d'Isidore Beautrelet démontre ce souci de réalisme : Maurice Leblanc rappelle de manière très pragmatique que le jeune élève de rhétorique doit retourner au lycée à la fin des vacances !

Vers la fin du texte, pour rendre vraisemblable le mystère de l'Aiguille creuse, qu'il a inventé, Maurice Leblanc insère dans le récit des citations de journaux et de traités qui nous incitent à croire au secret des rois de France, de même que des allusions à la vie des monarques. L'auteur apporte lui-même sa caution à la véracité des faits rapportés en se mettant en scène dans le chapitre 4 : il est le confident privilégié d'Arsène Lupin – son biographe, nous indiquent d'autres récits des aventures du personnage – et l'aurait même déjà rencontré par le passé. Par ce biais, Arsène Lupin acquiert le statut d'un héros historique. Et, en se présentant comme le gardien du trésor des rois de France, il se crée une place légitime à leurs côtés. Il a même ce geste sublime de léguer les richesses nationales de l'Aiguille creuse au musée du Louvre.

Maurice Leblanc a si vivement frappé l'imagination de ses lecteurs avec son invention que, aujourd'hui encore, certains touristes sont surpris de découvrir à Étretat une aiguille bien pleine !

Invraisemblance : « je reste l'Aventurier[1] »

Le récit a d'abord été publié en feuilleton dans la revue *Je sais tout*. Ce mode de publication est souvent défavorable à la cohérence globale d'un récit : d'un épisode à l'autre, certains éléments peuvent varier, échappant à la vigilance de l'auteur et des

1. Chapitre 10, p. 238.

relecteurs. Même si Maurice Leblanc a retravaillé son œuvre avant sa publication en volume, *L'Aiguille creuse* reste traversée par des éléments d'invraisemblance. Ainsi, par exemple, est-il crédible qu'Arsène Lupin se trouve toujours au bon endroit au bon moment ? Il a constamment une longueur d'avance sur le lecteur et les autres personnages.

En outre, ses déguisements, qui s'adaptent à chaque situation, peuvent-ils véritablement le rendre méconnaissable, même pour ceux qui l'ont déjà vu sans masque ? Le phénomène est douteux. Mais Maurice Leblanc lui-même (narrateur) a du mal à reconnaître son ami lorsqu'il le retrouve ! Isidore Beautrelet est lui aussi trompé à de multiples reprises par les métamorphoses du gentleman cambrioleur : ce dernier prend tour à tour l'apparence d'Étienne de Vaudreix, du baron Anfredi, de Louis Valméras puis du professeur Massiban.

La présentation du personnage est, d'emblée, assez mystérieuse. L'apparition d'Arsène Lupin est retardée dans le récit : son nom n'est cité pour la première fois que dans le chapitre 2 et il n'entre en scène qu'au chapitre 4. Il semble alors plus fantomatique que réel : « En face d'elles, à trois pas, il y avait un homme qui tenait à la main une lanterne. D'un geste, il la dirigea sur les deux jeunes filles, les aveuglant de lumière, regarda longuement leurs visages, puis sans se presser, avec les mouvements les plus calmes du monde, il prit sa casquette, ramassa un chiffon de papier et deux brins de paille, effaça des traces sur le tapis, s'approcha du balcon, se retourna vers les jeunes filles, les salua profondément et disparut[1]. » Les jeunes filles sont éblouies par un personnage aux traits indistincts et à l'allure chevaleresque. Il n'est qu'une ombre sans visage qui disparaît dans la nuit. De plus, il fait preuve d'un calme irréel qui l'élève au-dessus de la simple condition humaine.

---

1. Voir p. 43-44.

Un héros mythique

Volontiers prétentieux, Arsène Lupin affirme qu'« il n'y a pas de porte pour [lui][1] ». Aucun obstacle ne saurait l'arrêter. En plus d'être invincible, il n'aurait pas le même rapport au temps que le commun des mortels : « les années d'Arsène Lupin comptent dix fois plus que les autres[2] », déclare-t-il au narrateur. Ou encore, à Isidore Beautrelet : « Que diable ! Il m'a fallu dix jours à moi, Lupin. Il te faudra bien dix ans. Il y a de l'espace, tout de même, entre nous deux[3]. » Il se fait donc maître de l'espace et du temps.

La figure d'Arsène Lupin peut ainsi être rapprochée de celle du dieu de la mythologie nordique Loki, coupable de nombreux vols, enlèvements et déguisements selon la tradition. « Loki est beau et splendide d'apparence, mauvais de caractère, très changeant dans son comportement. Plus que les autres êtres, il possédait cette sagesse qui est appelée rouerie, ainsi que les ruses permettant d'accomplir toutes choses. Il mettait constamment les dieux dans les plus grandes difficultés, mais il les tirait souvent d'affaire à l'aide de subterfuges[4]. » En effet, comme Loki, Lupin est séduisant et séducteur (notamment avec Raymonde). Ce n'est pas le seul point qu'ils ont en commun. Comme Loki, Lupin a un caractère changeant : avec Isidore, il se montre tour à tour menaçant (lorsque le lycéen veut publier un article expliquant comment le gentleman cambrioleur a survécu à Ambrumésy, au chapitre 4) et enjoué (lorsqu'il lui révèle qu'il a emprunté l'identité de Massiban, à la fin du chapitre 7) ; sa ruse lui permet de se sortir de toutes les situations et de percer, le

---

1. Voir p. 119.
2. Voir p. 119.
3. Voir p. 193.
4. Snorri Sturluson, *Edda*, « Gylfaginning », trad. François-Xavier Dillmann, Gallimard, 1991, chap. XXXIII.

premier, le secret de l'Aiguille. Enfin, Lupin est capable d'aider et de servir ceux qu'il dupe (notamment lorsqu'il retourne à la France les trésors qu'elle a perdus).

Ajoutons que, d'un roman à l'autre, une véritable mythologie se crée autour du personnage. Découvrant l'Aiguille creuse, Isidore Beautrelet relie ce lieu à ceux des précédentes aventures d'Arsène Lupin. Le personnage dépasse le cadre du roman pour devenir le héros d'un cycle. Bien plus, d'autres auteurs[1] se sont emparés de lui pour poursuivre ses forfaits, le hissant au rang de mythe littéraire, comme le Sherlock Holmes de Conan Doyle.

Bien que son héros échappe au commun grâce à sa ruse et à son intelligence, Maurice Leblanc ne lui fait jamais perdre son humanité. La gouaille[2] dont il fait preuve, notamment quand il s'adresse à Beautrelet, qu'il appelle « Bébé », contribue à faire de lui un personnage proche du peuple. De plus, il est rattrapé par le destin à la fin du roman. Au moment où il pense pouvoir couler des jours heureux avec la femme qu'il aime, il la perd : le voici condamné à poursuivre indéfiniment ses aventures. Au cœur de cet événement tragique, le héros n'est plus qu'un homme qui souffre.

La figure d'Isidore Beautrelet contribue aussi à l'humaniser. En effet, le lycéen peut apparaître comme un double de Lupin. Il est le seul adversaire que le gentleman cambrioleur estime digne de lui, quand Ganimard et Herlock Sholmès sont ridiculisés. Arsène Lupin et Isidore ont en commun le goût du déguisement et l'intelligence nécessaire pour résoudre le mystère de l'Aiguille creuse. Un lien d'empathie se crée entre eux : Isidore ne parvient pas à tirer sur Lupin et il est ému par sa détresse lors de la mort de Raymonde. De son côté, Lupin apprécie le

---

1. Citons seulement les quatre romans de Boileau-Narcejac mettant en scène Arsène Lupin.

2. ***Gouaille*** : attitude moqueuse et insolente.

jeune homme et regrette qu'il ait été victime de violences de la part de ses complices. À la fin du roman, le célèbre escroc propose même au jeune homme de le rejoindre, « côté Lupin, honte, infamie, déshonneur[1] ». D'une certaine manière, Isidore est un Lupin qui ne serait pas frappé par la tragédie.

Enfin, Leblanc semble avoir travaillé à construire son roman en boucle. Les mots qui servent à décrire l'abbaye dans les premières pages sont presque identiques à ceux utilisés pour l'Aiguille creuse dans le dernier chapitre. Figure de l'aventurier par excellence, le héros est hors du temps : il ne fait que répéter une même « ronde » d'actions et d'exploits.

---

1. Voir p. 243.

CHRONOLOGIE

1864 1941

1864 1941

- Repères historiques et culturels
- Vie et œuvre de l'auteur

Repères historiques et culturels

1849 Mort d'Edgar Allan Poe.

1857 Paul Féval, *Le Bossu* (roman-feuilleton).

1859 Naissance d'Arthur Conan Doyle.

1866 Émile Gaboriau, *L'Affaire Lerouge* (premier roman policier de l'auteur).

1870 Défaite de Sedan qui précipite la fin du Second Empire et l'établissement de la IIIe République.

1871 La Commune de Paris : insurrection d'une partie de la capitale contre le nouveau gouvernement ; elle est réprimée dans le sang.

1873 Mort d'Émile Gaboriau qui a influencé Conan Doyle pour la création de Sherlock Holmes.

1880 Mort de Gustave Flaubert.

1887 Arthur Conan Doyle, *Une étude en rouge* : premier roman mettant en scène Sherlock Holmes.

1889 Le scandale du Panamá éclate. Il s'agit d'un canal dont le financement avait été assuré par la corruption.

Vie et œuvre de l'auteur

1864 11 novembre : naissance de Maurice Leblanc à Rouen.

1875 Naissance de Georgette Leblanc, sœur cadette de Maurice.
Maurice Leblanc parcourt la Normandie à bicyclette.

1882 Baccalauréat avec mention « assez bien ».

1888 Maurice s'installe à Paris. Il envisage de devenir écrivain et fréquente les milieux littéraires.

1889 Il épouse Marie Ernestine Lalanne. Naissance de son premier enfant : Marie-Louise.

1890 Publication de sa première nouvelle « Le Sauvetage » dans la *Revue illustrée*.
Des couples (recueil de contes d'inspiration psychologique).

1893 *Une femme* paraît en feuilleton dans le *Gil Blas*. C'est le premier roman de Maurice Leblanc.

Repères historiques et culturels

1894 Le président de la République Sadi Carnot est assassiné à Lyon par un anarchiste italien.
Début de l'affaire Dreyfus.

1896 Le Louvre acquiert la tiare de Saïtapharnès, qui se révélera être un faux.

1897 L'incendie du bazar de la Charité à Paris fait plus d'une centaine de morts. La grande majorité des victimes sont des femmes.

1899 E.W. Hornung, *The Amateur Cracksman* (*Le Cambrioleur amateur*) : recueil de nouvelles mettant en scène Arthur J. Raffles, un personnage de gentleman cambrioleur. Beau-frère de Conan Doyle, Hornung n'est publié en France qu'à partir de 1907.

1902 Arthur Conan Doyle, *Le Chien des Baskerville* (roman).
Georges Méliès, *Voyage dans la Lune* (roman).
Décembre : arrestation des époux Humbert. Pendant vingt ans, ils avaient obtenu des prêts très élevés en faisant croire qu'ils détenaient un énorme héritage dans leur coffre-fort. En réalité, ce dernier ne contenait qu'une brique et une pièce d'un penny.

1905 Séparation de l'Église et de l'État.
Mort de Jules Verne.

Vie et œuvre de l'auteur

1894 *Ceux qui souffrent* (recueil de nouvelles).
Parution de « Elle » dans le *Gil Blas* (article à la gloire de la bicyclette).

1895 Début de la relation entre Georgette Leblanc et le poète Maeterlinck.
Maurice Leblanc divorce.
L'Œuvre de mort (roman).

1896 *Les Heures de mystère* (recueil de contes).

1897 *Armelle et Claude* (roman).
Voici des ailes (roman à la gloire de la bicyclette).

1899 Maurice Leblanc entre à la Société des gens de lettres.
L'Enthousiasme (roman).

1904 *Gueule-rouge 80-chevaux* (recueil de quarante « contes sportifs » parus dans le journal *L'Auto*).

1905 15 juillet : parution dans *Je sais tout* de « **L'Arrestation d'Arsène Lupin**[1] », première aventure du héros qui sera reprise en recueil deux ans plus tard (*Arsène Lupin, gentleman cambrioleur*).

---

1. Sont signalées en gras toutes les œuvres de Maurice Leblanc qui appartiennent au cycle d'Arsène Lupin.

Repères historiques et culturels

1907 Vol de la châsse d'Ambazac (voir p. 234).

1908 Gaston Leroux, *Le Mystère de la chambre jaune* : premier roman mettant en scène le journaliste Rouletabille.
E.S. Porter, *The Gentleman Burglar* (traduit par *Une aventure d'Arsène Lupin*) : première adaptation cinématographique du personnage.

1910 Gaston Leroux, *Le Fantôme de l'Opéra* (roman).

1911 Pierre Souvestre, Marcel Allain, *Fantômas* (roman).
Vol de *La Joconde* au Louvre.

1914 *La Joconde* revient au Louvre après avoir été retrouvée et exposée en Italie.
4 août : début de la Première Guerre mondiale.

1915 Arthur Conan Doyle, *La Vallée de la peur* (roman).

1918 11 novembre : signature de l'armistice mettant fin à la Première Guerre mondiale.

1906 Maurice Leblanc se marie avec Marguerite Wormser, avec laquelle il a un fils : Claude.
La Pitié (pièce de théâtre).

1907 ***Arsène Lupin, gentleman cambrioleur*** (recueil de nouvelles). Succès de Maurice Leblanc.
L'auteur est élu au Comité des gens de lettres.

1908 ***Arsène Lupin contre Herlock Sholmès*** (recueil de nouvelles).
Arsène Lupin (pièce de théâtre).
L'Aiguille creuse paraît en feuilleton dans *Je sais tout*.

1909 Publication de ***L'Aiguille creuse*** (roman).

1910 ***813*** (roman).
Arsène Lupin contre Herlock Sholmès (pièce de théâtre).

1911 ***Une aventure d'Arsène Lupin*** (sketch). Ce texte est aujourd'hui perdu.

1912 ***Le Bouchon de cristal.***
La Robe d'écailles roses (recueil de contes).

1913 ***Les Confidences d'Arsène Lupin*** (recueil de nouvelles).

1914 *Contes héroïques.*

1916 ***L'Éclat d'obus*** (Arsène Lupin n'est pas présent dans les premières versions du roman, il n'apparaît que dans la réédition de 1923).
Le Cercle rouge (roman adapté du film américain *The Red Circle*).

1923 Kenji Mizoguchi, *Une aventure d'Arsène Lupin* (film).

1927 Mort de Gaston Leroux.

1929 Krach boursier.

1930 Mort d'Arthur Conan Doyle.

1932 Jack Conway, *Arsène Lupin* (film).

1936 Gouvernement du Front populaire.

Vie et œuvre de l'auteur

1918 Fin de la relation entre Georgette Leblanc et le poète Maeterlinck.
Le Triangle d'or (roman).

1919 ***L'Île aux trente cercueils*** (roman).
Les Trois Yeux (roman d'aventures scientifique).

1920 ***Le Retour d'Arsène Lupin*** (pièce de théâtre).

1921 ***Les Dents du tigre*** (roman).
Le Formidable Événement (roman).
Maurice Leblanc achète à Étretat la propriété qu'il baptise « Le Clos Lupin ».

1923 ***Dorothée danseuse de corde*** (roman). Lupin n'apparaît pas mais l'auteur fait référence à la comtesse de Cagliostro.
Les Huit Coups de l'horloge (recueil de nouvelles).

1924 ***La Comtesse de Cagliostro*** (roman).

1925 *La Vie extravagante de Balthazar* (roman).

1927 ***La Demoiselle aux yeux verts*** (roman).
L'Homme à la peau de bique (nouvelle).

1928 ***L'Agence Barnett et Compagnie*** (recueil de nouvelles).

1929 ***La Demeure* mystérieuse** (roman).

1930 *Le Prince de Jéricho* (roman).
Le Cabochon d'émeraude (nouvelle).

1931 ***La Barre-y-va*** (roman).

1933 ***La Femme aux deux sourires*** (roman).
Victor, de la brigade mondaine (roman).

1935 ***La Cagliostro se venge*** (roman).
Le Scandale du gazon bleu (roman).

1936 ***Peggy rencontre de nouveau Arsène Lupin*** (pièce radiophonique).

Repères historiques et culturels

1937 Henri Diamant-Berger, *Arsène Lupin détective* (film).

1938 George Fitzmaurice, *Le Retour d'Arsène Lupin* (film).

1939 1er septembre : l'Allemagne attaque la Pologne. C'est le début de la Seconde Guerre mondiale.

1940 10 mai : l'Allemagne attaque les Pays-Bas, la Belgique, le Luxembourg et la France.
22 juin : signature de l'armistice entre l'Allemagne et la France.
10 juillet : l'Assemblée nationale réfugiée à Vichy vote les pleins pouvoirs constituants au maréchal Pétain.

1941 Mort de la sœur de Maurice Leblanc, Georgette.
6 novembre : mort de Maurice Leblanc, à Perpignan.
Les Milliards d'Arsène Lupin (roman posthume).

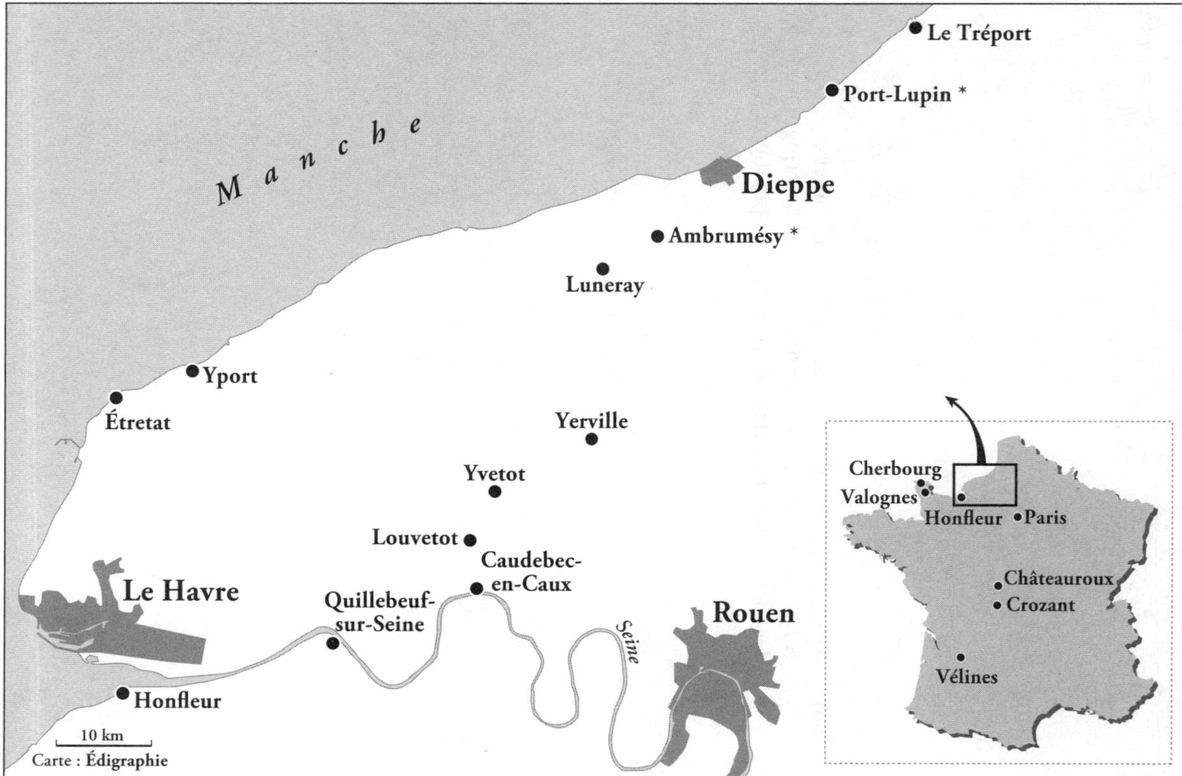

■ Les lieux du roman. (Les noms inventés par Maurice Leblanc sont suivis d'un astérisque.)

L'Aiguille creuse

1. Le coup de feu

Raymonde prêta l'oreille. De nouveau et par deux fois le bruit se fit entendre, assez net pour qu'on pût le détacher de tous les bruits confus qui formaient le grand silence nocturne, mais si faible qu'elle n'aurait su dire s'il était proche ou lointain, s'il se produisait entre les murs du vaste château, ou dehors, parmi les retraites[1] ténébreuses du parc.

Doucement elle se leva. Sa fenêtre était entrouverte, elle en écarta les battants. La clarté de la lune reposait sur un calme paysage de pelouses et de bosquets où les ruines éparses de l'ancienne abbaye se découpaient en silhouettes tragiques, colonnes tronquées[2], ogives[3] incomplètes, ébauches de portiques[4] et lambeaux d'arcs-boutants[5]. Un peu d'air flottait à la surface des choses, glissant à travers les rameaux nus et immobiles des arbres, mais agitant les petites feuilles naissantes des massifs.

Et soudain, le même bruit… C'était vers sa gauche et au-dessous de l'étage qu'elle habitait, par conséquent dans les salons qui occupaient l'aile occidentale du château.

Bien que vaillante et forte, la jeune fille sentit l'angoisse de la peur. Elle passa ses vêtements de nuit et prit les allumettes.

---

1. ***Retraites*** : refuges.
2. ***Tronquées*** : incomplètes, dont la partie supérieure manque.
3. ***Ogives*** : arcs diagonaux sous une voûte, caractéristiques de l'architecture gothique.
4. ***Portiques*** : galeries ouvertes soutenues par deux rangées de colonnes.
5. ***Arcs-boutants*** : éléments typiques de l'architecture gothique ; arcs qui s'appuient sur un contrefort pour soutenir, de l'extérieur, un mur subissant la poussée d'une voûte ou d'un arc.

« Raymonde… Raymonde… »

Une voix faible comme un souffle l'appelait de la chambre voisine dont la porte n'avait pas été fermée. Elle s'y rendait à tâtons, lorsque Suzanne, sa cousine, sortit de cette chambre et s'effondra dans ses bras.

« Raymonde… c'est toi ?… tu as entendu ?…

– Oui… tu ne dors donc pas ?

– Je suppose que c'est le chien qui m'a réveillée… il y a longtemps… Mais il n'aboie plus. Quelle heure peut-il être ?

– Quatre heures environ.

– Écoute… On marche dans le salon.

– Il n'y a pas de danger, ton père est là, Suzanne.

– Mais il y a du danger pour lui. Il couche à côté du petit salon.

– M. Daval est là aussi…

– À l'autre bout du château… Comment veux-tu qu'il entende ? »

Elles hésitaient, ne sachant à quoi se résoudre. Appeler ? Crier au secours ? Elles n'osaient, tellement le bruit même de leur voix leur semblait redoutable. Mais Suzanne qui s'était approchée de la fenêtre étouffa un cri.

« Regarde… un homme près du bassin. »

Un homme en effet s'éloignait d'un pas rapide. Il portait sous le bras un objet d'assez grandes dimensions dont elles ne purent discerner la nature, et qui, en ballottant contre sa jambe, contrariait sa marche. Elles le virent qui passait près de l'ancienne chapelle et qui se dirigeait vers une petite porte dont le mur était percé. Cette porte devait être ouverte, car l'homme disparut subitement, et elles n'entendirent point le grincement habituel des gonds.

« Il venait du salon, murmura Suzanne.

– Non, l'escalier et le vestibule l'auraient conduit bien plus à gauche… À moins que… »

Une même idée les secoua. Elles se penchèrent. Au-dessous d'elles, une échelle était dressée contre la façade et s'appuyait au premier étage. Une lueur éclairait le balcon de pierre. Et un autre homme qui portait aussi quelque chose enjamba ce balcon, se laissa glisser le long de l'échelle et s'enfuit par le même chemin.

Suzanne, épouvantée, sans forces, tomba à genoux, balbutiant :

« Appelons !... appelons au secours !...

– Qui viendrait ? ton père... Et s'il y a d'autres hommes et qu'on se jette sur lui ?

– On pourrait avertir les domestiques... ta sonnette communique avec leur étage.

– Oui... oui... peut-être, c'est une idée... Pourvu qu'ils arrivent à temps ! »

Raymonde chercha près de son lit la sonnerie électrique et la pressa du doigt. Un timbre en haut vibra, et elles eurent l'impression que, d'en bas, on avait dû en percevoir le son distinct.

Elles attendirent. Le silence devenait effrayant, et la brise elle-même n'agitait plus les feuilles des arbustes.

« J'ai peur... j'ai peur... », répétait Suzanne.

Et, tout à coup, dans la nuit profonde, au-dessous d'elles, le bruit d'une lutte, un fracas de meubles bousculés, des exclamations, puis, horrible, sinistre, un gémissement rauque, le râle d'un être qu'on égorge...

Raymonde bondit vers la porte. Suzanne s'accrocha désespérément à son bras.

« Non... ne me laisse pas... j'ai peur. »

Raymonde la repoussa et s'élança dans le corridor, bientôt suivie de Suzanne qui chancelait d'un mur à l'autre en poussant des cris. Elle parvint à l'escalier, dégringola de marche en marche, se précipita sur la grande porte du salon et s'arrêta net, clouée au seuil, tandis que Suzanne s'affaissait à ses côtés. En face d'elles, à trois pas, il y avait un homme qui tenait à la main une lanterne. D'un geste, il la dirigea sur les deux jeunes filles,

les aveuglant de lumière, regarda longuement leurs visages, puis sans se presser, avec les mouvements les plus calmes du monde, il prit sa casquette, ramassa un chiffon de papier et deux brins de paille, effaça des traces sur le tapis, s'approcha du balcon, se retourna vers les jeunes filles, les salua profondément et disparut.

La première, Suzanne courut au petit boudoir qui séparait le grand salon de la chambre de son père. Mais dès l'entrée, un spectacle affreux la terrifia. À la lueur oblique de la lune on apercevait à terre deux corps inanimés, couchés l'un près de l'autre.

« Père !... père !... c'est toi ?... qu'est-ce que tu as ? » s'écria-t-elle affolée, penchée sur l'un deux.

Au bout d'un instant, le comte de Gesvres remua. D'une voix brisée, il dit :

« Ne crains rien... je ne suis pas blessé... Et Daval ? Est-ce qu'il vit ? Le couteau ?... le couteau ?... »

À ce moment, deux domestiques arrivaient avec des bougies. Raymonde se jeta devant l'autre corps et reconnut Jean Daval, le secrétaire et l'homme de confiance du comte. Sa figure avait déjà la pâleur de la mort.

Alors elle se leva, revint au salon, prit, au milieu d'une panoplie accrochée au mur, un fusil qu'elle savait chargé, et passa sur le balcon. Il n'y avait, certes, pas plus de cinquante à soixante secondes que l'individu avait mis le pied sur la première barre de l'échelle. Il ne pouvait donc être bien loin d'ici, d'autant plus qu'il avait eu la précaution de déplacer l'échelle pour qu'on ne pût s'en servir. Elle l'aperçut bientôt, en effet, qui longeait les débris de l'ancien cloître. Elle épaula[1], visa tranquillement et fit feu. L'homme tomba.

« Ça y est ! ça y est ! proféra l'un des domestiques, on le tient celui-là. J'y vais.

---

1. ***Épaula*** : amena l'arme au creux de son épaule pour tirer.

– Non, Victor, il se relève… descendez l'escalier, et filez sur la petite porte. Il ne peut se sauver que par là. »

Victor se hâta, mais avant même qu'il ne fût dans le parc, l'homme était retombé. Raymonde appela l'autre domestique.

« Albert, vous le voyez là-bas ? près de la grande arcade ?…

– Oui, il rampe dans l'herbe… il est fichu…

– Surveillez-le d'ici.

– Pas moyen qu'il échappe. À droite des ruines, c'est la pelouse découverte…

– Et Victor garde la porte à gauche, dit-elle en reprenant son fusil.

– N'y allez pas, mademoiselle !

– Si, si, dit-elle, l'accent résolu, les gestes saccadés, laissez-moi… il me reste une cartouche… S'il bouge… »

Elle sortit. Un instant après, Albert la vit qui se dirigeait vers les ruines. Il lui cria de la fenêtre :

« Il s'est traîné derrière l'arcade. Je ne le vois plus… attention, mademoiselle… »

Raymonde fit le tour de l'ancien cloître pour couper toute retraite à l'homme, et bientôt Albert la perdit de vue. Au bout de quelques minutes, ne la revoyant pas, il s'inquiéta, et, tout en surveillant les ruines, au lieu de descendre par l'escalier, il s'efforça d'atteindre l'échelle. Quand il y eut réussi, il descendit rapidement et courut droit à l'arcade près de laquelle l'homme lui était apparu pour la dernière fois. Trente pas plus loin, il trouva Raymonde qui cherchait Victor.

« Eh bien ? fit-il.

– Impossible de mettre la main dessus, dit Victor.

– La petite porte ?

– J'en viens… voici la clef.

– Pourtant… il faut bien…

– Oh ! son affaire est sûre… D'ici dix minutes, il est à nous, le bandit. »

Le fermier et son fils, réveillés par le coup de fusil, arrivaient de la ferme dont les bâtiments s'élevaient assez loin sur la droite, mais dans l'enceinte des murs ; ils n'avaient rencontré personne.

« Parbleu, non, fit Albert, le gredin n'a pas pu quitter les ruines… On le dénichera au fond de quelque trou. »

Ils organisèrent une battue méthodique, fouillant chaque buisson, écartant les lourdes traînes de lierre enroulées autour du fût[1] des colonnes. On s'assura que la chapelle était bien fermée et qu'aucun des vitraux n'était brisé. On contourna le cloître, on visita tous les coins et recoins. Les recherches furent vaines.

Une seule découverte : à l'endroit même où l'homme s'était abattu, blessé par Raymonde, on ramassa une casquette de chauffeur, en cuir fauve[2]. Sauf cela, rien.

À six heures du matin, la gendarmerie d'Ouville-la-Rivière[3] était prévenue et se rendait sur les lieux, après avoir envoyé par exprès au parquet de Dieppe une petite note relatant les circonstances du crime, la capture imminente du principal coupable, « *la découverte de son couvre-chef et du poignard avec lequel il avait perpétré son forfait* ». À dix heures, deux autos descendaient la pente légère qui aboutit au château. L'une, vénérable calèche, contenait le substitut du procureur et le juge d'instruction accompagné de son greffier[4]. Dans l'autre, modeste cabriolet,

---

1. ***Fût*** : tige.
2. ***Fauve*** : d'un jaune tirant sur le roux.
3. ***Ouville-la-Rivière*** : commune de Haute-Normandie, comme les autres communes évoquées ensuite – Dieppe, Rouen, Sainte-Marguerite, Varengeville.
4. Le ***substitut du procureur*** est un magistrat du parquet qui représente la société et intervient dès qu'une infraction est constatée ; le ***juge d'instruction*** est saisi par le parquet pour mener l'enquête ; le ***greffier*** est un officier de justice chargé notamment de prendre des notes pendant les audiences et de recueillir les dépositions des témoins.

avaient pris place deux jeunes reporters, représentant le *Journal de Rouen* et une grande feuille[1] parisienne.

Le vieux château apparut. Jadis demeure abbatiale des prieurs d'Ambrumésy[2], mutilé par la Révolution, restauré par le comte de Gesvres auquel il appartient depuis vingt ans, il comprend un corps de logis que surmonte un pinacle[3] où veille une horloge, et deux ailes dont chacune est enveloppée d'un perron[4] à balustrade de pierre. Par-dessus les murs du parc et au-delà du plateau que soutiennent les hautes falaises normandes, on aperçoit, entre les villages de Sainte-Marguerite et de Varengeville, la ligne bleue de la mer.

Là vivait le comte de Gesvres avec sa fille Suzanne, jolie et frêle créature aux cheveux blonds, et sa nièce Raymonde de Saint-Véran, qu'il avait recueillie deux ans auparavant lorsque la mort simultanée de son père et de sa mère laissa Raymonde orpheline. L'existence était calme et régulière au château. Quelques voisins y venaient de temps à autre. L'été, le comte menait les deux jeunes filles presque chaque jour à Dieppe. Lui, c'était un homme de taille élevée, de belle figure grave, aux cheveux grisonnants. Très riche, il gérait lui-même sa fortune et surveillait ses propriétés avec l'aide de son secrétaire Jean Daval.

Dès l'entrée, le juge d'instruction recueillit les premières constatations du brigadier de gendarmerie Quevillon. La capture du coupable, toujours imminente d'ailleurs, n'était pas encore effectuée, mais on tenait toutes les issues du parc. Une évasion était impossible.

La petite troupe traversa ensuite la salle capitulaire et le réfectoire situés au rez-de-chaussée, et gagna le premier étage. Aussitôt,

---

1. ***Une feuille*** : un périodique.

2. ***Ambrumésy*** : nom inventé par l'auteur. Il est inspiré par « Ambrumesnil », un village situé à une dizaine de kilomètres de Dieppe et où se trouvent les ruines d'un vieux château.

3. ***Pinacle*** : dans l'architecture gothique, petite pyramide ajourée servant de couronnement à un contrefort.

4. ***Perron*** : escalier qui mène à l'entrée surélevée d'un bâtiment.

l'ordre parfait du salon fut remarqué. Pas un meuble, pas un bibelot qui ne parussent occuper leur place habituelle, et pas un vide parmi ces meubles et ces bibelots. À droite et à gauche étaient suspendues de magnifiques tapisseries flamandes à personnages. Au fond, sur les panneaux, quatre belles toiles, dans leurs cadres du temps, représentaient des scènes mythologiques. C'étaient les célèbres tableaux de Rubens[1] légués au comte de Gesvres, ainsi que les tapisseries de Flandre, par son oncle maternel, le marquis de Bobadilla, grand d'Espagne. M. Filleul, le juge d'instruction, observa :

« Si le vol fut le mobile du crime, ce salon en tout cas n'en a pas été l'objet.

– Qui sait ? fit le substitut, qui parlait peu, mais toujours dans un sens contraire aux opinions du juge.

– Voyons, cher monsieur, le premier soin d'un voleur eût été de déménager ces tapisseries et ces tableaux dont la renommée est universelle.

– Peut-être n'en a-t-on pas eu le loisir.

– C'est ce que nous allons savoir. »

À ce moment, le comte de Gesvres entra, suivi du médecin. Le comte, qui ne semblait pas se ressentir de l'agression dont il avait été victime, souhaita la bienvenue aux deux magistrats. Puis il ouvrit la porte du boudoir[2].

La pièce, où personne n'avait pénétré depuis le crime, sauf le docteur, offrait, à l'encontre du salon, le plus grand désordre. Deux chaises étaient renversées, une des tables démolie, et plusieurs autres objets, une pendule de voyage, un classeur, une boîte de papier à lettres, gisaient à terre. Et il y avait du sang à certaines des feuilles blanches éparpillées.

---

1. ***Rubens*** : peintre baroque flamand (1577-1640) qui a produit une œuvre considérable.

2. ***Boudoir*** : petite pièce élégante, entre la chambre et le salon, destinée à recevoir des intimes.

Le médecin écarta le drap qui cachait le cadavre. Jean Daval, habillé de ses vêtements ordinaires de velours et chaussé de bottines ferrées, était étendu sur le dos, un de ses bras replié sous lui. On avait ouvert sa chemise, et l'on apercevait une large blessure qui trouait sa poitrine.

« La mort a dû être instantanée, déclara le docteur… un coup de couteau a suffi.

– C'est sans doute, dit le juge, le couteau que j'ai vu sur la cheminée du salon, près d'une casquette de cuir ?

– Oui, certifia le comte de Gesvres, le couteau fut ramassé ici même. Il provient de la panoplie[1] du salon d'où ma nièce, Mlle de Saint-Véran, arracha le fusil. Quant à la casquette de chauffeur, c'est évidemment celle du meurtrier. »

M. Filleul étudia encore certains détails de la pièce, adressa quelques questions au docteur, puis pria M. de Gesvres de lui faire le récit de ce qu'il avait vu et de ce qu'il savait. Voici en quels termes le comte s'exprima :

« C'est Jean Daval qui m'a réveillé. Je dormais mal d'ailleurs, avec des éclairs de lucidité où j'avais l'impression d'entendre des pas, quand tout à coup, en ouvrant les yeux, je l'aperçus au pied de mon lit sa bougie à la main, et tout habillé comme il l'est actuellement, car il travaillait souvent très tard dans la nuit. Il semblait fort agité, et il me dit à voix basse : “Il y a des gens dans le salon.” En effet, je perçus du bruit. Je me levai et j'entrebâillai doucement la porte de ce boudoir. Au même instant, cette autre porte qui donne sur le grand salon était poussée, et un homme apparaissait qui bondit sur moi et m'étourdit d'un coup de poing à la tempe. Je vous raconte cela sans aucun détail, monsieur le juge d'instruction, pour cette raison que je ne me souviens que des faits principaux et que ces faits se sont passés avec une extraordinaire rapidité.

– Et après ?

1. ***Panoplie*** : collection d'objets décoratifs.

– Après, je ne sais plus… Quand je suis revenu à moi, Daval était étendu, mortellement frappé.

– À première vue, vous ne soupçonnez personne ?

– Personne.

– Vous n'avez aucun ennemi ?

– Je ne m'en connais pas.

– M. Daval n'en avait pas non plus ?

– Daval ! un ennemi ? C'était la meilleure créature qui fût. Depuis vingt ans que Jean Daval était mon secrétaire, et, je puis le dire, mon confident, je n'ai jamais vu autour de lui que des sympathies et des amitiés.

– Pourtant, il y a eu escalade, il y a eu meurtre, il faut bien un motif à tout cela.

– Le motif ? mais c'est le vol, purement et simplement.

– On vous a donc volé quelque chose ?

– Rien.

– Alors ?

– Alors, si l'on n'a rien volé et s'il ne manque rien, on a du moins emporté quelque chose.

– Quoi ?

– Je l'ignore. Mais ma fille et ma nièce vous diront, en toute certitude, qu'elles ont vu successivement deux hommes traverser le parc, et que ces deux hommes portaient d'assez volumineux fardeaux.

– Ces demoiselles…

– Ces demoiselles ont rêvé ? je serais tenté de le croire, car, depuis ce matin, je m'épuise en recherches et en suppositions. Mais il est aisé de les interroger. »

On fit venir les deux cousines dans le grand salon. Suzanne, toute pâle et tremblante encore, pouvait à peine parler. Raymonde, plus énergique et plus virile, plus belle aussi avec l'éclat doré de ses yeux bruns, raconta les événements de la nuit et la part qu'elle y avait prise.

« De sorte, mademoiselle, que votre déposition est catégorique :

– Absolument. Les deux hommes qui traversaient le parc emportaient des objets.

– Et le troisième ?

– Il est parti d'ici les mains vides.

– Sauriez-vous nous donner son signalement ?

– Il n'a cessé de nous éblouir avec sa lanterne. Tout au plus dirai-je qu'il est grand et lourd d'aspect…

– Est-ce ainsi qu'il vous est apparu, mademoiselle ? demanda le juge à Suzanne de Gesvres.

– Oui… ou plutôt non… fit Suzanne en réfléchissant… moi, je l'ai vu de taille moyenne et mince. »

M. Filleul sourit, habitué aux divergences d'opinion et de vision chez les témoins d'un même fait.

« Nous voici donc en présence d'une part d'un individu, celui du salon qui est à la fois grand et petit, gros et mince – et, de l'autre, de deux individus, ceux du parc, que l'on accuse d'avoir enlevé de ce salon des objets… qui s'y trouvent encore. »

M. Filleul était un juge de l'école ironiste[1], comme il le disait lui-même. C'était aussi un juge qui ne détestait point la galerie[2] ni les occasions de montrer au public son savoir-faire, ainsi que l'attestait le nombre croissant des personnes qui se pressaient dans le salon. Aux journalistes s'étaient joints le fermier et son fils, le jardinier et sa femme, puis le personnel du château, puis les deux chauffeurs qui avaient amené les voitures de Dieppe. Il reprit :

« Il s'agirait aussi de se mettre d'accord sur la façon dont a disparu ce troisième personnage. Vous avez tiré avec ce fusil, mademoiselle, et de cette fenêtre ?

1. ***Ironiste*** : qui pratique l'ironie.

2. ***Qui ne détestait point la galerie*** : qui aimait amuser la « galerie », c'est-à-dire le monde, son auditoire.

– Oui, l'homme atteignait la pierre tombale presque enfouie sous les ronces, à gauche du cloître.

– Mais il s'est relevé ?

– À moitié seulement. Victor est aussitôt descendu pour garder la petite porte, et je l'ai suivi, laissant ici en observation notre domestique Albert. »

Albert à son tour fit sa déposition, et le juge conclut :

« Par conséquent, d'après vous, le blessé n'a pu s'enfuir par la gauche, puisque votre camarade surveillait la porte, ni par la droite, puisque vous l'auriez vu traverser la pelouse. Donc, logiquement, il est, à l'heure actuelle, dans l'espace relativement restreint que nous avons sous les yeux.

– C'est ma conviction.

– Est-ce la vôtre, mademoiselle ?

– Oui.

– Et la mienne aussi », fit Victor.

Le substitut du procureur s'écria, d'un ton narquois :

« Le champ des investigations est étroit, il n'y a qu'à continuer les recherches commencées depuis quatre heures.

– Peut-être serons-nous plus heureux. »

M. Filleul prit sur la cheminée la casquette en cuir, l'examina, et, appelant le brigadier de gendarmerie, lui dit à part :

« Brigadier, envoyez immédiatement un de vos hommes à Dieppe, chez le chapelier[1] Maigret, et que M. Maigret nous dise, si possible, à qui fut vendue cette casquette. »

« Le champ des investigations », selon le mot du substitut, se limitait à l'espace compris entre le château, la pelouse de droite, et l'angle formé par le mur de gauche et par le mur opposé au château ; c'est-à-dire un quadrilatère d'environ cent mètres de côté, où surgissaient çà et là les ruines d'Ambrumésy, le monastère si célèbre au Moyen Âge.

---

1. ***Chapelier*** : fabricant et marchand de chapeaux.

Tout de suite, dans l'herbe foulée, on nota le passage du fugitif. À deux endroits, des traces de sang noirci, presque desséché, furent observées. Après le tournant de l'arcade, qui marquait l'extrémité du cloître, il n'y avait plus rien, la nature du sol, tapissé d'aiguilles de pin, ne se prêtant plus à l'empreinte d'un corps. Mais alors, comment le blessé aurait-il pu échapper aux regards de la jeune fille, de Victor et d'Albert ? Quelques fourrés, que les domestiques et les gendarmes avaient battus, quelques pierres tombales sous lesquelles on avait exploré, et c'était tout.

Le juge d'instruction se fit ouvrir par le jardinier, qui en avait la clef, la Chapelle-Dieu, véritable bijou de sculpture, que le temps et les révolutions avaient respectée et qui fut toujours considérée, avec les fines ciselures[1] de son porche et le menu peuple de ses statuettes, comme une des merveilles du style gothique normand. La chapelle, très simple à l'intérieur, sans autre ornement que son autel de marbre, n'offrait aucun refuge. D'ailleurs, il eût fallu s'y introduire. Par quel moyen ?

L'inspection aboutissait à la petite porte qui servait d'entrée aux visiteurs des ruines. Elle donnait sur un chemin creux resserré entre l'enceinte et un bois-taillis où se voyaient des carrières abandonnées. M. Filleul se pencha : la poussière du chemin présentait des marques de pneumatiques, à bandages antidérapants. De fait, Raymonde et Victor avaient cru entendre, après le coup de fusil, le halètement d'une auto. Le juge d'instruction insinua :

« Le blessé aura rejoint ses complices.

– Impossible ! s'écria Victor. J'étais là, alors que mademoiselle et Albert l'apercevaient encore.

– Enfin, quoi, il faut pourtant bien qu'il soit quelque part ! Dehors ou dedans, nous n'avons pas le choix !

– Il est ici », dirent les domestiques avec obstination.

Le juge haussa les épaules et s'en retourna vers le château, assez morose. Décidément l'affaire s'annonçait mal. Un vol où

1. ***Ciselures*** : ornements finement sculptés.

rien n'était volé, un prisonnier invisible, il n'y avait pas de quoi se réjouir.

Il était tard. M. de Gesvres pria[1] les magistrats à déjeuner ainsi que les deux journalistes. On mangea silencieusement, puis M. Filleul retourna dans le salon où il interrogea les domestiques. Mais le trot d'un cheval résonna du côté de la cour, et, un instant après, le gendarme que l'on avait envoyé à Dieppe, entra :

« Eh bien, vous avez vu le chapelier ? s'écria le juge, impatient d'obtenir un renseignement.

– La casquette a été vendue à un chauffeur.

– Un chauffeur !

– Oui, un chauffeur qui s'est arrêté avec sa voiture devant le magasin et qui a demandé si on pouvait lui fournir, pour l'un de ses clients, une casquette de chauffeur en cuir jaune. Il restait celle-là. Il a payé sans même s'occuper de la pointure, et il est parti. Il était très pressé.

– Quelle sorte de voiture ?

– Un coupé à quatre places.

– Et quel jour était-ce ?

– Quel jour ? Mais ce matin.

– Ce matin ? Qu'est-ce que vous me chantez là ?

– La casquette a été achetée ce matin.

– Mais c'est impossible, puisqu'elle a été trouvée cette nuit dans le parc. Pour cela il fallait qu'elle y fût, et par conséquent qu'elle eût été achetée auparavant.

– Ce matin. Le chapelier me l'a dit. »

Il y eut un moment d'effarement. Le juge d'instruction, stupéfait, tâchait de comprendre. Soudain, il sursauta, frappé d'un coup de lumière.

« Qu'on amène le chauffeur qui nous a conduits ce matin ! »

---

1. ***Pria*** : invita.

Le brigadier de gendarmerie et son subordonné coururent en hâte vers les écuries. Au bout de quelques minutes, le brigadier revenait seul.

« Le chauffeur ?

– Il s'est fait servir à la cuisine, il a déjeuné, et puis…

– Et puis ?

– Il a filé.

– Avec sa voiture ?

– Non. Sous prétexte d'aller voir un de ses parents à Ouville, il a emprunté la bicyclette du palefrenier[1]. Voici son chapeau et son paletot[2].

– Mais il n'est pas parti tête nue ?

– Il a tiré de sa poche une casquette et il l'a mise.

– Une casquette ?

– Oui, en cuir jaune, paraît-il.

– En cuir jaune ? Mais non, puisque la voilà.

– En effet, monsieur le juge d'instruction, mais la sienne est pareille. »

Le substitut eut un léger ricanement.

« Très drôle ! très amusant ! il y a deux casquettes… L'une, qui était la véritable, et qui constituait notre seule pièce à conviction, est partie sur la tête du pseudo-chauffeur ! L'autre, la fausse, vous l'avez entre les mains. Ah ! le brave homme nous a proprement roulés.

– Qu'on le rattrape ! Qu'on le ramène ! cria M. Filleul. Brigadier Quevillon, deux de vos hommes à cheval, et au galop !

– Il est loin, dit le substitut.

– Si loin qu'il soit, il faudra bien qu'on mette la main sur lui.

– Je l'espère, mais je crois, monsieur le juge d'instruction, que nos efforts doivent surtout se concentrer ici. Veuillez lire ce papier que je viens de trouver dans les poches du manteau !

---

1. ***Palefrenier*** : garçon d'écurie chargé du soin des chevaux.

2. ***Paletot*** : vêtement de dessus, boutonné devant et généralement assez court.

– Quel manteau ?

– Celui du chauffeur. »

Et le substitut du procureur tendit à M. Filleul un papier plié en quatre où se lisaient ces quelques mots tracés au crayon, d'une écriture un peu vulgaire :

« *Malheur à la demoiselle si elle a tué le patron.* »

L'incident causa une certaine émotion.

« À bon entendeur, salut, nous sommes avertis, murmura le substitut.

– Monsieur le comte, reprit le juge d'instruction, je vous supplie de ne pas vous inquiéter. Vous non plus, mesdemoiselles. Cette menace n'a aucune importance, puisque la justice est sur les lieux. Toutes les précautions seront prises. Je réponds de votre sécurité. Quant à vous, messieurs, ajouta-t-il en se tournant vers les deux reporters, je compte sur votre discrétion. C'est grâce à ma complaisance que vous avez assisté à cette enquête, et ce serait mal me récompenser… »

Il s'interrompit, comme si une idée le frappait, regarda les deux jeunes gens tour à tour, et s'approcha de l'un d'eux :

« À quel journal êtes-vous attaché ?

– Au *Journal de Rouen*.

– Vous avez une carte d'identité ?

– La voici. »

Le document était en règle. Il n'y avait rien à dire. M. Filleul interpella l'autre reporter.

« Et vous, monsieur ?

– Moi ?

– Oui, vous, je vous demande à quelle rédaction vous appartenez.

– Mon Dieu, monsieur le juge d'instruction, j'écris dans plusieurs journaux…

– Votre carte d'identité ?

– Je n'en ai pas.

– Ah ! et comment se fait-il ?…

– Pour qu'un journal vous délivre une carte, il faut y écrire de façon suivie.

– Eh bien ?

– Eh bien, je ne suis que collaborateur occasionnel. J'envoie de droite et de gauche des articles qui sont publiés… ou refusés, selon les circonstances.

– En ce cas, votre nom ? vos papiers ?

– Mon nom ne vous apprendrait rien. Quant à mes papiers, je n'en ai pas.

– Vous n'avez pas un papier quelconque faisant foi de votre profession !

– Je n'ai pas de profession.

– Mais enfin, monsieur, s'écria le juge avec une certaine brusquerie, vous ne prétendez cependant pas garder l'incognito après vous être introduit ici par ruse, et avoir surpris les secrets de la justice.

– Je vous prierai de remarquer, monsieur le juge d'instruction, que vous ne m'avez rien demandé quand je suis venu, et que, par conséquent, je n'avais rien à dire. En outre, il ne m'a pas semblé que l'enquête fût secrète, puisque tout le monde y assistait… même un des coupables. »

Il parlait doucement, d'un ton de politesse infinie. C'était un tout jeune homme, très grand et très mince, vêtu d'un pantalon trop court et d'une jaquette trop étroite. Il avait une figure rose de jeune fille, un front large planté de cheveux en brosse et une barbe blonde mal taillée. Ses yeux brillaient d'intelligence. Il ne semblait nullement embarrassé et souriait d'un sourire sympathique où il n'y avait pas trace d'ironie.

M. Filleul l'observait avec une défiance agressive. Les deux gendarmes s'avancèrent. Le jeune homme s'écria gaiement :

« Monsieur le juge d'instruction, il est clair que vous me soupçonnez d'être un des complices. Mais s'il en était ainsi, ne me serais-je point esquivé au bon moment, selon l'exemple de mon camarade ?

– Vous pouviez espérer…

– Tout espoir eût été absurde. Réfléchissez, monsieur le juge d'instruction, et vous conviendrez qu'en bonne logique… »

M. Filleul le regarda droit dans les yeux, et sèchement :

« Assez de plaisanteries ! Votre nom ?

– Isidore Beautrelet.

– Votre profession ?

– Élève de rhétorique[1] au lycée Janson-de-Sailly[2]. » M. Filleul le regarda dans les yeux, et sèchement : « Que me chantez-vous là ? Élève de rhétorique…

– Au lycée Janson, rue de la Pompe, numéro…

– Ah ! ça, mais, s'cxclama M. Filleul, vous vous moquez de moi ! Il ne faudrait pas que ce petit jeu se prolongeât !

– Je vous avoue, monsieur le juge d'instruction, que votre surprise m'étonne. Qu'est-ce qui s'oppose à ce que je sois élève au lycée Janson ? Ma barbe peut-être ? Rassurez-vous, ma barbe est fausse. »

Isidore Beautrelet arracha les quelques boucles qui ornaient son menton, et son visage imberbe[3] parut plus juvénile encore et plus rose, un vrai visage de lycéen. Et, tandis qu'un rire d'enfant découvrait ses dents blanches :

« Êtes-vous convaincu, maintenant ? Et vous faut-il encore des preuves ? Tenez, lisez, sur ces lettres de mon père, l'adresse : "M. Isidore Beautrelet, interne au lycée Janson-de-Sailly."

Convaincu ou non, M. Filleul n'avait point l'air de trouver l'histoire à son goût. Il demanda d'un ton bourru :

« Que faites-vous ici ?

– Mais… je m'instruis.

---

1. ***Rhétorique*** : actuelle classe de première.

2. ***Lycée Janson-de-Sailly*** : grand lycée parisien, situé dans le XVIe arrondissement et dont la première pierre fut posée en 1884.

3. ***Imberbe*** : qui n'a pas de barbe.

– Il y a des lycées pour cela… le vôtre.

– Vous oubliez, monsieur le juge d'instruction, qu'aujourd'hui, 23 avril, nous sommes en pleines vacances de Pâques.

– Eh bien ?

– Eh bien, j'ai toute liberté d'employer ces vacances à ma guise.

– Votre père ?…

– Mon père habite loin, au fond de la Savoie, et c'est lui-même qui m'a conseillé un petit voyage sur les côtes de la Manche.

– Avec une fausse barbe ?

– Oh ! ça non. L'idée est de moi. Au lycée, nous parlons beaucoup d'aventures mystérieuses, nous lisons des romans policiers où l'on se déguise. Nous imaginons des tas de choses compliquées et terribles. Alors j'ai voulu m'amuser et j'ai mis une fausse barbe. En outre, j'avais l'avantage qu'on me prenait au sérieux et je me faisais passer pour un reporter parisien. C'est ainsi qu'hier soir, après plus d'une semaine insignifiante, j'ai eu le plaisir de connaître mon confrère de Rouen, et que, ce matin, ayant appris l'affaire d'Ambrumésy, il m'a proposé fort aimablement de l'accompagner et de louer une voiture de compte à demi[1]. »

Isidore Beautrelet disait tout cela avec une simplicité franche, un peu naïve, et dont il n'était point possible de ne pas sentir le charme. M. Filleul lui-même, tout en se tenant sur une réserve défiante, se plaisait à l'écouter.

Il lui demanda d'un ton moins bourru :

« Et vous êtes content de votre expédition ?

– Ravi ! Je n'avais jamais assisté à une affaire de ce genre, et celle-ci ne manque pas d'intérêt.

– Ni de ces complications mystérieuses que vous prisez si fort.

1. ***De compte à demi*** : dont on partage les frais de location.

– Et qui sont si passionnantes, monsieur le juge d'instruction ! Je ne connais pas d'émotion plus grande que de voir tous les faits qui sortent de l'ombre, qui se groupent les uns contre les autres, et qui forment peu à peu la vérité probable.

– La vérité probable, comme vous y allez, jeune homme ! Est-ce à dire que vous avez, déjà prête, votre petite solution de l'énigme ?

– Oh ! non, repartit Beautrelet en riant… Seulement… il me semble qu'il y a certains points où il n'est pas impossible de se faire une opinion, et d'autres, même, tellement précis, qu'il suffit… de conclure.

– Eh ! mais, cela devient très curieux et je vais enfin savoir quelque chose. Car, je vous le confesse à ma grande honte, je ne sais rien.

– C'est que vous n'avez pas eu le temps de réfléchir, monsieur le juge d'instruction. L'essentiel est de réfléchir. Il est si rare que les faits ne portent pas en eux-mêmes leur explication. N'est-ce pas votre avis ? En tout cas je n'en ai pas constaté d'autres que ceux qui sont consignés au procès-verbal.

– À merveille ! De sorte que si je vous demandais quels furent les objets volés dans ce salon ?

– Je vous répondrais que je les connais.

– Bravo ! Monsieur en sait plus long là-dessus que le propriétaire lui-même ! M. de Gesvres a son compte : M. Beautrelet n'a pas le sien. Il lui manque une bibliothèque et une statue grandeur nature que personne n'avait jamais remarquées. Et si je vous demandais le nom du meurtrier ?

– Je vous répondrais également que je le connais. »

Il y eut un sursaut chez tous les assistants. Le substitut et le journaliste se rapprochèrent. M. de Gesvres et les deux jeunes filles écoutaient attentivement, impressionnés par l'assurance tranquille de Beautrelet.

« Vous connaissez le nom du meurtrier ?

– Oui.

– Et l'endroit où il se trouve, peut-être ?

– Oui. »

M. Filleul se frotta les mains :

« Quelle chance ! Cette capture sera l'honneur de ma carrière. Et vous pouvez, dès maintenant, me faire ces révélations foudroyantes ?

– Dès maintenant, oui... Ou bien, si vous n'y voyez pas d'inconvénient, dans une heure ou deux, lorsque j'aurai assisté jusqu'au bout à l'enquête que vous poursuivez.

– Mais non, tout de suite, jeune homme... »

À ce moment, Raymonde de Saint-Véran, qui, depuis le début de cette scène, n'avait pas quitté du regard Isidore Beautrelet, s'avança vers M. Filleul.

« Monsieur le juge d'instruction...

– Que désirez-vous, mademoiselle ? »

Deux ou trois secondes, elle hésita, les yeux fixés sur Beautrelet, puis, s'adressant à M. Filleul :

« Je vous prierai de demander à monsieur la raison pour laquelle il se promenait hier dans le chemin creux qui aboutit à la petite porte. »

Ce fut un coup de théâtre. Isidore Beautrelet parut interloqué.

« Moi, mademoiselle ! moi ! vous m'avez vu hier ? »

Raymonde resta pensive, les yeux toujours attachés à Beautrelet, comme si elle cherchait à bien établir en elle sa conviction, et elle prononça d'un ton posé :

« J'ai rencontré dans le chemin creux, à quatre heures de l'après-midi, alors que je traversais le bois, un jeune homme de la taille de monsieur, habillé comme lui, et qui portait la barbe taillée comme la sienne... et j'eus l'impression qu'il cherchait à se dissimuler.

– Et c'était moi ?

– Il me serait impossible de l'affirmer d'une façon absolue, car mon souvenir est un peu vague. Cependant... cependant il me semble bien... sinon la ressemblance serait étrange... »

M. Filleul était perplexe. Déjà dupé par l'un des complices, allait-il se laisser jouer par ce soi-disant collégien ?

« Qu'avez-vous à répondre, monsieur ?

– Que mademoiselle se trompe et qu'il m'est facile de le démontrer. Hier, à cette heure, j'étais à Veules.

– Il faudra le prouver, il le faudra. En tout cas la situation n'est plus la même. Brigadier, l'un de vos hommes tiendra compagnie à monsieur. »

Le visage d'Isidore Beautrelet marqua une vive contrariété.

« Ce sera long ?

– Le temps de réunir les informations nécessaires.

– Monsieur le juge d'instruction, je vous supplie de les réunir avec le plus de célérité[1] et de discrétion possible…

– Pourquoi ?

– Mon père est vieux. Nous nous aimons beaucoup… et je ne voudrais pas qu'il eût de la peine par moi. »

Le ton larmoyant de la voix déplut à M. Filleul. Cela sentait la scène de mélodrame. Néanmoins, il promit :

« Ce soir… demain au plus tard, je saurai à quoi m'en tenir. »

L'après-midi s'avançait. Le juge retourna dans les ruines du cloître, en ayant soin d'en interdire l'entrée à tous les curieux, et patiemment, avec méthode, divisant le terrain en parcelles successivement étudiées, il dirigea lui-même les investigations. Mais, à la fin du jour, il n'était guère plus avancé, et il déclara devant une armée de reporters qui avaient envahi le château :

« Messieurs, tout nous laisse supposer que le blessé est là, à la portée de notre main, tout sauf la réalité des faits. Donc, à notre humble avis, il a dû s'échapper, et c'est dehors que nous le trouverons. »

Par précaution cependant, il organisa, d'accord avec le brigadier, la surveillance du parc, et, après un nouvel examen des deux salons et une visite complète du château, après s'être

---

1. ***Célérité*** : rapidité.

entouré de tous les renseignements nécessaires, il reprit la route de Dieppe en compagnie du substitut.

La nuit vint. Le boudoir devant rester clos, on avait transporté le cadavre de Jean Daval dans une autre pièce. Deux femmes du pays le veillaient, secondées par Suzanne et Raymonde. En bas, sous l'œil attentif du garde champêtre, que l'on avait attaché à sa personne, le jeune Isidore Beautrelet sommeillait sur le banc de l'ancien oratoire[1]. Dehors, les gendarmes, le fermier et une douzaine de paysans s'étaient postés parmi les ruines et le long des murs.

Jusqu'à onze heures, tout fut tranquille, mais à onze heures dix, un coup de feu retentit de l'autre côté du château.

« Attention, hurla le brigadier. Que deux hommes restent ici !… Fossier et Lecanu… Les autres au pas de course. »

Tous, ils s'élancèrent et doublèrent le château par la gauche. Dans l'ombre, une silhouette s'esquiva. Puis, tout de suite, un second coup de feu les attira plus loin, presque aux limites de la ferme. Et soudain, comme ils arrivaient en troupe à la haie qui borde le verger, une flamme jaillit à droite de la maison réservée au fermier, et d'autres flammes aussitôt s'élevèrent en colonne épaisse. C'était une grange qui brûlait, bourrée de paille jusqu'à son faîte[2].

« Les coquins ! cria le brigadier Quevillon, c'est eux qui ont mis le feu. Sautons dessus, mes enfants. Ils ne peuvent pas être loin. »

Mais la brise courbant les flammes vers le corps de logis, avant tout il fallut parer au danger. Ils s'y employèrent tous avec d'autant plus d'ardeur que M. de Gesvres, accouru sur le lieu du sinistre, les encouragea par la promesse d'une récompense. Quand on se fut rendu maître de l'incendie, il était deux heures du matin. Toute poursuite eût été vaine.

---

1. *Oratoire* : lieu destiné à la prière, petite chapelle.

2. *Faîte* : sommet.

« Nous verrons cela au grand jour, dit le brigadier… pour sûr ils ont laissé des traces… on les retrouvera.

– Et je ne serai pas fâché, ajouta M. de Gesvres, de savoir la raison de cette attaque. Mettre le feu à des bottes de paille me paraît bien inutile.

– Venez avec moi, monsieur le comte… la raison, je vais peut-être vous la dire. »

Ensemble ils arrivaient aux ruines du cloître. Le brigadier appela :

« Lecanu ?… Fossier ?… »

D'autres gendarmes cherchaient déjà leurs camarades laissés en faction. On finit par les découvrir à l'entrée de la petite porte. Ils étaient étendus à terre, ficelés, bâillonnés, un bandeau sur les yeux.

« Monsieur le comte, murmura le brigadier tandis qu'on les délivrait, nous avons été joués comme des enfants.

– En quoi ?

– Les coups de feu… l'attaque… l'incendie… tout cela des blagues pour nous attirer là-bas… Une diversion… Pendant ce temps, on ligotait nos deux hommes et l'affaire était faite.

– Quelle affaire ?

– L'enlèvement du blessé, parbleu !

– Allons donc, vous croyez ?

– Si je crois ! C'est la vérité certaine. Voilà bien dix minutes que l'idée m'en est venue. Mais je ne suis qu'un imbécile de ne pas y avoir pensé plus tôt. On les aurait tous pincés. »

Quevillon frappa du pied dans un subit accès de rage.

« Mais où, sacrédié ? Par où sont-ils passés ? Par où l'ont-ils enlevé ? Et lui, le gredin, où se cachait-il ? Car enfin, quoi ! on a battu le terrain toute la journée, et un individu ne se cache pas dans une touffe d'herbe, surtout quand il est blessé. C'est de la magie, ces histoires-là !… »

Le brigadier Quevillon n'était pas au bout de ses étonnements. À l'aube, quand on pénétra dans l'oratoire qui servait de cellule au jeune Beautrelet, on constata que le jeune Beautrelet avait disparu. Sur une chaise, courbé, dormait le garde champêtre. À côté de lui, il y avait une carafe et deux verres. Au fond de l'un de ces verres, on apercevait un peu de poudre blanche.

Après un examen, il fut prouvé, d'abord, que Beautrelet avait administré un narcotique[1] au garde champêtre, qu'il n'avait pu s'échapper que par une fenêtre, située à deux mètres cinquante de hauteur – et enfin, détail charmant, qu'il n'avait pu atteindre cette fenêtre qu'en utilisant comme marchepied le dos de son gardien.

2. Isidore Beautrelet, élève de rhétorique

Extrait du *Grand Journal* :

NOUVELLES DE LA NUIT

ENLÈVEMENT DU DOCTEUR DELATTRE
UN COUP D'UNE AUDACE FOLLE

Au moment de mettre sous presse[2], on nous apporte une nouvelle dont nous n'osons pas garantir l'authenticité, tellement elle nous paraît invraisemblable. Nous la donnons donc sous toutes réserves.

Hier soir, le docteur Delattre, le célèbre chirurgien, assistait avec sa femme et sa fille à la représentation d'*Hernani*[3], à la Comédie-Française. Au début du troisième acte, c'est-à-dire vers dix heures, la porte de sa loge s'ouvrit ; un monsieur, que deux

1. ***Narcotique*** : somnifère.
2. ***Mettre sous presse*** : imprimer.
3. ***Hernani*** : célèbre pièce de théâtre de Victor Hugo dont la première représentation eut lieu le 25 février 1830.

autres accompagnaient, se pencha vers le docteur, et lui dit assez haut pour que Mme Delattre entendît :

« Docteur, j'ai une mission des plus pénibles à remplir, et je vous serais très reconnaissant de me faciliter la tâche.

– Qui êtes-vous, monsieur ?

– M. Thézard, commissaire de police, et j'ai ordre de vous conduire auprès de M. Dudouis, à la Préfecture.

– Mais, enfin…

– Pas un mot, docteur, je vous en supplie, pas un geste… Il y a là une erreur lamentable, et c'est pourquoi nous devons agir en silence et n'attirer l'attention de personne. Avant la fin de la représentation vous serez de retour, je n'en doute pas. »

Le docteur se leva et suivit le commissaire. À la fin de la représentation, il n'était pas revenu.

Très inquiète, Mme Delattre se rendit au commissariat de police. Elle y trouva le véritable M. Thézard, et reconnut, à son grand effroi, que l'individu qui avait emmené son mari n'était qu'un imposteur.

Les premières recherches ont révélé que le docteur était monté dans une automobile et que cette automobile s'était éloignée dans la direction de la Concorde.

Notre seconde édition tiendra nos lecteurs au courant de cette incroyable aventure.

Si incroyable qu'elle fût, l'aventure était véridique.

Le dénouement d'ailleurs ne devait pas tarder et *Le Grand Journal*, en même temps qu'il la confirmait dans son édition de midi, annonçait en quelques mots le coup de théâtre qui la terminait.

LA FIN DE L'HISTOIRE
ET LE COMMENCEMENT DES SUPPOSITIONS

Ce matin, à neuf heures, le docteur Delattre a été ramené devant la porte du numéro 78 de la rue Duret, par une automobile qui, aussitôt, s'est éloignée rapidement. Le numéro 78 de la rue Duret n'est autre que la clinique même du docteur Delattre, clinique où chaque matin il arrive à cette même heure.

Quand nous nous sommes présentés, le docteur, qui était en conférence avec le chef de la Sûreté[1], a bien voulu cependant nous recevoir.

« Tout ce que je puis vous dire, a-t-il répondu, c'est que l'on m'a traité avec les plus grands égards. Mes trois compagnons sont les gens les plus charmants que je connaisse, d'une politesse exquise, spirituels et bons causeurs, ce qui n'était pas à dédaigner, étant donné la longueur du voyage.

– Combien de temps dura-t-il ?

– Environ quatre heures.

– Et le but de ce voyage ?

– J'ai été conduit auprès d'un malade dont l'état nécessitait une intervention chirurgicale immédiate.

– Et cette opération a réussi ?

– Oui, mais les suites sont à craindre. Ici, je répondrais du malade. Là-bas… dans les conditions où il se trouve…

– De mauvaises conditions ?

– Exécrables… Une chambre d'auberge… et l'impossibilité, pour ainsi dire absolue, de recevoir des soins.

– Alors, qui peut le sauver ?

– Un miracle… et puis sa constitution d'une force exceptionnelle.

– Et vous ne pouvez en dire davantage sur cet étrange client ?

– Je ne le puis. D'abord, j'ai juré, et ensuite j'ai reçu la somme de dix mille francs au profit de ma clinique populaire. Si je ne garde pas le silence, cette somme me sera reprise.

– Allons donc ! Vous croyez ?

– Ma foi, oui, je le crois. Tous ces gens-là m'ont l'air extrêmement sérieux. »

Telles sont les déclarations que nous a faites le docteur.

Et nous savons d'autre part que le chef de la Sûreté n'est pas encore parvenu à tirer de lui des renseignements plus précis sur l'opération qu'il a pratiquée, sur le malade qu'il a soigné, et sur

---

1. ***Chef de la Sûreté*** : chef du service d'information et de surveillance policière.

les régions que l'automobile a parcourues. Il semble donc difficile de connaître la vérité.

Cette vérité que le rédacteur de l'interview s'avouait impuissant à découvrir, les esprits un peu clairvoyants la devinèrent par un simple rapprochement des faits qui s'étaient passés la veille au château d'Ambrumésy, et que tous les journaux rapportaient ce même jour dans leurs moindres détails. Il y avait évidemment là, entre cette disparition d'un cambrioleur blessé et cet enlèvement d'un chirurgien célèbre, une coïncidence dont il fallait tenir compte.

L'enquête, d'ailleurs, démontra la justesse de l'hypothèse. En suivant la piste du pseudo-chauffeur qui s'était enfui sur une bicyclette, on établit qu'il avait gagné la forêt d'Arqués, située à une quinzaine de kilomètres ; que, de là, après avoir jeté sa bicyclette dans un fossé, il s'était rendu au village de Saint-Nicolas, et qu'il avait envoyé une dépêche ainsi conçue :

A.L.N., BUREAU 45, PARIS

Situation désespérée. Opération urgente. Expédiez célébrité par nationale quatorze.

La preuve était irréfutable. Prévenus, les complices de Paris s'empressaient de prendre leurs dispositions. À dix heures du soir ils expédiaient la célébrité par la route nationale numéro 14 qui côtoie la forêt d'Arqués et aboutit à Dieppe. Pendant ce temps, à la faveur de l'incendie allumé par elle-même, la bande des cambrioleurs enlevait son chef et le transportait dans une auberge où l'opération avait lieu dès l'arrivée du docteur, vers deux heures du matin.

Là-dessus aucun doute. À Pontoise, à Gournay, à Forges, l'inspecteur principal Ganimard, envoyé spécialement de Paris, avec l'inspecteur Folenfant, constata le passage d'une automobile au cours de la nuit précédente… De même sur la route de

Dieppe à Ambrumésy ; et si l'on perdait soudain la trace de la voiture à une demi-lieue[1] environ du château, du moins on nota de nombreux vestiges de pas entre la petite porte du parc et les ruines du cloître. En outre, Ganimard fit remarquer que la serrure de la petite porte avait été forcée.

Donc tout s'expliquait. Restait à déterminer l'auberge dont le docteur avait parlé. Besogne aisée pour un Ganimard, fureteur, patient, et vieux routier de police[2]. Le nombre des auberges est limité, et celle-ci, étant donné l'état du blessé, ne pouvait être que dans le voisinage d'Ambrumésy. Ganimard et le brigadier se mirent en campagne[3]. À cinq cents mètres, à mille mètres, à cinq mille mètres à la ronde, ils visitèrent et fouillèrent tout ce qui pouvait passer pour une auberge. Mais, contre toute attente, le moribond[4] s'obstina à demeurer invisible.

Ganimard s'acharna. Il rentra coucher le soir du samedi au château, avec l'intention de faire son enquête personnelle le dimanche. Or, le dimanche matin, il apprit qu'une ronde de gendarmes avait aperçu cette nuit même une silhouette qui se glissait dans le chemin creux, à l'extérieur des murs. Était-ce un complice qui revenait aux informations ? Devait-on supposer que le chef de la bande n'avait pas quitté le cloître ou les environs du cloître ?

Le soir, Ganimard dirigea ouvertement l'escouade de gendarmes du côté de la ferme, et se plaça, lui, ainsi que Folenfant, en dehors des murs, près de la porte.

Un peu avant minuit, un individu déboucha du bois, fila entre eux, franchit le seuil de la porte et pénétra dans le parc. Durant trois heures, ils le virent errer à travers les ruines, se baissant, escaladant les vieux piliers, restant parfois de longues

---

1. La ***lieue*** est une ancienne unité de mesure de distance. Elle équivaut à environ 4 kilomètres.

2. ***Vieux routier de police*** : policier expérimenté.

3. ***Se mirent en campagne*** : se mirent en action.

4. ***Moribond*** : mourant.

minutes immobile. Puis il se rapprocha de la porte, et de nouveau passa entre les deux inspecteurs.

Ganimard lui mit la main au collet, tandis que Folenfant le prenait à bras-le-corps. Il ne résista pas, et, le plus docilement du monde, se laissa lier les poignets et conduire au château. Mais quand ils voulurent l'interroger, il répondit simplement qu'il ne leur devait aucun compte et qu'il attendrait la venue du juge d'instruction.

Alors ils l'attachèrent solidement au pied d'un lit, dans une des deux chambres contiguës qu'ils occupaient.

Le lundi matin, à neuf heures, dès l'arrivée de M. Filleul, Ganimard annonça la capture qu'il avait opérée. On fit descendre le prisonnier. C'était Isidore Beautrelet.

« Monsieur Isidore Beautrelet ! s'écria M. Filleul d'un air ravi et en tendant les mains au nouveau venu. Quelle bonne surprise ! Notre excellent détective amateur, ici ! à notre disposition !... Mais c'est une aubaine ! Monsieur l'inspecteur, permettez que je vous présente M. Beautrelet, élève de rhétorique au lycée Janson-de-Sailly. »

Ganimard paraissait quelque peu interloqué. Isidore le salua très bas, comme un confrère que l'on estime à sa valeur, et se tournant vers M. Filleul :

« Il paraît, monsieur le juge d'instruction, que vous avez reçu de bons renseignements sur moi ?

– Parfaits ! D'abord vous étiez en effet à Veules-les-Roses au moment où Mlle de Saint-Véran a cru vous voir dans le chemin creux. Nous établirons, je n'en doute pas, l'identité de votre sosie. Ensuite, vous êtes bel et bien Isidore Beautrelet, élève de rhétorique, et même excellent élève, laborieux et de conduite exemplaire. Votre père habitant la province, vous sortez une fois par mois chez son correspondant, M. Bernod, lequel ne tarit pas d'éloges à votre endroit.

– De sorte que...

– De sorte que vous êtes libre.

– Absolument libre ?

– Absolument. Ah ! toutefois j'y mets une petite, une toute petite condition. Vous comprenez que je ne puis relâcher un monsieur qui administre des narcotiques, qui s'évade par les fenêtres, et que l'on prend ensuite en flagrant délit de vagabondage dans les propriétés privées, que je ne le puis sans une compensation.

– J'attends.

– Eh bien, nous allons reprendre notre entretien interrompu, et vous allez me dire où vous en êtes de vos recherches… En deux jours de liberté vous avez dû les mener très loin ? »

Et comme Ganimard s'apprêtait à sortir, avec une affectation de dédain pour ce genre d'exercice, le juge s'écria :

« Mais pas du tout, monsieur l'inspecteur, votre place est ici… Je vous assure que M. Isidore Beautrelet vaut la peine qu'on l'écoute. M. Isidore Beautrelet, d'après mes renseignements s'est taillé au lycée Janson-de-Sailly une réputation d'observateur auprès de qui rien ne peut passer inaperçu, et ses condisciples, m'a-t-on dit, le considèrent comme votre émule[1], comme le rival d'Herlock Sholmès[2].

– En vérité ! fit Ganimard, ironique.

– Parfaitement. L'un d'eux m'a écrit : "Si Beautrelet déclare qu'il sait, il faut le croire, et, ce qu'il dira, ne doutez pas que ce soit l'expression exacte de la vérité." Monsieur Isidore Beautrelet, voici le moment ou jamais de justifier la confiance de vos camarades. Je vous en conjure, donnez-nous l'expression exacte de la vérité. »

---

1. ***Votre émule*** : votre égal.

2. Pour « Sherlock Holmes », détective à la mémoire impressionnante, capable de résoudre les énigmes les plus ardues. Il a été créé par l'Écossais Arthur Conan Doyle (1859-1930). Maurice Leblanc fait intervenir Herlock Sholmès dans plusieurs de ses récits, en le confrontant à Arsène Lupin. Dans l'affrontement qui les oppose, le gentleman cambrioleur finit presque toujours par avoir l'avantage sur l'enquêteur. Voir aussi note 1, p. 17, et dossier, p. 273.

Isidore écoutait en souriant, et il répondit :

« Monsieur le juge d'instruction, vous êtes cruel. Vous vous moquez de pauvres collégiens qui se divertissent comme ils peuvent. Vous avez bien raison, d'ailleurs, et je ne vous fournirai pas d'autres motifs de me railler[1].

– C'est que vous ne savez rien, monsieur Isidore Beautrelet.

– J'avoue, en effet, très humblement, que je ne sais rien. Car je n'appelle pas « savoir quelque chose » la découverte de deux ou trois points plus précis qui n'ont pu, du reste, j'en suis sûr, vous échapper.

– Par exemple ?

– Par exemple, l'objet du vol.

– Ah ! décidément, l'objet du vol vous est connu ?

– Comme à vous, je n'en doute pas. C'est même la première chose que j'ai étudiée, la tâche me paraissant plus facile.

– Plus facile vraiment ?

– Mon Dieu, oui. Il s'agit tout au plus de faire un raisonnement.

– Pas davantage ?

– Pas davantage.

– Et ce raisonnement ?

– Le voici, dépouillé de tout commentaire. D'une part *il y a eu vol*, puisque ces deux demoiselles sont d'accord et qu'elles ont réellement vu deux hommes qui s'enfuyaient avec des objets.

– Il y a eu vol.

– D'autre part, *rien n'a disparu*, puisque M. de Gesvres l'affirme et qu'il est mieux que personne en mesure de le savoir.

– Rien n'a disparu.

– De ces deux constatations il résulte inévitablement cette conséquence : du moment qu'il y a eu vol et que rien n'a disparu, c'est que l'objet emporté a été remplacé par un objet identique. Il se peut, je m'empresse de le dire, que ce raisonnement ne soit

---

1. ***De me railler*** : de vous moquer de moi.

pas ratifié par les faits. Mais je prétends que c'est le premier qui doive s'offrir à nous, et qu'on n'a le droit de l'écarter qu'après un examen sérieux.

– En effet… en effet… murmura le juge d'instruction, visiblement intéressé.

– Or, continua Isidore, qu'y avait-il dans ce salon qui pût attirer la convoitise des cambrioleurs ? Deux choses. La tapisserie d'abord. Ce ne peut être cela. Une tapisserie ancienne ne s'imite pas, et la supercherie vous eût sauté aux yeux. Restaient les quatre Rubens.

– Que dites-vous ?

– Je dis que les quatre Rubens accrochés à ce mur sont faux.

– Impossible !

– Ils sont faux, *a priori*, fatalement, et sans appel.

– Je vous répète que c'est impossible.

– Il y a bientôt un an, monsieur le juge d'instruction, un jeune homme, qui se faisait appeler Charpenais, est venu au château d'Ambrumésy et a demandé la permission de copier les tableaux de Rubens. Cette permission lui fut accordée par M. de Gesvres. Chaque jour, durant cinq mois, du matin jusqu'au soir, Charpenais travailla dans ce salon. Ce sont les copies qu'il a faites, cadres et toiles, qui ont pris la place des quatre grands tableaux originaux légués à M. de Gesvres par son oncle, le marquis de Bobadilla.

– La preuve ?

– Je n'ai pas de preuve à donner. Un tableau est faux parce qu'il est faux, et j'estime qu'il n'est pas même besoin d'examiner ceux-là. »

M. Filleul et Ganimard se regardaient sans dissimuler leur étonnement. L'inspecteur ne songeait plus à se retirer. À la fin, le juge d'instruction murmura :

« Il faudrait avoir l'avis de M. de Gesvres. »

Et Ganimard approuva :

« Il faudrait avoir son avis. »

Et ils donnèrent l'ordre qu'on priât le comte de venir au salon.

C'était une véritable victoire que remportait le jeune rhétoricien[1]. Contraindre deux hommes de métier, deux professionnels comme M. Filleul et Ganimard, à faire état de ses hypothèses, il y avait là un hommage dont tout autre se fût enorgueilli. Mais Beautrelet paraissait insensible à ces petites satisfactions d'amour-propre, et toujours souriant, sans la moindre ironie, il attendait. M. de Gesvres entra.

« Monsieur le comte, lui dit le juge d'instruction, la suite de notre enquête nous met en face d'une éventualité tout à fait imprévue, et que nous vous soumettons sous toutes réserves. Il se pourrait... je dis : il se pourrait... que les cambrioleurs, en s'introduisant ici, aient eu pour but de dérober vos quatre Rubens ou du moins de les remplacer par quatre copies... copies qu'eût exécutées, il y a un an, un peintre du nom de Charpenais. Voulez-vous examiner ces tableaux et nous dire si vous les reconnaissez pour authentiques ? »

Le comte parut réprimer un mouvement de contrariété, observa Beautrelet, puis M. Filleul, et répondit sans prendre la peine de s'approcher des tableaux :

« J'espérais, monsieur le juge d'instruction, que la vérité resterait ignorée. Puisqu'il en est autrement, je n'hésite pas à le déclarer : ces quatre tableaux sont faux.

– Vous le saviez donc ?

– Dès la première heure.

– Que ne le disiez-vous ?

– Le possesseur d'un objet n'est jamais pressé de dire que cet objet n'est pas... ou n'est plus authentique.

– Cependant, c'était le seul moyen de les retrouver.

– Il y en avait un meilleur.

– Lequel ?

1. ***Rhétoricien*** : élève de rhétorique (voir note 1, p. 58).

– Celui de ne pas ébruiter le secret, de ne pas effaroucher mes voleurs, et de leur proposer le rachat des tableaux dont ils doivent être quelque peu embarrassés.

– Comment communiquer avec eux ? »

Le comte ne répondant pas, ce fut Isidore qui riposta :

« Par une note insérée dans les journaux. Cette petite note, publiée par *Le Journal* et *Le Matin*, est ainsi conçue :

Suis disposé à racheter les tableaux. »

Le comte approuva d'un signe de tête. Une fois encore le jeune homme en remontrait à ses aînés.

M. Filleul fut beau joueur.

« Décidément, cher monsieur, je commence à croire que vos camarades n'ont pas tout à fait tort. Sapristi, quel coup d'œil ! quelle intuition ! Si cela continue, M. Ganimard et moi nous n'aurons plus rien à faire.

– Oh ! tout cela n'était guère compliqué.

– Le reste l'est davantage, voulez-vous dire ? Je me rappelle en effet que, lors de notre première rencontre, vous aviez l'air d'en savoir plus long. Voyons, autant que je m'en souvienne, vous affirmiez que le nom du meurtrier vous était connu ?

– En effet.

– Qui donc a tué Jean Daval ? Cet homme est-il vivant ? Où se cache-t-il ?

– Il y a un malentendu entre nous, monsieur le juge, ou plutôt un malentendu entre vous et la réalité des faits, et cela depuis le début. Le meurtrier et le fugitif sont deux individus distincts.

– Que dites-vous ? s'exclama M. Filleul. L'homme que M. de Gesvres a vu dans le boudoir et contre lequel il a lutté, l'homme que ces demoiselles ont vu dans le salon et sur lequel Mlle de Saint-Véran a tiré, l'homme qui est tombé dans le parc et que nous cherchons, cet homme-là n'est pas celui qui a tué Jean Daval ?

– Non.

– Avez-vous découvert les traces d'un troisième complice qui aurait disparu avant l'arrivée de ces demoiselles ?

– Non.

– Alors je ne comprends plus… Qui donc est le meurtrier de Jean Daval ?

– Jean Daval a été tué par… »

Beautrelet s'interrompit, demeura pensif un instant et reprit :

« Mais auparavant il faut que je vous montre le chemin que j'ai suivi pour arriver à la certitude, et les raisons mêmes du meurtre… sans quoi mon accusation vous semblerait monstrueuse… Et elle ne l'est pas… non, elle ne l'est pas… Il y a un détail qui n'a pas été remarqué et qui cependant a la plus grande importance, c'est que Jean Daval, au moment où il fut frappé, était vêtu de tous ses vêtements, chaussé de ses bottines de marche, bref, habillé comme on l'est en plein jour. Or, le crime a été commis à quatre heures du matin.

– J'ai relevé cette bizarrerie, fit le juge. M. de Gesvres m'a répondu que Daval passait une partie de ses nuits à travailler.

– Les domestiques disent au contraire qu'il se couchait régulièrement de très bonne heure. Mais admettons qu'il fût debout : pourquoi a-t-il défait son lit, de manière à faire croire qu'il était couché ? Et s'il était couché, pourquoi, en entendant du bruit, a-t-il pris la peine de s'habiller des pieds à la tête au lieu de se vêtir sommairement ? J'ai visité sa chambre le premier jour, tandis que vous déjeuniez : ses pantoufles étaient au pied de son lit. Qui l'empêcha de les mettre plutôt que de chausser ses lourdes bottines ferrées ?

– Jusqu'ici, je ne vois pas…

– Jusqu'ici, en effet, vous ne pouvez voir que des anomalies. Elles m'ont paru cependant beaucoup plus suspectes quand j'appris que le peintre Charpenais – le copiste des Rubens – avait été présenté au comte par Jean Daval lui-même.

– Eh bien ?

– Eh bien, de là à conclure que Jean Daval et Charpenais étaient complices, il n'y a qu'un pas. Ce pas, je l'avais franchi lors de notre conversation.

– Un peu vite, il me semble.

– En effet, il fallait une preuve matérielle. Or, j'avais découvert dans la chambre de Daval, sur une des feuilles du sous-main où il écrivait, cette adresse, qui s'y trouve encore d'ailleurs, décalquée à l'envers par le buvard[1] : *Monsieur A.L.N., bureau 45. Paris*. Le lendemain, on découvrit que le télégramme envoyé de Saint-Nicolas par le pseudo-chauffeur portait cette même adresse : *A.L.N., bureau 45*. La preuve matérielle existait, Jean Daval correspondait avec la bande qui avait organisé l'enlèvement des tableaux. »

M. Filleul ne souleva aucune objection.

« Soit. La complicité est établie. Et vous en concluez ?

– Ceci d'abord, c'est que ce n'est point le fugitif qui a tué Jean Daval, puisque Jean Daval était son complice.

– Alors ?

– Monsieur le juge d'instruction, rappelez-vous la première phrase que prononça M. de Gesvres lorsqu'il se réveilla de son évanouissement. La phrase, rapportée par Mlle de Gesvres, est au procès-verbal : "Je ne suis pas blessé. Et Daval ?... Est-ce qu'il vit ?... Le couteau ?..." Et je vous prie de la rapprocher de cette partie de son récit, également consignée au procès-verbal, où M. de Gesvres raconte l'agression : "L'homme bondit sur moi et m'étendit d'un coup de poing à la nuque." Comment M. de Gesvres, qui était évanoui, pouvait-il savoir en se réveillant que Daval avait été frappé par un couteau ? »

Beautrelet n'attendit point de réponse à sa question. On eût dit qu'il se hâtait pour la faire lui-même et couper court à tout commentaire. Il repartit aussitôt :

---

1. ***Buvard*** : feuille de papier épais et absorbant qu'on utilisait pour sécher l'encre des plumes et éviter les taches. Avec une encre fraîche, le texte écrit pouvait s'imprimer à l'envers sur la feuille de papier buvard.

« Donc, c'est Jean Daval qui conduit les trois cambrioleurs jusqu'à ce salon. Tandis qu'il s'y trouve avec celui qu'ils appellent leur chef, un bruit se fait entendre dans le boudoir. Daval ouvre la porte. Reconnaissant M. de Gesvres, il se précipite vers lui, armé du couteau. M. de Gesvres réussit à lui arracher ce couteau, l'en frappe, et tombe lui-même frappé d'un coup de poing par cet individu que les deux jeunes filles devaient apercevoir quelques minutes après. »

De nouveau, M. Filleul et l'inspecteur se regardèrent. Ganimard hocha la tête d'un air déconcerté. Le juge reprit :

« Monsieur le comte, dois-je croire que cette version est exacte ?... »

M. de Gesvres ne répondit pas.

« Voyons, monsieur le comte, votre silence nous permettrait de supposer... »

Très nettement, M. de Gesvres prononça :

« Cette version est exacte en tous points. »

Le juge sursauta.

« Alors je ne comprends pas que vous ayez induit la justice en erreur. Pourquoi dissimuler un acte que vous aviez le droit de commettre, étant en légitime défense ?

– Depuis vingt ans, dit M. de Gesvres, Daval travaillait à mes côtés. J'avais confiance en lui. Il m'a rendu des services inestimables. S'il m'a trahi, à la suite de je ne sais quelles tentations, je ne voulais pas du moins, en souvenir du passé, que sa trahison fût connue.

– Vous ne vouliez pas, soit, mais vous deviez...

– Je ne suis pas de votre avis, monsieur le juge d'instruction. Du moment qu'aucun innocent n'était accusé de ce crime, mon droit absolu était de ne pas accuser celui qui fut à la fois le coupable et la victime. Il est mort. J'estime que la mort est un châtiment suffisant.

– Mais maintenant, monsieur le comte, maintenant que la vérité est connue, vous pouvez parler.

– Oui. Voici deux brouillons de lettres écrites par lui à ses complices. Je les ai pris dans son portefeuille, quelques minutes après sa mort.

– Et le mobile du vol ?

– Allez à Dieppe, au 18 de la rue de la Barre. Là demeure une certaine Mme Verdier. C'est pour cette femme qu'il a connue il y a deux ans, pour subvenir à ses besoins d'argent, que Daval a volé. »

Ainsi tout s'éclairait. Le drame sortait de l'ombre et peu à peu apparaissait sous son véritable jour.

« Continuons, dit M. Filleul, après que le comte se fut retiré.

– Ma foi, dit Beautrelet gaiement, je suis à peu près au bout de mon rouleau.

– Mais le fugitif, le blessé ?

– Là-dessus, monsieur le juge d'instruction, vous en savez autant que moi... Vous avez suivi son passage dans l'herbe du cloître... vous savez...

– Oui, je sais... mais, depuis, ils l'ont enlevé, et ce que je voudrais, ce sont des indications sur cette auberge... »

Isidore Beautrelet éclata de rire.

« L'auberge ! L'auberge n'existe pas ! c'est un truc pour dépister la justice, un truc ingénieux puisqu'il a réussi.

– Cependant, le docteur Delattre affirme...

– Eh ! justement, s'écria Beautrelet, d'un ton de conviction. C'est parce que le docteur Delattre affirme qu'il ne faut pas le croire. Comment ! le docteur Delattre n'a voulu donner sur toute son aventure que les détails les plus vagues ! il n'a voulu rien dire qui pût compromettre la sûreté de son client... Et voilà tout à coup qu'il attire l'attention sur une auberge ! Mais soyez certain que, s'il a prononcé ce mot d'auberge, c'est qu'il lui fut imposé. Soyez certain que toute l'histoire qu'il nous a servie lui fut dictée sous peine de représailles terribles. Le docteur a une femme et une fille. Et il les aime trop pour désobéir à des gens dont il a éprouvé la formidable puissance. Et c'est pourquoi il a fourni à vos efforts la plus précise des indications.

– Si précise qu'on ne peut trouver l'auberge.

– Si précise que vous ne cessez pas de la chercher, contre toute vraisemblance, et que vos yeux se sont détournés du seul endroit où l'homme puisse être, de cet endroit mystérieux qu'il n'a pas quitté, qu'il n'a pas pu quitter depuis l'instant où, blessé par Mlle de Saint-Véran, il est parvenu à s'y glisser, comme une bête dans sa tanière.

– Mais où, sacrebleu ?

– Dans les ruines de la vieille abbaye.

– Mais il n'y a plus de ruines ! Quelques pans de mur ! Quelques colonnes !

– C'est là qu'il s'est terré, monsieur le juge d'instruction, cria Beautrelet avec force, c'est là qu'il faut borner vos recherches ! c'est là, et pas ailleurs, que vous trouverez Arsène Lupin.

– Arsène Lupin ! » s'exclama M. Filleul en sautant sur ses jambes.

Il y eut un silence un peu solennel, où se prolongèrent les syllabes du nom fameux. Arsène Lupin, le grand aventurier, le roi des cambrioleurs, était-ce possible que ce fût lui l'adversaire vaincu, et cependant invisible, après lequel on s'acharnait en vain depuis plusieurs jours ? Mais Arsène Lupin pris au piège, arrêté, pour un juge d'instruction, c'était l'avancement immédiat, la fortune, la gloire !

Ganimard n'avait pas bronché. Isidore lui dit :

« Vous êtes de mon avis, n'est-ce pas, monsieur l'inspecteur ?

– Parbleu !

– Vous non plus, n'est-ce pas, vous n'avez jamais douté que ce fût lui l'organisateur de cette affaire ?

– Pas une seconde ! La signature y est. Un coup de Lupin, ça diffère d'un autre coup comme un visage d'un autre visage. Il n'y a qu'à ouvrir les yeux.

– Vous croyez… vous croyez… répétait M. Filleul.

– Si je crois ! s'écria le jeune homme. Tenez, rien que ce petit fait, sous quelles initiales ces gens-là correspondent-ils entre eux ? A.L.N., c'est-à-dire la première lettre du nom d'Arsène, la première et la dernière du nom de Lupin.

– Ah ! fit Ganimard, rien ne vous échappe. Vous êtes un rude type, et le vieux Ganimard met bas les armes[1]. »

Beautrelet rougit de plaisir et serra la main que lui tendait l'inspecteur. Les trois hommes s'étaient rapprochés du balcon, et leur regard s'étendait sur le champ des ruines. M. Filleul murmura :

« Alors, il serait là.

– *Il est là*, dit Beautrelet, d'une voix sourde. Il est là depuis la minute même où il est tombé. Logiquement et pratiquement, il ne pouvait s'échapper sans être aperçu de Mlle de Saint-Véran et des deux domestiques.

– Quelle preuve en avez-vous ?

– La preuve, ses complices nous l'ont donnée. Le matin même, l'un d'eux se déguisait en chauffeur, vous conduisait ici…

– Pour reprendre la casquette, pièce d'identité.

– Soit, mais aussi, mais surtout, pour visiter les lieux, se rendre compte, et voir par lui-même ce qu'était devenu le patron.

– Et il s'est rendu compte ?

– Je le suppose, puisqu'il connaissait la cachette, lui. Et je suppose que l'état désespéré de son chef lui fut révélé, puisque, sous le coup de l'inquiétude, il a commis l'imprudence d'écrire ce mot de menace :

“Malheur à la jeune fille si elle a tué le patron.”

– Mais ses amis ont pu l'enlever par la suite ?

– Quand ? Vos hommes n'ont pas quitté les ruines. Et puis où l'aurait-on transporté ? Tout au plus à quelques centaines de mètres de distance, car on ne fait pas voyager un moribond… et alors vous l'auriez trouvé. Non, vous dis-je, il est là. Jamais ses

1. ***Met bas les armes*** : s'avoue vaincu.

amis ne l'auraient arraché à la plus sûre des retraites. C'est là qu'ils ont amené le docteur, tandis que les gendarmes couraient au feu comme des enfants.

– Mais comment vit-il ? Pour vivre, il faut des aliments, de l'eau !

– Je ne puis rien dire… je ne sais rien… mais il est là, je vous le jure. Il est là parce qu'il ne peut pas ne pas y être. J'en suis sûr comme si je le voyais, comme si je le touchais. Il est là. »

Le doigt tendu vers les ruines, il dessinait dans l'air un petit cercle qui diminuait peu à peu jusqu'à n'être plus qu'un point. Et ce point, les deux compagnons le cherchaient éperdument, tous deux penchés sur l'espace, tous deux émus de la même foi que Beautrelet et frissonnants de l'ardente conviction qu'il leur avait imposée. Oui, Arsène Lupin était là. En théorie comme en fait, il y était, ni l'un ni l'autre n'en pouvaient plus douter.

Et il y avait quelque chose d'impressionnant et de tragique à savoir que, dans quelque refuge ténébreux, gisait à même le sol, sans secours, fiévreux, épuisé, le célèbre aventurier.

« Et s'il meurt ? prononça M. Filleul à voix basse.

– S'il meurt, dit Beautrelet, et que ses complices en aient la certitude, veillez au salut de Mlle de Saint-Véran, monsieur le juge, car la vengeance sera terrible. »

Quelques minutes plus tard, et malgré les instances de M. Filleul, qui se fût volontiers accommodé de ce prestigieux auxiliaire, Beautrelet, dont les vacances expiraient ce même jour, reprenait la route de Dieppe. Il débarquait à Paris vers cinq heures et, à huit heures, franchissait en même temps que ses camarades la porte du lycée Janson.

Ganimard, après une exploration aussi minutieuse qu'inutile des ruines d'Ambrumésy, rentra par le rapide[1] du soir. En arrivant chez lui, il trouva ce pneumatique[2] :

---

1. ***Rapide*** : train à grande vitesse ne s'arrêtant que dans les gares principales.
2. ***Pneumatique*** : courrier rapide en usage à Paris dans la première moitié du XXe siècle. Il était acheminé d'un bureau de poste à l'autre par des tubes pressurisés.

Monsieur l'Inspecteur principal,

Ayant eu un peu de loisir à la fin de la journée, j'ai pu réunir quelques renseignements complémentaires qui ne manqueront pas de vous intéresser.

Depuis un an Arsène Lupin vit à Paris sous le nom d'Étienne de Vaudreix. C'est un nom que vous avez pu lire souvent dans les chroniques mondaines ou les échos sportifs. Grand voyageur, il fait de longues absences, pendant lesquelles il va, dit-il, chasser le tigre au Bengale ou le renard bleu en Sibérie. Il passe pour s'occuper d'affaires sans qu'on puisse préciser de quelles affaires il s'agit.

Son domicile actuel : 36, rue Marbeuf. (Je vous prie de remarquer que la rue Marbeuf est à proximité du bureau de poste numéro 45.) Depuis le jeudi 23 avril, veille de l'agression d'Ambrumésy, on n'a aucune nouvelle d'Étienne de Vaudreix.

Recevez, monsieur l'Inspecteur principal, avec toute ma gratitude pour la bienveillance que vous m'avez témoignée, l'assurance de mes meilleurs sentiments.

Isidore Beautrelet

Post-scriptum. – Surtout ne croyez pas qu'il m'ait fallu grand mal pour obtenir ces informations. Le matin même du crime, lorsque M. Filleul poursuivait son instruction devant quelques privilégiés, j'avais eu l'heureuse inspiration d'examiner la casquette du fugitif avant que le pseudo-chauffeur ne fût venu la changer. Le nom du chapelier m'a suffi vous pensez bien, pour trouver la filière qui m'a fait connaître le nom de l'acheteur et son domicile.

Le lendemain matin, Ganimard se présentait au 36 de la rue Marbeuf. Renseignements pris auprès de la concierge, il se fit ouvrir le rez-de-chaussée de droite, où il ne découvrit rien que des cendres dans la cheminée. Quatre jours auparavant, deux amis étaient venus brûler tous les papiers compromettants. Mais au moment de sortir, Ganimard croisa le facteur qui apportait une lettre pour M. de Vaudreix. L'après-midi, le parquet, saisi de l'affaire, réclamait la lettre. Elle était timbrée d'Amérique et contenait ces lignes, écrites en anglais :

> Monsieur,
>
> Je vous confirme la réponse que j'ai faite à votre agent. Dès que vous aurez en votre possession les quatre tableaux de M. de Gesvres, expédiez-les par le mode convenu. Vous y joindrez le reste, si vous pouvez réussir, ce dont je doute fort.
> Une affaire imprévue m'obligeant à partir, j'arriverai en même temps que cette lettre. Vous me trouverez au Grand-Hôtel.
>
> HARLINGTON.

Le jour même, Ganimard, muni d'un mandat d'arrêt, conduisait au dépôt[1] le sieur Harlington, citoyen américain, inculpé de recel[2] et de complicité de vol.

Ainsi donc, en l'espace de vingt-quatre heures, grâce aux indications vraiment inattendues d'un gamin de dix-sept ans, tous les nœuds de l'intrigue se dénouaient. En vingt-quatre heures, ce qui était inexplicable devenait simple et lumineux. En vingt-quatre heures, le plan des complices pour sauver leur chef était déjoué, la capture d'Arsène Lupin blessé, mourant, ne faisait plus de doute, sa bande était désorganisée, on connaissait son installation à Paris, le masque dont il se couvrait, et l'on perçait à jour, pour la première fois, avant qu'il eût pu en assurer la complète exécution, un de ses coups les plus habiles et le plus longuement étudiés.

Ce fut dans le public comme une immense clameur d'étonnement, d'admiration et de curiosité. Déjà le journaliste rouennais, en un article très réussi, avait raconté le premier interrogatoire du

1. ***Dépôt*** : partie de la Conciergerie où sont gardés les prisonniers en attente de jugement.
2. ***Recel*** : ici, trafic d'œuvres d'art volées.

jeune rhétoricien, mettant en lumière sa bonne grâce[1], son charme naïf et son assurance tranquille. Les indiscrétions auxquelles Ganimard et M. Filleul s'abandonnèrent malgré eux, entraînés par un élan plus fort que leur orgueil professionnel, éclairèrent le public sur le rôle de Beautrelet au cours des derniers événements. Lui seul avait tout fait. À lui seul revenait tout le mérite de la victoire.

On se passionna. Du jour au lendemain, Isidore Beautrelet fut un héros, et la foule, subitement engouée[2], exigea sur son nouveau favori les plus amples détails. Les reporters étaient là. Ils se ruèrent à l'assaut du lycée Janson-de-Sailly, guettèrent les externes au sortir des classes et recueillirent tout ce qui concernait, de près ou de loin, le nommé Beautrelet ; et l'on apprit ainsi la réputation dont jouissait parmi ses camarades celui qu'ils appelaient le rival d'Herlock Sholmès. Par raisonnement, par logique et sans plus de renseignements que ceux qu'il lisait dans les journaux, il avait, à diverses reprises, annoncé la solution d'affaires compliquées que la justice ne devait débrouiller que longtemps après lui. C'était devenu un divertissement au lycée Janson que de poser à Beautrelet des questions ardues, des problèmes indéchiffrables, et l'on s'émerveillait de voir avec quelle sûreté d'analyse, au moyen de quelles ingénieuses déductions, il se dirigeait au milieu des ténèbres les plus épaisses. Dix jours avant l'arrestation de l'épicier Jorisse, il indiquait le parti que l'on pouvait tirer du fameux parapluie. De même, il affirmait dès le début, à propos du drame de Saint-Cloud, que le concierge était l'unique meurtrier possible[3].

Mais le plus curieux fut l'opuscule[4] que l'on trouva en circulation parmi les élèves du lycée, opuscule signé de lui, imprimé à la machine à écrire et tiré à dix exemplaires. Comme titre : ARSÈNE

---

1. ***Bonne grâce*** : bonne volonté.
2. ***Engouée*** : passionnée.
3. L'auteur fait allusion à deux faits divers de l'époque.
4. ***Opuscule*** : petit ouvrage.

LUPIN, *sa méthode, en quoi il est classique et en quoi original* – suivi d'un parallèle entre l'humour anglais et l'ironie française.

C'était une étude approfondie de chacune des aventures de Lupin, où les procédés de l'illustre cambrioleur nous apparaissaient avec un relief extraordinaire, où l'on montrait le mécanisme même de ses façons d'agir, sa tactique toute spéciale, ses lettres aux journaux, ses menaces, l'annonce de ses vols, bref, l'ensemble des trucs qu'il employait pour « cuisiner » la victime choisie et la mettre dans un état d'esprit tel, qu'elle s'offrait presque au coup machiné contre elle et que tout s'effectuait pour ainsi dire de son propre consentement.

Et c'était si juste comme critique, si pénétrant, si vivant, et d'une ironie à la fois si ingénue et si cruelle, qu'aussitôt les rieurs passèrent de son côté, que la sympathie des foules se détourna sans transition de Lupin vers Isidore Beautrelet, et que dans la lutte qui s'engageait entre eux, d'avance on proclama la victoire du jeune rhétoricien.

En tout cas, cette victoire, M. Filleul aussi bien que le parquet de Paris semblaient jaloux de lui en réserver la possibilité. D'une part, en effet, on ne parvenait pas à établir l'identité du sieur Harlington, ni à fournir une preuve décisive de son affiliation à la bande de Lupin. Compère ou non, il se taisait obstinément. Bien plus, après examen de son écriture, on n'osait plus affirmer que ce fût lui l'auteur de la lettre interceptée. Un sieur Harlington, pourvu d'un sac de voyage et d'un carnet amplement pourvu de bank-notes, était descendu au Grand-Hôtel, voilà tout ce qu'il était possible d'affirmer.

D'autre part, à Dieppe, M. Filleul couchait sur les positions que Beautrelet lui avait conquises. Il ne faisait pas un pas en avant. Autour de l'individu que Mlle de Saint-Véran avait pris pour Beautrelet, la veille du crime, même mystère. Mêmes ténèbres aussi sur tout ce qui concernait l'enlèvement des quatre Rubens. Qu'étaient devenus ces tableaux ? Et l'automobile qui les avait emportés dans la nuit, quel chemin avait-elle suivi ?

À Luneray, à Yerville, à Yvetot, on avait recueilli des preuves de son passage, ainsi qu'à Caudebec-en-Caux, où elle avait dû traverser la Seine au petit jour dans le bac[1] à vapeur. Mais quand on poussa l'enquête à fond, il fut avéré que ladite automobile était découverte et qu'il eût été impossible d'y entasser quatre grands tableaux sans que les employés du bac les eussent aperçus. C'était tout probablement la même auto, mais alors la question se posait encore : qu'étaient devenus les quatre Rubens ?

Autant de problèmes que M. Filleul laissait sans réponse. Chaque jour ses subordonnés fouillaient le quadrilatère des ruines. Presque chaque jour il venait diriger les explorations. Mais de là à découvrir l'asile où Lupin agonisait – si tant est que l'opinion de Beautrelet fût juste –, de là à découvrir cet asile, il y avait un abîme que l'excellent magistrat n'avait point l'air disposé à franchir.

Aussi était-il naturel que l'on se retournât vers Isidore Beautrelet, puisque lui seul avait réussi à dissiper des ténèbres qui, en dehors de lui, se reformaient plus intenses et plus impénétrables. Pourquoi ne s'acharnait-il pas après cette affaire ? Au point où il l'avait menée, il lui suffisait d'un effort pour aboutir.

La question lui fut posée par un rédacteur du *Grand Journal*, qui s'introduisit dans le lycée Janson sous le faux nom de Bernod, correspondant de Beautrelet. À quoi Isidore répondit fort sagement :

« Cher monsieur, il n'y a pas que Lupin en ce monde, il n'y a pas que des histoires de cambrioleurs et de détectives, il y a aussi cette réalité qui s'appelle le baccalauréat. Or, je me présente en juillet. Nous sommes en mai. Et je ne veux pas échouer. Que dirait mon brave homme de père ?

– Mais que dirait-il si vous livriez à la justice Arsène Lupin ?

---

1. **Bac** : sorte de grand bateau plat, principalement destiné à faire passer les personnes, les animaux, les voitures, les charrettes, d'un bord à l'autre d'une rivière ou d'un fleuve.

– Bah ! il y a temps pour tout. Aux prochaines vacances…

– Celles de la Pentecôte ?

– Oui. Je partirai le samedi 6 juin par le premier train.

– Et le soir de ce samedi, Arsène Lupin sera pris.

– Me donnez-vous jusqu'au dimanche ? demanda Beautrelet en riant.

– Pourquoi ce retard ? » riposta le journaliste du ton le plus sérieux.

Cette confiance inexplicable, née d'hier et déjà si forte, tout le monde la ressentait à l'endroit du jeune homme, bien qu'en réalité les événements ne la justifiassent que jusqu'à un certain point. N'importe ! on croyait. De sa part rien ne semblait difficile. On attendait de lui ce qu'on aurait pu attendre tout au plus de quelque phénomène de clairvoyance et d'intuition, d'expérience et d'habileté. Le 6 juin ! cette date s'étalait dans tous les journaux. Le 6 juin, Isidore Beautrelet prendrait le rapide de Dieppe, et le soir Arsène Lupin serait arrêté.

« À moins que d'ici là il ne s'évade… objectaient les derniers partisans de l'aventurier.

– Impossible ! toutes les issues sont gardées.

– À moins alors qu'il n'ait succombé à ses blessures », reprenaient les partisans, lesquels eussent mieux aimé la mort que la capture de leur héros.

Et la réplique était immédiate :

« Allons donc, si Lupin était mort, ses complices le sauraient, et Lupin serait vengé, Beautrelet l'a dit. »

Et le 6 juin arriva. Une demi-douzaine de journalistes guettaient Isidore à la gare Saint-Lazare. Deux d'entre eux voulaient l'accompagner dans son voyage. Il les supplia de n'en rien faire.

Il s'en alla donc seul. Son compartiment était vide. Assez fatigué par une série de nuits consacrées au travail, il ne tarda pas à s'endormir d'un lourd sommeil. En rêve, il eut l'impression qu'on s'arrêtait à différentes stations et que des personnes montaient et descendaient. À son réveil, en vue de Rouen, il était encore seul. Mais sur le dossier de la banquette opposée, une large feuille de papier, fixée par une épingle à l'étoffe grise, s'offrait à ses regards. Elle portait ces mots :

> Chacun ses affaires. Occupez-vous des vôtres. Sinon tant pis pour vous.

« Parfait ! dit-il en se frottant les mains. Ça va mal dans le camp adverse. Cette menace est aussi stupide que celle du pseudo-chauffeur. Quel style ! on voit bien que ce n'est pas Lupin qui tient la plume. »

On s'engouffrait sous le tunnel qui précède la vieille cité normande. En gare, Isidore fit deux ou trois tours sur le quai pour se dégourdir les jambes. Il se disposait à regagner son compartiment, quand un cri lui échappa. En passant près de la bibliothèque, il avait lu distraitement, à la première page d'une édition spéciale du *Journal de Rouen*, ces quelques lignes dont il percevait soudain l'effrayante signification :

> *Dernière heure*. – On nous téléphone de Dieppe que, cette nuit, des malfaiteurs ont pénétré dans le château d'Ambrumésy, ont ligoté et bâillonné Mlle de Gesvres, et ont enlevé Mlle de Saint-Véran. Des traces de sang ont été relevées à cinq cents mètres du château, et tout auprès on a retrouvé une écharpe également maculée de sang. Il y a lieu de craindre que la malheureuse jeune fille n'ait été assassinée.

Jusqu'à Dieppe, Isidore Beautrelet resta immobile. Courbé en deux, les coudes sur les genoux et ses mains plaquées contre sa figure, il réfléchissait. À Dieppe, il loua une auto. Au seuil d'Ambrumésy, il rencontra le juge d'instruction qui lui confirma l'horrible nouvelle.

« Vous ne savez rien de plus ? demanda Beautrelet.

– Rien. J'arrive à l'instant. »

Au même moment le brigadier de gendarmerie s'approchait de M. Filleul et lui remettait un morceau de papier, froissé, déchiqueté, jauni, qu'il venait de ramasser non loin de l'endroit où l'on avait découvert l'écharpe. M. Filleul l'examina, puis le tendit à Isidore Beautrelet en disant :

« Voilà qui ne nous aidera pas beaucoup dans nos recherches. »

Isidore tourna et retourna le morceau de papier. Couvert de chiffres, de points et de signes il offrait exactement le dessin que nous donnons ci-dessous :

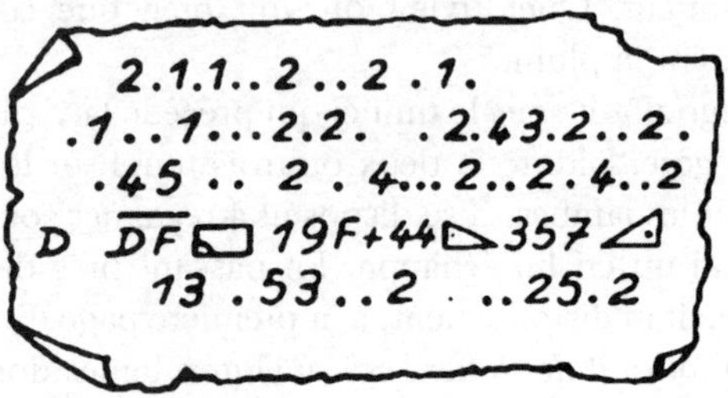

3. Le cadavre

Vers six heures du soir, ses opérations terminées, M. Filleul attendait, en compagnie de son greffier, M. Brédoux, la voiture qui devait le ramener à Dieppe. Il paraissait agité, nerveux. Par deux fois il demanda :

« Vous n'avez pas aperçu le jeune Beautrelet ?

– Ma foi non, monsieur le juge.

– Où diable peut-il être ? On ne l'a pas vu de la journée. »

Soudain, il eut une idée, confia son portefeuille à Brédoux, fit en courant le tour du château et se dirigea vers les ruines.

Près de la grande arcade, à plat ventre sur le sol tapissé des longues aiguilles de pin, un de ses bras replié sous sa tête, Isidore semblait assoupi.

« Eh quoi ! Que devenez-vous, jeune homme ? Vous dormez ?

– Je ne dors pas. Je réfléchis.

– Il s'agit bien de réfléchir ! Il faut voir d'abord. Il faut étudier les faits, chercher des indices, établir des points de repère. C'est après que, par réflexion, on coordonne tout cela et que l'on découvre la vérité.

– Oui, je sais… c'est la méthode usuelle… la bonne sans doute. Moi, j'en ai une autre… je réfléchis d'abord, je tâche avant tout de trouver l'idée générale de l'affaire, si je peux m'exprimer ainsi. Puis j'imagine une hypothèse raisonnable, logique, en accord avec cette idée générale. Et c'est après, seulement, que j'examine si les faits veulent bien s'adapter à mon hypothèse.

– Drôle de méthode et rudement compliquée !

– Méthode sûre, monsieur Filleul, tandis que la vôtre ne l'est pas.

– Allons donc, les faits sont les faits.

– Avec des adversaires quelconques, oui. Mais pour peu que l'ennemi ait quelque ruse, les faits sont ceux qu'il a choisis. Ces fameux indices sur lesquels vous bâtissez votre enquête, il fut libre, lui, de les disposer à son gré. Et vous voyez alors, quand il s'agit d'un homme comme Lupin, où cela peut vous conduire, vers quelles erreurs et quelles inepties[1] ! Sholmès lui-même est tombé dans le piège.

– Arsène Lupin est mort.

– Soit. Mais sa bande reste, et les élèves d'un tel maître sont des maîtres eux-mêmes. »

M. Filleul prit Isidore par le bras, et l'entraînant :

« Des mots, jeune homme. Voici qui est plus important. Écoutez bien. Ganimard, retenu à Paris à l'heure actuelle, n'arrive que dans quelques jours. D'autre part, le comte de Gesvres a télégraphié à Herlock Sholmès, lequel a promis son concours pour la semaine prochaine. Jeune homme, ne pensez-vous pas qu'il y

1. ***Inepties*** : sottises, absurdités.

aurait quelque gloire à dire à ces deux célébrités, le jour de leur arrivée : “Mille regrets, chers messieurs, mais nous n’avons pu attendre davantage. La besogne est finie” ? »

Il était impossible de confesser son impuissance avec plus d’ingéniosité que ne le faisait ce bon M. Filleul. Beautrelet réprima un sourire et, affectant d’être dupe[1], répondit :

« Je vous avouerai, monsieur le juge d’instruction, que, si je n’ai pas assisté tantôt à votre enquête, c’était dans l’espoir que vous consentiriez à m’en communiquer les résultats. Voyons, que savez-vous ?

– Eh bien, voici. Hier soir, à onze heures, les trois gendarmes que le brigadier Quevillon avait laissés de faction au château, recevaient dudit[2] brigadier un petit mot les appelant en toute hâte à Ouville où se trouve leur brigade. Ils montèrent aussitôt à cheval, et quand ils arrivèrent…

– Ils constatèrent qu’ils avaient été joués, que l’ordre était faux et qu’ils n’avaient plus qu’à retourner à Ambrumésy.

– C’est ce qu’ils firent, sous la conduite du brigadier. Mais leur absence avait duré une heure et demie, et pendant ce temps, le crime avait été commis.

– Dans quelles conditions ?

– Dans les conditions les plus simples. Une échelle empruntée aux bâtiments de la ferme fut apposée contre le second étage du château. Un carreau fut découpé, une fenêtre ouverte. Deux hommes, munis d’une lanterne sourde, pénétrèrent dans la chambre de Mlle de Gesvres et la bâillonnèrent avant qu’elle n’ait eu le temps d’appeler. Puis, l’ayant attachée avec des cordes, ils ouvrirent très doucement la porte de la chambre où dormait Mlle de Saint-Véran. Mlle de Gesvres entendit un gémissement étouffé, puis le bruit d’une personne qui se débat. Une minute plus tard, elle aperçut les deux hommes qui portaient sa

1. ***Affectant d’être dupe*** : faisant semblant d’être trompé.
2. ***Dudit*** : du même.

cousine également liée et bâillonnée. Ils passèrent devant elle et s'en allèrent par la fenêtre. Épuisée, terrifiée, Mlle de Gesvres s'évanouit.

– Mais les chiens ? M. de Gesvres n'avait-il pas acheté deux molosses ?

– On les a retrouvés morts, empoisonnés.

– Mais par qui ? Personne ne pouvait les approcher.

– Mystère ! Toujours est-il que les deux hommes ont traversé sans encombre les ruines et sont sortis par la fameuse petite porte. Ils ont franchi le bois-taillis, en contournant les anciennes carrières… Ce n'est qu'à cinq cents mètres du château, au pied de l'arbre appelé le Gros-Chêne, qu'ils se sont arrêtés… et qu'ils ont mis leur projet à exécution.

– Pourquoi, s'ils étaient venus avec l'intention de tuer Mlle de Saint-Véran, ne l'ont-ils pas frappée dans sa chambre ?

– Je ne sais. Peut-être l'incident qui les a déterminés ne s'est-il produit qu'à leur sortie du château. Peut-être la jeune fille avait-elle réussi à se débarrasser de ses liens. Ainsi, pour moi, l'écharpe ramassée avait servi à lui attacher les poignets. En tout cas, c'est au pied du Gros-Chêne qu'ils ont frappé. Les preuves que j'ai recueillies sont irréfutables…

– Mais le corps ?

– Le corps n'a pas été retrouvé, ce qui d'ailleurs ne saurait nous surprendre outre mesure. La piste suivie m'a conduit, en effet, jusqu'à l'église de Varengeville, à l'ancien cimetière suspendu au sommet de la falaise. Là, c'est le précipice… un gouffre de plus de cent mètres. Et, en bas, les rochers, la mer. Dans un jour ou deux, une marée plus forte ramènera le corps sur la grève.

– Évidemment, tout cela est fort simple.

– Oui, tout cela est fort simple et ne m'embarrasse pas. Lupin est mort, ses complices l'ont appris et pour se venger, ainsi qu'ils l'avaient écrit, ils ont assassiné Mlle de Saint-Véran, ce sont là des faits qui n'avaient même pas besoin d'être contrôlés. Mais Lupin ?

– Lupin ?

– Oui, qu'est-il devenu ? Tout probablement, ses complices ont enlevé son cadavre en même temps qu'ils emportaient la jeune fille, mais quelle preuve avons-nous de cet enlèvement ? Aucune. Pas plus que de son séjour dans les ruines, pas plus que de sa mort ou de sa vie. Et c'est là tout le mystère, mon cher Beautrelet. Le meurtre de Mlle Raymonde n'est pas un dénouement. Au contraire, c'est une complication. Que s'est-il passé depuis deux mois au château d'Ambrumésy ? Si nous ne déchiffrons pas cette énigme, d'autres vont venir qui nous brûleront la politesse.

– Quel jour vont-ils venir, ces autres ?

– Mercredi… mardi, peut-être… »

Beautrelet sembla faire un calcul, puis déclara :

« Monsieur le juge d'instruction, nous sommes aujourd'hui samedi. Je dois rentrer au lycée lundi soir. Eh bien, lundi matin, si vous voulez être ici à dix heures, je tâcherai de vous le révéler, le mot de l'énigme.

– Vraiment, monsieur Beautrelet… vous croyez ? Vous êtes sûr ?

– Je l'espère, du moins.

– Et maintenant, où allez-vous ?

– Je vais voir si les faits veulent bien s'accommoder à l'idée générale que je commence à discerner.

– Et s'ils ne s'accommodent pas ?

– Eh bien, monsieur le juge d'instruction, ce sont eux qui auront tort, dit Beautrelet en riant, et j'en chercherai d'autres plus dociles. À lundi, n'est-ce pas ?

– À lundi. »

Quelques minutes après, M. Filleul roulait vers Dieppe, tandis qu'Isidore, muni d'une bicyclette que lui avait prêtée le comte de Gesvres, filait sur la route de Yerville et de Caudebec-en-Caux.

Il y avait un point sur lequel le jeune homme tenait à se faire avant tout une opinion nette, parce que ce point lui semblait justement le point faible de l'ennemi. On n'escamote pas[1] des objets de la dimension des quatre Rubens. Il fallait qu'ils fussent quelque part. S'il était impossible pour le moment de les retrouver, ne pouvait-on connaître le chemin par où ils avaient disparu ?

L'hypothèse de Beautrelet était celle-ci : l'automobile avait bien emporté les quatre tableaux, mais avant d'arriver à Caudebec elle les avait déchargés sur une autre automobile qui avait traversé la Seine en amont ou en aval de Caudebec En aval, le premier bac était celui de Quillebœuf, passage fréquenté, par conséquent dangereux. En amont, il y avait le bac de La Mailleraie, gros bourg isolé, en dehors de toute communication.

Vers minuit, Isidore avait franchi les dix-huit lieues qui le séparaient de La Mailleraie, et frappait à la porte d'une auberge située au bord de l'eau. Il y couchait, et dès le matin, interrogeait les matelots du bac. On consulta le livre des passagers. Aucune automobile n'avait passé le jeudi 23 avril.

« Alors, une voiture à chevaux ? insinua Beautrelet, une charrette ? un fourgon ?

– Non plus. »

Toute la matinée, Isidore s'enquit. Il allait partir pour Quillebœuf, quand le garçon de l'auberge où il avait couché lui dit :

« Ce matin-là, j'arrivais de mes treize jours, et j'ai bien vu une charrette, mais elle n'a pas passé.

– Comment ?

– Non. On l'a déchargée sur une sorte de bateau plat, de péniche, comme ils disent, qui était amarrée au quai.

– Et cette charrette, d'où venait-elle ?

---

1. ***On n'escamote pas*** : on n'enlève pas, on ne fait pas disparaître facilement.

– Oh ! je l'ai bien reconnue. C'était à maître Vatinel, le charretier.

– Qui demeure ?

– Au hameau de Louvetot. »

Beautrelet regarda sa carte d'état-major[1]. Le hameau de Louvetot était situé au carrefour de la route d'Yvetot à Caudebec et d'une petite route tortueuse qui s'en venait à travers bois jusqu'à La Mailleraie !

Ce n'est qu'à six heures du soir qu'Isidore réussit à découvrir dans un cabaret maître Vatinel, un de ces vieux Normands finauds[2] qui se tiennent toujours sur leurs gardes, qui se méfient de l'étranger, mais qui ne savent pas résister à l'attrait d'une pièce d'or et à l'influence de quelques petits verres.

« Bien oui, monsieur, ce matin-là, les gens à l'automobile m'avaient donné rendez-vous à cinq heures au carrefour. Ils m'ont remis quatre grandes machines, hautes comme ça. Il y en a un qui m'a accompagné. Et nous avons porté la chose jusqu'à la péniche.

– Vous parlez d'eux comme si vous les connaissiez déjà.

– Je vous crois que je les connaissais ! C'était la sixième fois que je travaillais pour eux. »

Isidore tressaillit.

« Vous dites la sixième fois ?... Et depuis quand ?

– Mais tous les jours d'avant celui-là, parbleu ! Mais alors, c'étaient d'autres machines... des gros morceaux de pierre... ou bien des plus petites assez longues qu'ils avaient enveloppées et qu'ils portaient comme le saint sacrement. Ah ! fallait pas y toucher à celles-là... Mais qu'est-ce que vous avez ? Vous êtes tout blanc.

– Ce n'est rien... la chaleur... »

---

1. ***Carte d'état-major*** : carte de France au 1/80 000, dressée par le service de l'état-major au XIXe siècle.

2. ***Finauds*** : rusés.

Beautrelet sortit en titubant. La joie, l'imprévu de la découverte l'étourdissaient.

Il s'en retourna tout tranquillement, coucha le soir au village de Varengeville, passa, le lendemain matin, une heure à la mairie avec l'instituteur, et revint au château. Une lettre l'y attendait « aux bons soins de M. le comte de Gesvres ».

Elle contenait ces lignes :

Deuxième avertissement. Tais-toi. Sinon...

« Allons, murmura-t-il, il va falloir prendre quelques précautions pour ma sûreté personnelle. Sinon, comme ils disent... »

Il était neuf heures ; il se promena parmi les ruines, puis s'allongea près de l'arcade et ferma les yeux.

« Eh bien, jeune homme, êtes-vous content de votre campagne[1] ? »

C'était M. Filleul qui arrivait à l'heure fixée.

« Enchanté, monsieur le juge d'instruction.

– Ce qui veut dire ?

– Ce qui veut dire que je suis prêt à tenir ma promesse, malgré cette lettre qui ne m'y engage guère. »

Il montra la lettre à M. Filleul.

« Bah ! des histoires, s'écria celui-ci, et j'espère que cela ne vous empêchera pas...

– De vous dire ce que je sais ? Non, monsieur le juge d'instruction. J'ai promis : je tiendrai. Avant dix minutes, nous saurons... une partie de la vérité.

– Une partie ?

– Oui, à mon sens, la cachette de Lupin, cela ne constitue pas tout le problème. Mais pour la suite, nous verrons.

– Monsieur Beautrelet, rien ne m'étonne de votre part. Mais comment avez-vous pu découvrir ?...

---

1. ***Campagne*** : ici, enquête.

– Oh ! tout naturellement. Il y a dans la lettre du sieur Harlington à M. Étienne de Vaudreix, ou plutôt à Lupin…

– La lettre interceptée ?

– Oui. Il y a une phrase qui m'a toujours intrigué. C'est celle-ci : "À l'envoi des tableaux, vous joindrez *le reste*, si vous pouvez réussir, ce dont je doute fort."

– En effet, je me souviens.

– Quel était ce reste ? Un objet d'art, une curiosité ? Le château n'offrait rien de précieux que les Rubens et les tapisseries. Des bijoux ? Il y en a fort peu et de valeur médiocre. Alors quoi ? Et, d'autre part, pouvait-on admettre que des gens comme Lupin, d'une habileté aussi prodigieuse, n'eussent pas réussi à joindre à l'envoi *ce reste*, qu'ils avaient évidemment proposé ? Entreprise difficile, c'est probable, exceptionnelle, soit, mais possible, donc certaine, puisque Lupin le voulait.

– Cependant, il a échoué : rien n'a disparu.

– Il n'a pas échoué : quelque chose a disparu.

– Oui, les Rubens… mais…

– Les Rubens, et autre chose… quelque chose que l'on a remplacé par une chose identique, comme on a fait pour les Rubens, quelque chose de beaucoup plus extraordinaire, de plus rare et de plus précieux que les Rubens.

– Enfin, quoi ? vous me faites languir. »

Tout en marchant à travers les ruines, les deux hommes s'étaient dirigés vers la petite porte et longeaient la Chapelle-Dieu.

Beautrelet s'arrêta.

« Vous voulez le savoir, monsieur le juge d'instruction ?

– Si je le veux ! »

Beautrelet avait une canne à la main, un bâton solide et noueux. Brusquement, d'un revers de cette canne, il fit sauter en éclats l'une des statuettes qui ornaient le portail de la chapelle.

« Mais vous êtes fou ! clama M. Filleul, hors de lui, et se précipitant vers les morceaux de la statuette. Vous êtes fou ! ce vieux saint était admirable…

– Admirable ! » proféra Isidore en exécutant un moulinet qui jeta bas la Vierge Marie.

M. Filleul l'empoigna à bras le corps.

« Jeune homme, je ne vous laisserai pas commettre… »

Un roi mage encore voltigea, puis une crèche avec l'Enfant Jésus…

« Un mouvement de plus et je tire. »

Le comte de Gesvres était survenu et armait son revolver.

Beautrelet éclata de rire.

« Tirez donc là-dessus, monsieur le comte… tirez là-dessus, comme à la foire. Tenez… ce bonhomme qui porte sa tête à pleines mains. »

Le saint Jean-Baptiste[1] sauta.

« Ah ! fit le comte… en braquant son revolver, une telle profanation !… de pareils chefs-d'œuvre !

– Du toc, monsieur le comte !

– Quoi ? Que dites-vous ? hurla M. Filleul, tout en désarmant le comte.

– Du toc, du carton-pâte !

– Ah ! ça… est-ce possible ?

– Du soufflé ! du vide ! du néant ! »

Le comte se baissa et ramassa un débris de statuette.

« Regardez bien, monsieur le comte… du plâtre, du plâtre patiné, moisi, verdi comme la pierre ancienne… mais, du plâtre, des moulages de plâtre… voilà tout ce qui reste du pur chef-d'œuvre… voilà ce qu'ils ont fait en quelques jours !… voilà ce que le sieur Charpenais, le copiste des Rubens, a préparé, il y a un an. »

À son tour, il saisit le bras de M. Filleul.

« Qu'en pensez-vous, monsieur le juge d'instruction ? Est-ce beau ? est-ce énorme ? gigantesque ? la chapelle enlevée ! Toute

1. ***Jean-Baptiste*** : saint chrétien qui aurait baptisé Jésus et serait mort décapité sur ordre du roi Hérode. La statue qu'Isidore Beautrelet détruit le représente portant « sa tête à pleines mains ».

une chapelle gothique recueillie pierre par pierre ! Tout un peuple de statuettes, capturé et remplacé par des bonshommes en stuc[1] ! un des plus magnifiques spécimens d'une époque d'art incomparable, confisqué ! La Chapelle-Dieu, enfin, volée ! N'est-ce pas formidable ! Ah ! monsieur le juge d'instruction, quel génie que cet homme !

– Vous vous emballez, monsieur Beautrelet.

– On ne s'emballe jamais trop, monsieur, quand il s'agit de pareils individus. Tout ce qui dépasse la moyenne vaut qu'on l'admire. Et celui-là plane au-dessus de tout. Il y a dans ce vol une richesse de conception, une force, une puissance, une adresse et une désinvolture qui me donnent le frisson.

– Dommage qu'il soit mort, ricana M. Filleul... sans quoi il eût fini par voler les tours de Notre-Dame. »

Isidore haussa les épaules.

« Ne riez pas, monsieur. Même mort, celui-là vous bouleverse.

– Je ne dis pas... monsieur Beautrelet, et j'avoue que ce n'est pas sans une certaine émotion que je m'apprête à le contempler... si toutefois ses camarades n'ont pas fait disparaître son cadavre.

– Et en admettant surtout, remarqua le comte de Gesvres, que ce fût bien lui que blessa ma pauvre nièce.

– Ce fut bien lui, monsieur le comte, affirma Beautrelet, ce fut bien lui qui tomba dans les ruines sous la balle que tira Mlle de Saint-Véran ; ce fut lui qu'elle vit se relever, et qui retomba encore, et qui se traîna vers la grande arcade pour se relever une dernière fois – cela par un miracle dont je vous donnerai l'explication tout à l'heure – et parvenir jusqu'à ce refuge de pierre... qui devait être son tombeau. »

Et de sa canne, il frappa le seuil de la chapelle.

1. ***Stuc*** : plâtre.

« Hein ? Quoi ? s'écria M. Filleul stupéfait… son tombeau ?… Vous croyez que cette impénétrable cachette…

– Elle se trouve ici… là… répéta-t-il.

– Mais nous l'avons fouillée.

– Mal.

– Il n'y a pas de cachette ici, protesta M. de Gesvres. Je connais la chapelle.

– Si, monsieur le comte, il y en a une. Allez à la mairie de Varengeville, où l'on a recueilli tous les papiers qui se trouvaient dans l'ancienne paroisse d'Ambrumésy, et vous apprendrez, par ces papiers datés du XVIIIe siècle, qu'il existait sous la chapelle une crypte. Cette crypte remonte, sans doute, à la chapelle romane, sur l'emplacement de laquelle celle-ci fut construite.

– Mais, comment Lupin aurait-il connu ce détail ? demanda M. Filleul.

– D'une façon fort simple, par les travaux qu'il dut exécuter pour enlever la chapelle.

– Voyons, voyons, monsieur Beautrelet, vous exagérez… Il n'a pas enlevé toute la chapelle. Tenez, aucune de ces pierres d'assise n'a été touchée.

– Évidemment, il n'a moulé et il n'a pris que ce qui avait une valeur artistique, les pierres travaillées, les sculptures, les statuettes, tout le trésor des petites colonnes et des ogives ciselées. Il ne s'est pas occupé de la base même de l'édifice. Les fondations restent.

– Par conséquent, monsieur Beautrelet, Lupin n'a pu pénétrer jusqu'à la crypte. »

À ce moment, M. de Gesvres, qui avait appelé l'un de ses domestiques, revenait avec la clef de la chapelle. Il ouvrit la porte. Les trois hommes entrèrent.

Après un instant d'examen, Beautrelet reprit :

« … Les dalles du sol, comme de raison, ont été respectées. Mais il est facile de se rendre compte que le maître-autel[1] n'est

1. ***Maître-autel*** : autel principal.

plus qu'un moulage. Or, généralement, l'escalier qui descend aux cryptes s'ouvre devant le maître-autel et passe sous lui.

– Vous en concluez ?

– J'en conclus que c'est en travaillant là que Lupin a trouvé la crypte. »

À l'aide d'une pioche que le comte envoya chercher, Beautrelet attaqua l'autel. Les morceaux de plâtre sautaient de droite et de gauche.

« Fichtre, murmura M. Filleul, j'ai hâte de savoir…

– Moi aussi », dit Beautrelet, dont le visage était pâle d'angoisse.

Il précipita ses coups. Et soudain, sa pioche qui, jusqu'ici, n'avait point rencontré de résistance, se heurta à une matière plus dure, et rebondit. On entendit comme un bruit d'éboulement, et ce qui restait de l'autel s'abîma dans le vide à la suite du bloc de pierre que la pioche avait frappé. Beautrelet se pencha. Il fit flamber une allumette et la promena sur le vide :

« L'escalier commence plus en avant que je ne pensais, sous les dalles de l'entrée, presque. J'aperçois les dernières marches.

– Est-ce profond ?

– Trois ou quatre mètres… Les marches sont très hautes… et il en manque.

– Il n'est pas vraisemblable, dit M. Filleul, que pendant la courte absence des trois gendarmes, alors qu'on enlevait Mlle de Saint-Véran, il n'est pas vraisemblable que les complices aient eu le temps d'extraire le cadavre de cette cave… Et puis, pourquoi l'eussent-ils fait, d'ailleurs ? Non, pour moi, il est là. »

Un domestique leur apporta une échelle que Beautrelet introduisit dans l'excavation et qu'il planta, en tâtonnant, parmi les décombres tombés. Puis il en maintint vigoureusement les deux montants.

« Voulez-vous descendre, monsieur Filleul ? »

Le juge d'instruction, muni d'une bougie, s'aventura. Le comte de Gesvres le suivit. À son tour Beautrelet posa le pied sur le premier échelon.

Il y en avait dix-huit qu'il compta machinalement, tandis que ses yeux examinaient la crypte où la lueur de la bougie luttait contre les lourdes ténèbres. Mais, en bas, une odeur violente, immonde, le heurta, une de ces odeurs de pourriture dont le souvenir, par la suite, vous obsède. Oh ! cette odeur, il en eut le cœur qui chavira…

Et tout à coup, une main tremblante lui agrippa l'épaule.

« Eh bien, quoi ? Qu'y a-t-il ?

– Beautrelet », balbutia M. Filleul.

Il ne pouvait parler, étreint par l'épouvante.

« Voyons, monsieur le juge d'instruction, remettez-vous…

– Beautrelet… il est là…

– Hein ?

– Oui… il y avait quelque chose sous la grosse pierre qui s'est détachée de l'autel… j'ai poussé la pierre… et j'ai touché… Oh ! je n'oublierai jamais…

– Où est-il ?

– De ce côté… Sentez-vous cette odeur ?… et puis, tenez… regardez… »

Il avait saisi la bougie et la projetait vers une forme étendue sur le sol.

« Oh ! » s'exclama Beautrelet avec horreur.

Les trois hommes se courbèrent vivement. À moitié nu, le cadavre s'allongeait maigre, effrayant. La chair verdâtre, aux tons de cire molle, apparaissait par endroits, entre les vêtements déchiquetés. Mais le plus affreux, ce qui avait arraché au jeune homme un cri de terreur, c'était la tête, la tête que venait d'écraser le bloc de pierre, la tête informe, masse hideuse où plus rien ne pouvait se distinguer… et quand leurs yeux se furent accoutumés à l'obscurité, ils virent que toute cette chair grouillait abominablement…

En quatre enjambées, Beautrelet remonta l'échelle et s'enfuit au grand jour, à l'air libre. M. Filleul le retrouva de nouveau couché à plat ventre, les mains collées au visage. Il lui dit :

« Tous mes compliments, Beautrelet. Outre la découverte de la cachette, il est deux points où j'ai pu contrôler l'exactitude de vos assertions. Tout d'abord, l'homme sur qui Mlle de Saint-Véran a tiré était bien Arsène Lupin, comme vous l'avez dit dès le début. De même, c'était bien sous le nom d'Étienne de Vaudreix qu'il vivait à Paris. Le linge est marqué aux initiales É.V. Il me semble, n'est-ce pas ? que la preuve suffit... »

Isidore ne bougeait pas.

« M. le comte est parti faire atteler. On va chercher le docteur Jouet qui fera les constatations d'usage. Pour moi, la mort date de huit jours au moins. L'état de décomposition du cadavre... Mais vous n'avez pas l'air d'écouter ?

– Si, si.

– Ce que je dis est appuyé sur des raisons péremptoires[1]. Ainsi, par exemple... »

M. Filleul continua sa démonstration, sans obtenir d'ailleurs des marques plus manifestes d'attention. Mais le retour de M. de Gesvres interrompit son monologue.

Le comte revenait avec deux lettres. L'une lui annonçait l'arrivée d'Herlock Sholmès pour le lendemain.

« À merveille, s'écria M. Filleul, tout allègre[2]. L'inspecteur Ganimard arrive également. Ce sera délicieux.

– Cette autre lettre est pour vous, monsieur le juge d'instruction, dit le comte.

– De mieux en mieux, reprit M. Filleul, après avoir lu... Ces messieurs, décidément, n'auront pas grand-chose à faire. Beautrelet, on me prévient de Dieppe que des pêcheurs de bouquet ont trouvé ce matin, sur les rochers, le cadavre d'une jeune femme. »

Beautrelet sursauta :

« Que dites-vous ? le cadavre...

---

1. ***Péremptoires*** : décisives, contre lesquelles on ne peut aller.
2. ***Allègre*** : prompt et animé.

– D'une jeune femme… un cadavre affreusement mutilé, précise-t-on, et dont il ne serait pas possible d'établir l'identité, s'il ne restait au bras droit une petite gourmette d'or, très fine, qui s'est incrustée dans la peau tuméfiée. Or, Mlle de Saint-Véran portait au bras droit une gourmette d'or. Il s'agit donc évidemment de votre malheureuse nièce, monsieur le comte, que la mer aura entraînée jusque-là. Qu'en pensez-vous, Beautrelet ?

– Rien… rien… ou plutôt si… tout s'enchaîne, comme vous voyez, il ne manque plus rien à mon argumentation. Tous les faits, un à un, même les plus contradictoires, même les plus déconcertants viennent à l'appui de l'hypothèse que j'ai imaginée dès le premier moment.

– Je ne comprends pas bien.

– Vous ne tarderez pas à comprendre. Rappelez-vous que je vous ai promis la vérité entière.

– Mais il me semble…

– Un peu de patience. Jusqu'ici vous n'avez pas eu à vous plaindre de moi. Il fait beau temps. Promenez-vous, déjeunez au château, fumez votre pipe. Moi, je serai de retour vers quatre ou cinq heures. Quant à mon lycée, ma foi, tant pis, je prendrai le train de minuit. »

Ils étaient arrivés aux communs[1], derrière le château. Beautrelet sauta à bicyclette et s'éloigna.

À Dieppe, il s'arrêta aux bureaux du journal *La Vigie* où il se fit montrer les numéros de la dernière quinzaine. Puis il partit pour le bourg d'Envermeu, situé à dix kilomètres. À Envermeu, il s'entretint avec le maire, avec le curé, avec le garde champêtre. Trois heures sonnèrent à l'église du bourg. Son enquête était finie.

Il revint en chantant d'allégresse. Ses jambes pesaient tour à tour d'un rythme égal et fort sur les deux pédales, sa poitrine

1. ***Communs*** : dans les grandes propriétés, ensemble des dépendances qui servent aux cuisines, aux écuries, aux garages, etc.

s'ouvrait largement à l'air vif qui soufflait de la mer. Et parfois il s'oubliait à jeter au ciel des clameurs de triomphe en songeant au but qu'il poursuivait et à ses efforts heureux.

Ambrumésy apparut. Il se laissa aller à toute vitesse sur la pente qui précède le château. Les arbres qui bordent le chemin, en quadruple rangée séculaire, semblaient accourir à sa rencontre et s'évanouir aussitôt derrière lui. Et, tout à coup, il poussa un cri. Dans une vision soudaine, il avait vu une corde se tendre d'un arbre à l'autre, en travers de la route.

La machine heurtée s'arrêta net. Il fut projeté en avant, avec une violence inouïe, et il eut l'impression qu'un hasard seul, un miraculeux hasard, lui faisait éviter un tas de cailloux, où logiquement sa tête aurait dû se briser.

Il resta quelques secondes étourdi. Puis, tout contusionné[1], les genoux écorchés, il examina les lieux. Un petit bois s'étendait à droite, par où, sans aucun doute, l'agresseur s'était enfui. Beautrelet détacha la corde. À l'arbre de gauche autour duquel elle était attachée, un petit papier était fixé par une ficelle. Il le déplia et lut :

Troisième et dernier avertissement.

Il rentra au château, posa quelques questions aux domestiques, et rejoignit le juge d'instruction dans une pièce du rez-de-chaussée, tout au bout de l'aile droite, où M. Filleul avait l'habitude de se tenir au cours de ses opérations. M. Filleul écrivait, son greffier assis en face de lui. Sur un signe, le greffier sortit, et le juge s'écria :

« Mais qu'avez-vous donc, monsieur Beautrelet ? Vos mains sont en sang.

– Ce n'est rien, ce n'est rien, dit le jeune homme… une simple chute provoquée par cette corde qu'on a tendue devant

1. ***Contusionné*** : blessé.

ma bicyclette. Je vous prierai seulement de remarquer que ladite corde provient du château. Il n'y a pas plus de vingt minutes qu'elle servait à sécher du linge auprès de la buanderie.

– Est-ce possible ?

– Monsieur, c'est ici même que je suis surveillé, par quelqu'un qui se trouve au cœur de la place, qui me voit, qui m'entend, et qui, minute par minute, assiste à mes actes et connaît mes intentions.

– Vous croyez ?

– J'en suis sûr. C'est à vous de le découvrir et vous n'y aurez pas de peine. Mais, pour moi, je veux finir et vous donner les explications promises. J'ai marché plus vite que nos adversaires ne s'y attendaient, et je suis persuadé que, de leur côté, ils vont agir avec vigueur. Le cercle se resserre autour de moi. Le péril approche, j'en ai le pressentiment.

– Voyons, voyons, Beautrelet…

– Bah ! on verra bien. Pour l'instant, dépêchons-nous. Et d'abord, une question sur un point que je veux écarter tout de suite. Vous n'avez parlé à personne de ce document que le brigadier Quevillon a ramassé et qu'il vous a remis en ma présence ?

– Ma foi non, à personne. Mais est-ce que vous y attachez une valeur quelconque ?…

– Une grande valeur. C'est une idée que j'ai, une idée du reste, je l'avoue, qui ne repose sur aucune preuve… car, jusqu'ici, je n'ai guère réussi à déchiffrer ce document. Aussi, je vous en parle… pour n'y plus revenir. »

Beautrelet appuya sa main sur celle de M. Filleul, et à voix basse :

« Taisez-vous… on nous écoute… dehors… »

Le sable craqua. Beautrelet courut vers la fenêtre et se pencha.

« Il n'y a plus personne… mais la plate-bande est foulée… on relèvera facilement les empreintes. »

Il ferma la fenêtre et vint se rasseoir.

« Vous voyez, monsieur le juge d'instruction, l'ennemi ne prend même plus de précautions… il n'en a plus le temps… lui aussi sent que l'heure presse. Hâtons-nous donc, et parlons puisqu'ils ne veulent pas que je parle. »

Il posa sur la table le document et le maintint déplié.

« Avant tout, une remarque. Il n'y a sur ce papier, en dehors des points, que des chiffres. Et, dans les trois premières lignes et la cinquième – les seules dont nous ayons à nous occuper, car la quatrième semble d'une nature tout à fait différente –, il n'y a pas un de ces chiffres qui soit plus élevé que le chiffre 5. Nous avons donc bien des chances pour que chacun de ces chiffres représente une des cinq voyelles, et dans l'ordre alphabétique. Inscrivons le résultat. »

Il inscrivit sur une feuille à part :

e.a.a..e..e.a.
.a..a…e.e..e.oi.e..e.
.ou..e.o…e..e.o..e
ai.ui..e..eu.e

Puis il reprit :

« Comme vous voyez, cela ne donne pas grand-chose. La clef est à la fois très facile – puisqu'on s'est contenté de remplacer les voyelles par des chiffres et les consonnes par des points – et très difficile, sinon impossible, puisqu'on ne s'est pas donné plus de mal pour compliquer le problème.

– Il est de fait qu'il est suffisamment obscur.

– Essayons de l'éclaircir. La seconde ligne est divisée en deux parties, et la deuxième partie se présente de telle façon qu'il est tout à fait probable qu'elle forme un mot. Si nous tâchons maintenant de remplacer les points intermédiaires par des consonnes, nous concluons, après tâtonnement, que les seules consonnes qui peuvent logiquement servir d'appui aux voyelles ne peuvent logiquement produire qu'un mot, un seul mot : "demoiselles."

– Il s'agirait alors de Mlle de Gesvres et de Mlle de Saint-Véran ?

– En toute certitude.

– Et vous ne voyez rien d'autre ?

– Si. Je note encore une solution de continuité au milieu de la dernière ligne, et si j'effectue le même travail sur le début de la ligne, je vois aussitôt qu'entre les deux diphtongues[1] *ai* et *ui*, la seule consonne qui puisse remplacer le point est un *g*, et que, quand j'ai formé le début de ce mot *aigui*, il est naturel et indispensable que j'arrive avec les deux points suivants et l'*e* final au mot *aiguille*.

– En effet… le mot aiguille s'impose.

– Enfin, pour le dernier mot, j'ai trois voyelles et trois consonnes. Je tâtonne encore, j'essaie toutes les lettres les unes après les autres, et, en partant de ce principe que les deux premières lettres sont des consonnes, je constate que quatre mots peuvent s'adapter : les mots *fleuve, preuve, pleure* et *creuse*. J'élimine les mots *fleuve*, *preuve* et *pleure* comme n'ayant aucune relation possible avec une aiguille, et je garde le mot *creuse*.

– Ce qui fait *aiguille creuse*. J'admets que votre solution soit juste, mais en quoi nous avance-t-elle ?

– En rien, fit Beautrelet, d'un ton pensif. En rien, pour le moment… plus tard, nous verrons… J'ai idée, moi, que bien des choses sont incluses dans l'accouplement énigmatique de ces deux mots : *aiguille creuse*. Ce qui m'occupe, c'est plutôt la matière du document, le papier dont on s'est servi… Fabrique-t-on encore cette sorte de parchemin un peu granité[2] ? Et puis cette couleur d'ivoire… Et ces plis… l'usure de ces quatre plis… et enfin, tenez, ces marques de cire rouge, par-derrière… »

À ce moment, Beautrelet fut interrompu. C'était le greffier Brédoux qui ouvrait la porte et qui annonçait l'arrivée subite du procureur général.

---

1. *Diphtongues* : ici, ensemble de deux ou plusieurs voyelles qui ne forment qu'un son unique.

2. *Granité* : granuleux.

M. Filleul se leva.

« M. le procureur général est en bas ?

– Non, monsieur le juge d'instruction. M. le procureur général n'a pas quitté sa voiture. Il ne fait que passer et il vous prie de bien vouloir le rejoindre devant la grille. Il n'a qu'un mot à vous dire.

– Bizarre, murmura M. Filleul. Enfin… nous allons voir. Beautrelet, excusez-moi, je vais et je reviens. »

Il s'en alla. On entendit ses pas qui s'éloignaient. Alors le greffier ferma la porte, tourna la clef et la mit dans sa poche.

« Eh bien, quoi ! s'exclama Beautrelet tout surpris, que faites-vous ? Pourquoi nous enfermer ?

– Ne serons-nous pas mieux pour causer ? » riposta Brédoux.

Beautrelet bondit vers une autre porte qui donnait dans la pièce voisine. Il avait compris. Le complice, c'était Brédoux, le greffier même du juge d'instruction !

Brédoux ricana :

« Ne vous écorchez pas les doigts, mon jeune ami, j'ai aussi la clef de cette porte.

– Reste la fenêtre, cria Beautrelet.

– Trop tard », dit Brédoux qui se campa devant la croisée[1], le revolver au poing.

Toute retraite était coupée. Il n'y avait plus rien à faire, plus rien qu'à se défendre contre l'ennemi qui se démasquait avec une audace brutale. Isidore, qu'étreignait un sentiment d'angoisse inconnu, se croisa les bras.

« Bien, marmotta le greffier, et maintenant soyons brefs. »

Il tira sa montre.

« Ce brave M. Filleul va cheminer jusqu'à la grille. À la grille personne, bien entendu, pas plus de procureur que sur ma main. Alors il s'en reviendra. Cela nous donne environ quatre minutes.

---

1. ***Croisée*** : fenêtre.

Il m'en faut une pour m'échapper par cette fenêtre, filer par la petite porte des ruines et sauter sur la motocyclette qui m'attend. Reste donc trois minutes. Cela suffit. »

C'était un drôle d'être, contrefait[1], qui tenait en équilibre sur des jambes très longues et très frêles un buste énorme, rond comme un corps d'araignée et muni de bras immenses. Un visage osseux, un petit front bas indiquaient l'obstination un peu bornée du personnage.

Beautrelet chancela, les jambes molles. Il dut s'asseoir.

« Parlez. Que voulez-vous ?

– Le papier. Voici trois jours que je le cherche.

– Je ne l'ai pas.

– Tu mens. Quand je suis entré, je t'ai vu le remettre dans ton portefeuille.

– Après ?

– Après ? Tu t'engageras à rester bien sage. Tu nous embêtes. Laisse-nous tranquilles, et occupe-toi de tes affaires. Nous sommes à bout de patience. »

Il s'était avancé, le revolver toujours braqué sur le jeune homme, et il parlait sourdement, en martelant ses syllabes, avec un accent d'une incroyable énergie. L'œil était dur, le sourire cruel. Beautrelet frissonna. C'était la première fois qu'il éprouvait la sensation du danger. Et quel danger ! Il se sentait en face d'un ennemi implacable, d'une force aveugle et irrésistible.

« Et après ? dit-il, la voix étranglée.

– Après ? rien… Tu seras libre… »

Un silence. Brédoux reprit :

« Plus qu'une minute. Il faut te décider. Allons, mon bonhomme, pas de bêtises… Nous sommes les plus forts, toujours et partout… Vite, le papier… »

Isidore ne bronchait pas, livide, terrifié, maître de lui pourtant, et le cerveau lucide, dans la débâcle de ses nerfs. À vingt

1. ***Contrefait*** : difforme.

centimètres de ses yeux, le petit trou noir du revolver s'ouvrait. Le doigt replié pesait visiblement sur la détente. Il suffisait d'un effort encore…

« Le papier, répéta Brédoux… Sinon…

– Le voici ! » dit Beautrelet.

Il tira de sa poche son portefeuille et le tendit au greffier qui s'en empara.

« Parfait ! Nous sommes raisonnable[1]. Décidément, il y a quelque chose à faire avec toi… un peu froussard, mais du bon sens. J'en parlerai aux camarades. Et maintenant, je file. Adieu. »

Il rentra son revolver et tourna l'espagnolette[2] de la fenêtre. Du bruit résonna dans le couloir.

« Adieu, fit-il, de nouveau… il n'est que temps. »

Mais une idée l'arrêta. D'un geste il vérifia le portefeuille.

« Tonnerre…, grinça-t-il, le papier n'y est pas… Tu m'as roulé. »

Il sauta dans la pièce. Deux coups de feu retentirent. Isidore à son tour avait saisi son pistolet et il tirait.

Raté, mon bonhomme, hurla Brédoux, ta main tremble, tu as peur… »

Ils s'empoignèrent à bras-le-corps et roulèrent sur le parquet. À la porte on frappait à coups redoublés.

Isidore faiblit, tout de suite dominé par son adversaire. C'était la fin. Une main se leva au-dessus de lui, armée d'un couteau, et s'abattit. Une violente douleur lui brûla l'épaule. Il lâcha prise.

Il eut l'impression qu'on fouillait dans la poche intérieure de son veston et qu'on saisissait le document. Puis, à travers le voile baissé de ses paupières, il devina l'homme qui franchissait le rebord de la fenêtre…

---

1. Le pronom « nous » est employé de manière ironiquement emphatique. Il s'applique à Beautrelet.

2. ***L'espagnolette*** : la poignée.

Les mêmes journaux qui, le lendemain matin, relataient les derniers épisodes survenus au château d'Ambrumésy, le truquage de la chapelle, la découverte du cadavre d'Arsène Lupin et du cadavre de Raymonde, et enfin, le meurtre de Beautrelet par Brédoux, greffier du juge d'instruction, les mêmes journaux annonçaient les deux nouvelles suivantes :

La disparition de Ganimard, et l'enlèvement, en plein jour, au cœur de Londres, alors qu'il allait prendre le train pour Douvres, l'enlèvement d'Herlock Sholmès.

Ainsi donc, la bande de Lupin, un instant désorganisée par l'extraordinaire ingéniosité d'un gamin de dix-sept ans, reprenait l'offensive, et du premier coup, partout et sur tous les points, demeurait victorieuse. Les deux grands adversaires de Lupin, Sholmès et Ganimard supprimés. Beautrelet, hors de combat. Plus personne qui fût capable de lutter contre de tels ennemis.

4. Face-à-face

Six semaines après, un soir, j'avais[1] donné congé à mon domestique. C'était la veille du 14 juillet. Il faisait une chaleur d'orage, et l'idée de sortir ne me souriait guère. Les fenêtres de mon balcon ouvertes, ma lampe de travail allumée, je m'installai dans un fauteuil et, n'ayant pas encore lu les journaux, je me mis à les parcourir. Bien entendu on y parlait d'Arsène Lupin. Depuis la tentative de meurtre dont le pauvre Isidore Beautrelet avait été victime, il ne s'était pas passé un jour sans qu'il fût question de l'affaire d'Ambrumésy. Une rubrique quotidienne lui

1. Le narrateur se met ici en scène : il s'agit de Maurice Leblanc lui-même, qui, au fil des récits des aventures de son héros, se présente comme le confident intime d'Arsène Lupin et son biographe.

était consacrée. Jamais l'opinion publique n'avait été surexcitée à ce point par une telle série d'événements précipités, de coups de théâtre inattendus et déconcertants. M. Filleul qui, décidément, acceptait, avec une bonne foi méritoire, son rôle subalterne[1], avait confié aux interviewers les exploits de son jeune conseiller pendant les trois jours mémorables, de sorte que l'on pouvait se livrer aux suppositions les plus téméraires.

On ne s'en privait pas. Spécialistes et techniciens du crime, romanciers et dramaturges, magistrats et anciens chefs de la Sûreté, MM. Lecocq[2] retraités et Herlock Sholmès en herbe, chacun avait sa théorie et la délayait en copieux articles. Chacun reprenait et complétait l'instruction. Et tout cela sur la parole d'un enfant, Isidore Beautrelet, élève de rhétorique au lycée Janson-de-Sailly.

Car vraiment, il fallait bien le dire, on possédait les éléments complets de la vérité. Le mystère… en quoi consistait-il ? On connaissait la cachette où Arsène Lupin s'était réfugié et où il avait agonisé, et, là-dessus, aucun doute : le docteur Delattre, qui se retranchait toujours derrière le secret professionnel, et qui se refusa à toute déposition, avoua cependant à ses intimes – dont le premier soin fut de parler – que c'était bien dans une crypte qu'il avait été amené, près d'un blessé que ses complices lui présentèrent sous le nom d'Arsène Lupin. Et comme, dans cette même crypte, on avait retrouvé le cadavre d'Étienne de Vaudreix, lequel Étienne de Vaudreix était bel et bien Arsène Lupin, ainsi que l'instruction le prouva, l'identité d'Arsène Lupin et du blessé recevait encore là un supplément de démonstration.

Donc, Lupin mort, le cadavre de Mlle de Saint-Véran reconnu grâce à la gourmette qu'elle portait au poignet, le drame était fini.

---

1. ***Subalterne*** : secondaire, inférieur.

2. ***Lecocq*** : nom à peine déformé du personnage d'enquêteur inventé par Émile Gaboriau, et qui influença Conan Doyle lorsqu'il créa Sherlock Holmes : Lecoq.

Il ne l'était pas. Il ne l'était pour personne, puisque Beautrelet avait dit le contraire. On ne savait point en quoi il n'était pas fini, mais, sur la parole du jeune homme, le mystère demeurait entier. Le témoignage de la réalité ne prévalait pas contre l'affirmation d'un Beautrelet. Il y avait quelque chose que l'on ignorait, et ce quelque chose, on ne doutait point qu'il ne fût en mesure de l'expliquer victorieusement.

Aussi avec quelle anxiété on attendit, au début, les bulletins de santé que publiaient les médecins de Dieppe auxquels le comte confia le malade ! Quelle désolation, durant les premiers jours, quand on crut sa vie en danger ! Et quel enthousiasme le matin où les journaux annoncèrent qu'il n'y avait plus rien à craindre ! Les moindres détails passionnaient la foule. On s'attendrissait à le voir soigné par son vieux père, qu'une dépêche avait mandé en toute hâte, et l'on admirait le dévouement de Mlle de Gesvres qui passa des nuits au chevet du blessé.

Après, ce fut la convalescence rapide et joyeuse. Enfin on allait savoir ! On saurait ce que Beautrelet avait promis de révéler à M. Filleul, et les mots définitifs que le couteau du criminel l'avait empêché de prononcer ! Et l'on saurait aussi tout ce qui, en dehors du drame lui-même, demeurait impénétrable ou inaccessible aux efforts de la justice.

Beautrelet, libre, guéri de sa blessure, on aurait une certitude quelconque sur le sieur Harlington, l'énigmatique complice d'Arsène Lupin, que l'on détenait toujours à la prison de la Santé. On apprendrait ce qu'était devenu après le crime le greffier Brédoux, cet autre complice dont l'audace avait été vraiment effarante.

Beautrelet libre, on pourrait se faire une idée précise sur la disparition de Ganimard et sur l'enlèvement de Sholmès. Comment deux attentats de cette sorte avaient-ils pu se produire ? Les détectives anglais, aussi bien que leurs collègues de France, ne possédaient aucun indice à ce sujet. Le dimanche de la Pentecôte, Ganimard n'était pas rentré chez lui, le lundi non plus, et point davantage depuis six semaines.

À Londres, le lundi de la Pentecôte, à quatre heures du soir, Herlock Sholmès prenait un *cab*[1] pour se rendre à la gare. À peine était-il monté qu'il essayait de descendre, averti probablement du péril. Mais deux individus escaladaient la voiture à droite et à gauche, le renversaient et le maintenaient entre eux, sous eux plutôt, vu l'exiguïté[2] du véhicule. Et cela devant dix témoins, qui n'avaient pas eu le temps de s'interposer. Le cab s'enfuit au galop. Après ? Après, rien. On ne savait rien.

Et peut-être aussi, par Beautrelet, aurait-on l'explication complète du document, de ce papier mystérieux auquel le greffier Brédoux attachait assez d'importance pour le reprendre, à coups de couteau, à celui qui le possédait. « Le problème de l'Aiguille creuse », comme l'appelaient les innombrables Œdipes[3] qui, penchés sur les chiffres et sur les points, tâchaient de leur trouver une signification… L'Aiguille creuse ! association déconcertante de deux mots, incompréhensible question que posait ce morceau de papier dont la provenance même était inconnue ! Était-ce une expression insignifiante, le rébus d'un écolier qui barbouille d'encre un coin de feuille ? Ou bien était-ce deux mots magiques par lesquels toute la grande aventure de l'aventurier Lupin prendrait son véritable sens ? On ne savait rien.

On allait savoir. Depuis plusieurs jours les feuilles annonçaient l'arrivée de Beautrelet. La lutte était près de recommencer, et, cette fois, implacable de la part du jeune homme qui brûlait de prendre sa revanche.

Et justement son nom, en gros caractères, attira mon attention. *Le Grand Journal* inscrivait en tête de ses colonnes la note suivante :

---

1. ***Cab*** : taxi (mot anglais).

2. ***Exiguïté*** : étroitesse.

3. Dans la mythologie grecque, Œdipe parvient à résoudre l'énigme du Sphinx, qui assiège la ville de Thèbes (« Qu'est-ce qui marche à quatre pattes

Nous avons obtenu de M. Isidore Beautrelet qu'il nous réservât la primeur de ses révélations. Demain mercredi, avant même que la justice en soit informée, *Le Grand Journal* publiera la vérité intégrale sur le drame d'Ambrumésy.

« Cela promet, hein ? Qu'en pensez-vous, mon cher ? »

Je sursautai dans mon fauteuil. Il y avait près de moi sur la chaise voisine quelqu'un que je ne connaissais pas.

Je me levai et cherchai une arme des yeux. Mais comme son attitude semblait tout à fait inoffensive, je me contins et m'approchai de lui.

C'était un homme jeune, au visage énergique, aux longs cheveux blonds, et dont la barbe, un peu fauve de nuance, se divisait en deux pointes courtes. Son costume rappelait le costume sobre d'un prêtre anglais, et toute sa personne, d'ailleurs, avait quelque chose d'austère et de grave qui inspirait le respect.

« Qui êtes-vous ? » lui demandai-je.

Et, comme il ne répondait pas, je répétai :

« Qui êtes-vous ? Comment êtes-vous entré ici ? Que venez-vous faire ? »

Il me regarda et dit :

« Vous ne me reconnaissez pas ?

– Non… non !

– Ah ! c'est vraiment curieux… Cherchez bien… un de vos amis… un ami d'un genre un peu spécial… »

Je lui saisis le bras vivement :

« Vous mentez !… Vous n'êtes pas celui que vous dites… ce n'est pas vrai…

---

le matin, à deux le midi et à trois le soir ? » interroge le Sphinx ; Œdipe répond « l'homme », qui, au matin de sa vie, se déplace à quatre pattes, au midi de son existence, marche sur ses deux jambes, et, au soir de sa vie, s'appuie sur une canne). Pour certains, il est la figure originelle de l'enquêteur.

– Alors pourquoi pensez-vous à celui-là plutôt qu'à un autre ? » dit-il en riant.

Ah ! ce rire ! ce rire jeune et clair, dont l'ironie amusante m'avait si souvent diverti !... Je frissonnai. Était-ce possible ?

« Non, non, protestai-je avec une sorte d'épouvante... il ne se peut pas...

– Il ne se peut pas que ce soit moi, parce que je suis mort, hein, et que vous ne croyez pas aux revenants ? »

Il rit de nouveau.

« Est-ce que je suis de ceux qui meurent, moi ? Mourir ainsi, d'une balle tirée dans le dos, par une jeune fille ! Vraiment, c'est mal me juger ! Comme si, moi, je consentirais à une pareille fin !

– C'est donc vous ! balbutiai-je, encore incrédule, et tout ému... Je ne parviens pas à vous retrouver...

– Alors, prononça-t-il gaiement, je suis tranquille. Si le seul homme à qui je me sois montré sous mon véritable aspect ne me reconnaît pas aujourd'hui, toute personne qui me verra désormais tel que je suis aujourd'hui ne me reconnaîtra pas non plus quand elle me verra sous mon réel aspect... si tant est que j'aie un réel aspect... »

Je retrouvais sa voix, maintenant qu'il n'en changeait plus le timbre, et je retrouvais ses yeux aussi, et l'expression de son visage, et toute son attitude, et son être lui-même, à travers l'apparence dont il l'avait enveloppé.

« Arsène Lupin, murmurai-je.

– Oui, Arsène Lupin, s'écria-t-il en se levant. Le seul et unique Lupin, retour du royaume des ombres, puisqu'il paraît que j'ai agonisé et trépassé dans une crypte. Arsène Lupin vivant de toute sa vie, agissant de toute sa volonté, heureux et libre, et plus que jamais résolu à jouir de cette heureuse indépendance dans un monde où il n'a jusqu'ici rencontré que faveur et que privilège. »

Je ris à mon tour.

« Allons, c'est bien vous, et plus allègre que le jour où j'ai eu le plaisir de vous voir l'an dernier… Je vous en complimente. »

Je faisais allusion à sa dernière visite, visite qui suivait la fameuse aventure du diadème, son mariage rompu, sa fuite avec Sonia Krichnoff, et la mort horrible de la jeune Russe[1]. Ce jour-là, j'avais vu un Arsène Lupin que j'ignorais, faible, abattu, les yeux las de pleurer, en quête d'un peu de sympathie et de tendresse…

« Taisez-vous, dit-il, le passé est loin.

– C'était il y a un an, observai-je.

– C'était il y a dix ans, affirma-t-il, les années d'Arsène Lupin comptent dix fois plus que les autres. »

Je n'insistai pas et, changeant de conversation :

« Comment donc êtes-vous entré ?

– Mon Dieu, comme tout le monde, par la porte. Puis, ne voyant personne, j'ai traversé le salon, j'ai suivi le balcon, et me voici.

– Soit, mais la clef de la porte ?

– Il n'y a pas de porte pour moi, vous le savez. J'avais besoin de votre appartement, je suis entré.

– À vos ordres. Dois-je vous laisser ?

– Oh ! nullement, vous ne serez pas de trop. Je puis même vous dire que la soirée sera intéressante.

– Vous attendez quelqu'un ?

– Oui, j'ai donné rendez-vous ici à dix heures… »

Il tira sa montre.

« Dix heures. Si le télégramme est arrivé, la personne ne tardera pas… »

Le timbre retentit, dans le vestibule.

« Que vous avais-je dit ? Non, ne vous dérangez pas… j'irai moi-même. »

---

1. Ces événements sont racontés dans *Arsène Lupin* (1909), pièce en quatre actes.

Avec qui, diable ! pouvait-il avoir pris rendez-vous ? et à quelle scène dramatique ou burlesque allais-je assister ? Pour que Lupin lui-même la considérât comme digne d'intérêt, il fallait que la situation fût quelque peu exceptionnelle.

Au bout d'un instant, il revint, et s'effaça devant un jeune homme, mince, grand, et très pâle de visage.

Sans une parole, avec une certaine solennité dans les gestes qui me troublait, Lupin alluma toutes les lampes électriques. La pièce fut inondée de lumière. Alors les deux hommes se regardèrent, profondément, comme si, de tout l'effort de leurs yeux ardents, ils essayaient de pénétrer l'un dans l'autre. Et c'était un spectacle impressionnant que de les voir ainsi, graves et silencieux. Mais qui donc pouvait être ce nouveau venu ?

Au moment même où j'étais sur le point de le deviner, par la ressemblance qu'il offrait avec une photographie récemment publiée, Lupin se tourna vers moi :

« Cher ami, je vous présente M. Isidore Beautrelet. »

Et aussitôt, s'adressant au jeune homme :

« J'ai à vous remercier, monsieur Beautrelet, d'abord d'avoir bien voulu, sur une lettre de moi, retarder vos révélations jusqu'après cette entrevue, et ensuite de m'avoir accordé cette entrevue avec tant de bonne grâce. »

Beautrelet sourit.

« Je vous prierai de remarquer que ma bonne grâce consiste surtout à obéir à vos ordres. La menace que vous me faisiez dans la lettre en question était d'autant plus péremptoire qu'elle ne s'adressait pas à moi, mais qu'elle visait mon père.

– Ma foi, répondit Lupin en riant, on agit comme on peut, et il faut bien se servir des moyens d'action que l'on possède. Je savais par expérience que votre propre sûreté vous était indifférente, puisque vous avez résisté aux arguments du sieur Brédoux. Restait votre père… votre père que vous affectionnez vivement… J'ai joué de cette corde-là.

– Et me voici », approuva Beautrelet.

Je les fis asseoir. Ils y consentirent, et Lupin, de ce ton d'imperceptible ironie qui lui est particulier :

« En tout cas, monsieur Beautrelet, si vous n'acceptez pas mes remerciements, vous ne repousserez pas du moins mes excuses.

– Des excuses ! Et pourquoi, Seigneur ?

– Pour la brutalité dont le sieur Brédoux a fait preuve à votre endroit.

– J'avoue que l'acte m'a surpris. Ce n'était pas la manière d'agir habituelle à Lupin. Un coup de couteau...

– Aussi n'y suis-je pour rien. Le sieur Brédoux est une nouvelle recrue. Mes amis, pendant le temps qu'ils ont eu la direction de nos affaires, ont pensé qu'il pouvait nous être utile de gagner à notre cause le greffier même du juge qui menait l'instruction.

– Vos amis n'avaient pas tort.

– En effet, Brédoux, que l'on avait spécialement attaché à votre personne, nous fut précieux. Mais, avec cette ardeur propre à tout néophyte[1] qui veut se distinguer, il poussa le zèle un peu loin, et contraria mes plans en se permettant, de sa propre initiative, de vous frapper.

– Oh ! c'est là un petit malheur.

– Mais non, mais non, et je l'ai sévèrement réprimandé. Je dois dire, cependant, en sa faveur, qu'il a été pris au dépourvu par la rapidité inattendue de votre enquête. Vous nous eussiez laissé quelques heures de plus que vous auriez échappé à cet attentat impardonnable.

– Et que j'aurais eu le grand avantage, sans doute, de subir le sort de MM. Ganimard et Sholmès ?

– Précisément, fit Lupin en riant de plus belle. Et moi, je n'aurais pas connu les affres cruelles que votre blessure m'a causées. J'ai passé là, je vous le jure, des heures atroces, et,

1. ***Néophyte*** : nouveau converti, débutant.

aujourd'hui encore, votre pâleur m'est un remords cuisant. Vous ne m'en voulez plus ?

– La preuve de confiance, répondit Beautrelet, que vous me donnez en vous livrant à moi sans condition – il m'eût été si facile d'amener quelques amis de Ganimard ! –, cette preuve de confiance efface tout. »

Parlait-il sérieusement ? J'avoue que j'étais fort dérouté. La lutte entre ces deux hommes commençait d'une façon à laquelle je ne comprenais rien. Moi qui avais assisté à la première rencontre de Lupin et de Sholmès[1], dans le café de la gare du Nord, je ne pouvais m'empêcher de me rappeler l'allure hautaine des deux combattants, le choc effrayant de leur orgueil sous la politesse de leurs manières, les rudes coups qu'ils se portaient, leurs feintes, leur arrogance.

Ici, rien de pareil. Lupin, lui, n'avait pas changé. Même tactique et même affabilité[2] narquoise. Mais à quel étrange adversaire il se heurtait ! Était-ce même un adversaire ? Vraiment il n'en avait ni le ton ni l'apparence. Très calme, mais d'un calme réel, qui ne masquait pas l'emportement d'un homme qui se contient, très poli mais sans exagération, souriant mais sans raillerie, il offrait avec Arsène Lupin le plus parfait contraste, si parfait même que Lupin me semblait aussi dérouté que moi.

Non, sûrement, Lupin n'avait pas en face de cet adolescent frêle, aux joues roses de jeune fille, aux yeux candides et charmants, non, Lupin n'avait pas son assurance ordinaire. Plusieurs fois, j'observai en lui des traces de gêne. Il hésitait, n'attaquait pas franchement, perdait du temps en phrases doucereuses et en mièvreries[3].

On aurait dit aussi qu'il lui manquait quelque chose. Il avait l'air de chercher, d'attendre. Quoi ? Quel secours !

---

1. Cet événement est raconté dans *Arsène Lupin contre Herlock Sholmès* (1908).

2. ***Affabilité*** : bienveillance.

3. ***Phrases doucereuses***, ***mièvreries*** : propos d'une douceur trompeuse.

On sonna de nouveau. De lui-même, et vivement, il alla ouvrir.

Il revint avec une lettre.

« Vous permettez, messieurs ? » nous demanda-t-il.

Il décacheta la lettre. Elle contenait un télégramme. Il le lut.

Ce fut en lui comme une transformation. Son visage s'éclaira, sa taille se redressa, et je vis les veines de son front qui se gonflaient. C'était l'athlète que je retrouvais, le dominateur, sûr de lui, maître des événements et maître des personnes. Il étala le télégramme sur la table et, le frappant d'un coup de poing, s'écria :

« Maintenant, monsieur Beautrelet, à nous deux ! »

Beautrelet se mit en posture d'écouter, et Lupin commença, d'une voix mesurée, mais sèche et volontaire :

« Jetons bas les masques, n'est-ce pas, et plus de fadeurs hypocrites. Nous sommes deux ennemis qui savons parfaitement à quoi nous en tenir l'un sur l'autre, c'est en ennemis que nous agissons l'un envers l'autre, et c'est par conséquent en ennemis que nous devons traiter[1] l'un avec l'autre.

– Traiter ? fit Beautrelet surpris.

– Oui, traiter. Je n'ai pas dit ce mot au hasard, et je le répète, quoi qu'il m'en coûte. Et il m'en coûte beaucoup. C'est la première fois que je l'emploie vis-à-vis d'un adversaire. Mais aussi, je vous le dis tout de suite, c'est la dernière fois. Profitez-en. Je ne sortirai d'ici qu'avec une promesse de vous. Sinon, c'est la guerre. »

Beautrelet semblait de plus en plus surpris. Il dit gentiment :

« Je ne m'attendais pas à cela… vous me parlez si drôlement ! C'est si différent de ce que je croyais !… Oui, je vous imaginais tout autre… Pourquoi de la colère ? des menaces ? Sommes-nous donc ennemis parce que les circonstances nous opposent l'un à l'autre ? Ennemis… pourquoi ? »

1. ***Traiter*** : négocier.

Lupin parut un peu décontenancé, mais il ricana en se penchant sur le jeune homme :

« Écoutez, mon petit, il ne s'agit pas de choisir ses expressions. Il s'agit d'un fait, d'un fait certain, indiscutable. Celui-ci : depuis dix ans, je ne me suis pas encore heurté à un adversaire de votre force ; avec Ganimard, avec Herlock Sholmès, j'ai joué comme avec des enfants. Avec vous, je suis obligé de me défendre, je dirai plus, de reculer. Oui, à l'heure présente, vous et moi, nous savons très bien que je dois me considérer comme le vaincu. Isidore Beautrelet l'emporte sur Arsène Lupin. Mes plans sont bouleversés. Ce que j'ai tâché de laisser dans l'ombre, vous l'avez mis en pleine lumière. Vous me gênez, vous me barrez le chemin. Eh bien, j'en ai assez... Brédoux vous l'a dit inutilement. Moi, je vous le redis, en insistant pour que vous en teniez compte. J'en ai assez. »

Beautrelet hocha la tête.

« Mais, enfin, que voulez-vous ?

– La paix ! chacun chez soi, dans son domaine.

– C'est-à-dire, vous, libre de cambrioler à votre aise, et moi, libre de retourner à mes études.

– À vos études... à ce que vous voudrez... cela ne me regarde pas... Mais vous me laisserez la paix... je veux la paix...

– En quoi puis-je la troubler maintenant ? »

Lupin lui saisit la main avec violence.

« Vous le savez bien ! Ne feignez pas de ne pas le savoir. Vous êtes actuellement possesseur d'un secret auquel j'attache la plus haute importance. Ce secret, vous étiez en droit de le deviner, mais vous n'avez aucun titre à le rendre public.

– Êtes-vous sûr que je le connaisse ?

– Vous le connaissez, j'en suis sûr : jour par jour, heure par heure, j'ai suivi la marche de votre pensée et les progrès de votre enquête. À l'instant même où Brédoux vous a frappé, vous alliez tout dire. Par sollicitude pour votre père, vous avez ensuite retardé vos révélations. Mais aujourd'hui elles sont promises au journal que voici. L'article est prêt. Dans une heure il sera composé. Demain il paraît.

– C'est juste. »

Lupin se leva, et coupant l'air d'un geste de sa main :

« Il ne paraîtra pas, s'écria-t-il.

– Il paraîtra », fit Beautrelet qui se leva d'un coup.

Enfin les deux hommes étaient dressés l'un contre l'autre. J'eus l'impression d'un choc, comme s'ils s'étaient empoignés à bras-le-corps. Une énergie subite enflammait Beautrelet. On eût dit qu'une étincelle avait allumé en lui des sentiments nouveaux, l'audace, l'amour-propre, la volupté de la lutte, l'ivresse du péril.

Quant à Lupin je sentais au rayonnement de son regard sa joie de duelliste qui rencontre enfin l'épée du rival détesté.

« L'article est donné ?

– Pas encore.

– Vous l'avez là… sur vous ?

– Pas si bête ! Je ne l'aurais déjà plus.

– Alors ?

– C'est un des rédacteurs qui l'a, sous double enveloppe. Si à minuit je ne suis pas au journal, il le fait composer.

– Ah ! le gredin, murmura Lupin, il a tout prévu. »

Sa colère fermentait, visible, terrifiante.

Beautrelet ricana, moqueur à son tour, et grisé par son triomphe.

« Tais-toi donc, moutard, hurla Lupin, tu ne sais donc pas qui je suis ? et que si je voulais… Ma parole, il ose rire ! »

Un grand silence tomba entre eux. Puis Lupin s'avança, et d'une voix sourde, ses yeux dans les yeux de Beautrelet :

« Tu vas courir au *Grand Journal*…

– Non.

– Tu vas déchirer ton article.

– Non.

– Tu verras le rédacteur en chef.

– Non.

– Tu lui diras que tu t'es trompé.

– Non.

– Et tu écriras un autre article, où tu donneras, de l'affaire d'Ambrumésy, la version officielle, celle que tout le monde a acceptée.

– Non. »

Lupin saisit la règle en fer qui se trouvait sur mon bureau, et sans effort la brisa net. Sa pâleur était effrayante. Il essuya des gouttes de sueur qui perlaient à son front. Lui qui jamais n'avait connu de résistance à ses volontés, l'entêtement de cet enfant le rendait fou.

Il imprima ses mains sur l'épaule de Beautrelet et scanda :

« Tu feras tout cela, Beautrelet, tu diras que tes dernières découvertes t'ont convaincu de ma mort, qu'il n'y a pas là-dessus le moindre doute. Tu le diras parce que je le veux, parce qu'il faut qu'on croie que je suis mort. Tu le diras surtout parce que si tu ne le dis pas…

– Parce que si je ne le dis pas ?

– Ton père sera enlevé cette nuit, comme Ganimard et Herlock Sholmès l'ont été. »

Beautrelet sourit.

« Ne ris pas… réponds.

– Je réponds qu'il m'est fort désagréable de vous contrarier, mais j'ai promis de parler, je parlerai.

– Parle dans le sens que je t'indique.

– Je parlerai dans le sens de la vérité, s'écria Beautrelet ardemment. C'est une chose que vous ne pouvez pas comprendre, vous, le plaisir, le besoin plutôt, de dire ce qui est et de le dire à haute voix. La vérité est là, dans ce cerveau qui l'a découverte, elle en sortira toute nue et toute frémissante. L'article passera donc tel que je l'ai écrit. On saura que Lupin est vivant, on saura la raison pour laquelle il voulait qu'on le crût mort. On saura tout. »

Et il ajouta tranquillement :

« Et mon père ne sera pas enlevé. »

Ils se turent encore une fois tous les deux, leurs regards toujours attachés l'un à l'autre. Ils se surveillaient. Les épées étaient engagées jusqu'à la garde. Et c'était le lourd silence qui précède le coup mortel. Qui donc allait le porter ?

Lupin murmura :

« Cette nuit à trois heures du matin, sauf avis contraire de moi, deux de mes amis ont ordre de pénétrer dans la chambre de ton père, de s'emparer de lui, de gré ou de force, de l'emmener et de rejoindre Ganimard et Herlock Sholmès. »

Un éclat de rire strident lui répondit.

« Mais tu ne comprends donc pas, brigand, s'écria Beautrelet, que j'ai pris mes précautions ? Alors tu t'imagines que je suis assez naïf pour avoir, bêtement, stupidement, renvoyé mon père chez lui, dans la petite maison isolée qu'il occupait en rase campagne ? »

Oh ! Le joli rire ironique qui animait le visage du jeune homme ! Rire nouveau sur ses lèvres, rire où se sentait l'influence même de Lupin… Et ce tutoiement insolent qui le mettait du premier coup au niveau de son adversaire !… Il reprit :

« Vois-tu, Lupin, ton grand défaut, c'est de croire tes combinaisons infaillibles. Tu te déclares vaincu ! Quelle blague ! Tu es persuadé qu'en fin de compte, et toujours, tu l'emporteras… et tu oublies que les autres peuvent avoir aussi leurs combinaisons. La mienne est très simple, mon bon ami. »

C'était délicieux de l'entendre parler. Il allait et venait, les mains dans ses poches, avec la crânerie, avec la désinvolture d'un gamin qui harcèle la bête féroce enchaînée. Vraiment, à cette heure, il vengeait, de la plus terrible des vengeances, toutes les victimes du grand aventurier. Et il conclut :

« Lupin, mon père n'est pas en Savoie. Il est à l'autre bout de la France, au centre d'une grande ville, gardé par vingt de nos amis qui ont ordre de ne pas le quitter de vue jusqu'à la fin de notre bataille. Veux-tu des détails ? Il est à Cherbourg, dans la maison d'un des employés de l'arsenal – arsenal qui est fermé la nuit, et où l'on ne peut pénétrer le jour qu'avec une autorisation et en compagnie d'un guide. »

Il s'était arrêté en face de Lupin et le narguait comme un enfant qui fait une grimace à un camarade.

« Qu'en dis-tu, maître ? »

Depuis quelques minutes, Lupin demeurait immobile. Pas un muscle de son visage n'avait bougé. Que pensait-il ? À quel acte allait-il se résoudre ? Pour quiconque savait la violence farouche de son orgueil, un seul dénouement était possible : l'effondrement total, immédiat, définitif de son ennemi. Ses doigts se crispèrent. J'eus une seconde la sensation qu'il allait se jeter sur lui et l'étrangler.

« Qu'en dis-tu, maître ? » répéta Beautrelet.

Lupin saisit le télégramme qui se trouvait sur la table, le tendit et prononça, très maître de lui :

« Tiens, bébé, lis cela. »

Beautrelet devint grave, subitement impressionné par la douceur du geste. Il déplia le papier, et tout de suite, relevant les yeux, murmura :

« Que signifie ?... Je ne comprends pas...

– Tu comprends toujours bien le premier mot, dit Lupin... le premier mot de la dépêche... c'est-à-dire le nom de l'endroit d'où elle fut expédiée... Regarde... *Cherbourg*.

– Oui... oui... balbutia Beautrelet... oui... *Cherbourg*... et après ?

– Et après ?... il me semble que la suite n'est pas moins claire : "Enlèvement du colis terminé... camarades sont partis avec lui et attendront instructions jusqu'à huit heures du matin. Tout va bien." Qu'y a-t-il donc là qui te paraisse obscur ? Le mot colis ? Bah ! on ne pouvait guère écrire *M. Beautrelet père*. Alors, quoi ? La façon dont l'opération fut accomplie ? Le miracle grâce auquel ton père fut arraché de l'arsenal de Cherbourg, malgré ses vingt gardes du corps ? Bah ! c'est l'enfance de l'art !

Toujours est-il que le colis est expédié. Que dis-tu de cela, bébé ? »

De tout son être tendu, de tout son effort exaspéré, Isidore tâchait de faire bonne figure. Mais on voyait le frissonnement de ses lèvres, sa mâchoire qui se contractait, ses yeux qui essayaient vainement de se fixer sur un point. Il bégaya quelques mots, se tut, et soudain, s'affaissant sur lui-même, les mains à son visage, il éclata en sanglots :

« Oh ! papa… papa… »

Dénouement imprévu, qui était bien l'écroulement que réclamait l'amour-propre de Lupin, mais qui était autre chose aussi, autre chose d'infiniment touchant et d'infiniment naïf. Lupin eut un geste d'agacement et prit son chapeau, comme excédé par cette crise insolite de sensiblerie. Mais, au seuil de la porte il s'arrêta, hésita, puis revint, pas à pas, lentement.

Le bruit doux des sanglots s'élevait comme la plainte triste d'un petit enfant que le chagrin accable. Les épaules marquaient le rythme navrant. Des larmes apparaissaient entre les doigts croisés. Lupin se pencha et, sans toucher Beautrelet, il lui dit d'une voix où il n'y avait pas le moindre accent de raillerie, ni même cette pitié offensante des vainqueurs :

« Ne pleure pas, petit. Ce sont là des coups auxquels il faut s'attendre, quand on se jette dans la bataille, tête baissée, comme tu l'as fait. Les pires désastres vous guettent… C'est notre destin de lutteurs qui le veut ainsi. Il faut subir courageusement. »

Puis, avec douceur, il continua :

« Tu avais raison, vois-tu, nous ne sommes pas ennemis. Il y a longtemps que je le sais… Dès la première heure, j'ai senti pour toi, pour l'être intelligent que tu es, une sympathie involontaire… de l'admiration… Et c'est pourquoi je voudrais te dire ceci… ne t'en froisse pas surtout… je serais désolé de te froisser… mais il faut que je te le dise… Eh bien ! renonce à lutter contre moi… Ce n'est pas par vanité que je te le dis… ce n'est pas non plus parce que je te méprise… mais vois-tu… la lutte est trop inégale… Tu ne sais pas… personne ne sait toutes les ressources dont je dispose… Tiens, ce secret de l'Aiguille creuse que tu cherches si vainement à déchiffrer, admets un instant que ce soit un trésor formidable, inépuisable… ou bien un refuge invisible, prodigieux, fantastique… ou bien les deux peut-être… Songe à la puissance surhumaine que j'en puis tirer ! Et tu ne sais pas non plus toutes les ressources qui sont en moi… tout ce que ma volonté et mon imagination me permettent d'entreprendre et de réussir. Pense donc que ma vie entière – depuis que je suis né, pourrais-je dire – est tendue vers le même but, que j'ai travaillé comme un forçat avant d'être ce que je suis, et pour réaliser dans toute sa perfection le type que je voulais créer, que je suis parvenu à créer. Alors… que peux-tu faire ? Au moment même où tu croiras saisir la victoire, elle t'échappera… il y aura quelque chose à quoi tu n'auras pas songé… un rien… le grain de sable que, moi, j'aurai placé au bon endroit, à ton insu… Je t'en prie, renonce… je serais obligé de te faire du mal, et cela me désole… »

Et, lui mettant la main sur le front, il répéta :

« Une deuxième fois, petit, renonce. Je te ferais du mal. Qui sait si le piège où tu tomberas inévitablement n'est pas déjà ouvert sous tes pas ? »

Beautrelet dégagea sa figure. Il ne pleurait plus. Avait-il écouté les paroles de Lupin ? On aurait pu en douter à son air distrait. Deux ou trois minutes il garda le silence. Il semblait peser la décision qu'il allait prendre, examiner le pour et le contre, dénombrer les chances favorables ou défavorables. Enfin, il dit à Lupin :

« Si je change le sens de mon article, et si je confirme la version de votre mort, et si je m'engage à ne jamais démentir la version fausse que je vais accréditer, vous me jurez que mon père sera libre ?

– Je te le jure. Mes amis se sont rendus en automobile avec ton père dans une autre ville en province. Demain matin à sept heures, si l'article du *Grand Journal* est tel que je le demande, je leur téléphone et ils remettront ton père en liberté.

– Soit, fit Beautrelet, je me soumets à vos conditions. »

Rapidement, comme s'il trouvait inutile, après l'acceptation de sa défaite, de prolonger l'entretien, il se leva, prit son chapeau, me salua, salua Lupin et sortit.

Lupin le regarda s'en aller, écouta le bruit de la porte qui se refermait et murmura :

« Pauvre gosse… »

Le lendemain matin à huit heures, j'envoyais mon domestique me chercher un *Grand Journal.* Il ne l'apporta qu'au bout de vingt minutes, la plupart des kiosques manquant déjà d'exemplaires.

Je dépliai fiévreusement la feuille. En tête apparaissait l'article de Beautrelet. Le voici, tel que les journaux du monde entier le reproduisirent :

LE DRAME D'AMBRUMÉSY

Le but de ces quelques lignes n'est pas d'expliquer par le menu le travail de réflexions et de recherches grâce auquel j'ai réussi à reconstituer le drame ou plutôt le double drame d'Ambrumésy. À mon sens, ce genre de travail et les commentaires qu'il comporte, déductions, inductions, analyses, etc., tout cela n'offre qu'un intérêt relatif, et en tout cas fort banal. Non, je me contenterai d'exposer les deux idées directrices de mes efforts, et par là même, il se trouvera qu'en les exposant et en résolvant les deux problèmes qu'elles soulèvent, j'aurai raconté cette affaire tout simplement, en suivant l'ordre même des faits qui la constituent. On remarquera peut-être que certains de ces faits ne sont pas prouvés et que je laisse une part assez large à l'hypothèse. C'est vrai. Mais j'estime que mon hypothèse est fondée sur un assez grand nombre de certitudes, pour que la suite des faits, même non prouvés, s'impose avec une rigueur inflexible. La source se perd souvent sous le lit des cailloux, ce n'en est pas moins la même source que l'on revoit aux intervalles où se reflète le bleu du ciel…

J'énonce ainsi la première énigme, énigme non point de détail, mais d'ensemble, qui me sollicita : comment se fait-il que Lupin, blessé à mort, pourrait-on dire, ait vécu quarante jours, sans soins, sans médicaments, sans aliments, au fond d'un trou obscur ?

Reprenons du début. Le jeudi 23 avril, à quatre heures du matin, Arsène Lupin, surpris au milieu d'un de ses plus audacieux cambriolages, s'enfuit par le chemin des ruines et tombe blessé d'une balle. Il se traîne péniblement, retombe et se relève, avec l'espoir acharné de parvenir jusqu'à la chapelle. Là se trouve la crypte que le hasard lui a révélée. S'il peut s'y tapir, peut-être est-il sauvé. À force d'énergie, il en approche, il en est à quelques mètres lorsqu'un bruit de pas survient. Harassé, perdu, il s'abandonne. L'ennemi arrive. C'est Mlle Raymonde de Saint-Véran. Tel est le prologue du drame ou plutôt la première scène du drame.

Que se passa-t-il entre eux ? Il est d'autant plus facile de le deviner que la suite de l'aventure nous donne toutes les indications. Aux pieds de la jeune fille, il y a un homme blessé, que la souffrance épuise, et qui dans deux minutes sera capturé. Cet homme, c'est elle qui l'a blessé. Va-t-elle le livrer également ?

Si c'est lui l'assassin de Jean Daval, oui, elle laissera le destin s'accomplir. Mais en phrases rapides, il lui dit la vérité sur ce meurtre légitime commis par son oncle, M. de Gesvres. Elle le croit. Que va-t-elle faire ? Personne ne peut les voir. Le domestique Victor surveille la petite porte. L'autre, Albert, posté à la fenêtre du salon, les a perdus de vue l'un et l'autre. Livrera-t-elle l'homme qu'elle a blessé ?

Un mouvement de pitié irrésistible, que toutes les femmes comprendront, entraîne la jeune fille. Dirigée par Lupin, en quelques gestes, elle panse la blessure avec son mouchoir pour éviter les marques que le sang laisserait. Puis, se servant de la clef qu'il lui donne, elle ouvre la porte de la chapelle. Il entre, soutenu par la jeune fille. Elle referme, s'éloigne. Albert arrive.

Si l'on avait visité la chapelle à ce moment, ou tout au moins durant les minutes qui suivirent, Lupin, n'ayant pas eu le temps de retrouver ses forces, de lever la dalle et de disparaître par l'escalier de la crypte, Lupin était pris… Mais cette visite n'eut lieu que six heures plus tard, et de la façon la plus superficielle. Lupin est sauvé et sauvé par qui ? par celle qui faillit le tuer.

Désormais, qu'elle le veuille ou non, Mlle de Saint-Véran est sa complice. Non seulement elle ne peut plus le livrer, mais il faut qu'elle continue son œuvre, sans quoi le blessé périra dans l'asile où elle a contribué à le cacher. Et elle continue… D'ailleurs si son instinct de femme lui rend la tâche obligatoire, il la lui rend également facile. Elle a toutes les finesses, elle prévoit tout. C'est elle qui donne au juge d'instruction un faux signalement d'Arsène Lupin (qu'on se rappelle la divergence d'opinion des deux cousines à cet égard). C'est elle, évidemment, qui, à certains indices que j'ignore, devine, sous son déguisement de chauffeur, le complice de Lupin. C'est elle qui l'avertit. C'est elle qui lui signale l'urgence d'une opération. C'est elle sans doute qui substitue une casquette à l'autre. C'est elle qui fait écrire le fameux billet où elle est désignée et menacée personnellement – comment, après cela, pourrait-on la soupçonner ?

C'est elle qui, au moment où j'allais confier au juge d'instruction mes premières impressions, prétend m'avoir aperçu, la veille, dans le bois-taillis, inquiète M. Filleul sur mon compte, et me réduit au silence. Manœuvre dangereuse, certes, puisqu'elle éveille mon attention et la dirige contre celle qui m'accable d'une accusation que je sais fausse, mais manœuvre efficace, puisqu'il s'agit avant tout de gagner du temps et de me fermer la bouche. Et c'est elle qui, pendant quarante jours, alimente Lupin, lui apporte des médicaments (qu'on interroge le pharmacien d'Ouville, il montrera les ordonnances qu'il a exécutées pour Mlle de Saint-Véran), elle enfin qui soigne le malade, le panse, le veille, et le guérit.

Et voilà le premier de nos deux problèmes résolu, en même temps que le drame exposé. Arsène Lupin a trouvé près de lui, au château même, le secours qui lui était indispensable, d'abord pour n'être pas découvert, ensuite pour vivre.

Maintenant il vit. Et c'est alors que se pose le deuxième problème dont la recherche me servit de fil conducteur et qui correspond au second drame d'Ambrumésy. Pourquoi Lupin, vivant, libre, de nouveau à la tête de sa bande, tout-puissant comme jadis, pourquoi Lupin fait-il des efforts désespérés, des efforts auxquels je me heurte incessamment, pour imposer à la justice et au public l'idée de sa mort ?

Il faut se rappeler que Mlle de Saint-Véran était fort jolie. Les photographies que les journaux ont reproduites après sa disparition ne donnent qu'une idée imparfaite de sa beauté. Il arrive alors ce qui ne pouvait pas ne pas arriver. Lupin, qui, pendant quarante jours, voit cette belle jeune fille, qui désire sa présence quand elle n'est pas là, qui subit, quand elle est là, son charme et sa grâce, qui respire, quand elle se penche sur lui, le parfum frais de son haleine, Lupin s'éprend de sa garde-malade. La reconnaissance devient de l'amour, l'admiration devient de la passion. Elle est le salut, mais elle est aussi la joie de ses yeux, le rêve de ses heures solitaires, sa clarté, son espoir, sa vie elle-même.

Il la respecte au point de ne pas exploiter le dévouement de la jeune fille, et de ne pas se servir d'elle pour diriger ses complices. Il y a du flottement, en effet, dans les actes de la bande. Mais il l'aime aussi, et ses scrupules s'atténuent, et comme Mlle de Saint-Véran ne se laisse point toucher par un amour qui l'offense, comme elle espace ses visites à mesure qu'elles se font moins nécessaires, et comme elle les cesse le jour où il est guéri… désespéré, affolé de douleur, il prend une résolution terrible. Il sort de son repaire, prépare son coup, et le samedi 6 juin, aidé de ses complices, enlève la jeune fille.

Ce n'est pas tout. Ce rapt, il ne faut pas qu'on le connaisse. Il faut couper court aux recherches, aux suppositions, aux espérances mêmes : Mlle de Saint-Véran passera pour morte. Un meurtre est simulé, des preuves sont offertes aux investigations. Le crime est certain. Crime prévu d'ailleurs, crime annoncé par les complices, crime exécuté pour venger la mort du chef, et par là même – voyez l'ingéniosité merveilleuse d'une pareille

conception –, par là même se trouve, comment dirai-je ? se trouve amorcée la croyance à cette mort.
Il ne suffit pas de susciter une croyance, il faut imposer une certitude. Lupin prévoit mon intervention. Je devinerai le truquage de la chapelle. Je découvrirai la crypte. Et comme la crypte sera vide, tout l'échafaudage s'écroulera.

La crypte ne sera pas vide.

De même, la mort de Mlle de Saint-Véran ne sera définitive que si la mer rejette son cadavre.

La mer rejettera le cadavre de Mlle de Saint-Véran !

La difficulté est formidable ? Le double obstacle infranchissable ? Oui, pour tout autre que Lupin, mais non pour Lupin… Ainsi qu'il l'avait prévu, je devine le truquage de la chapelle, je découvre la crypte, et je descends dans la tanière où Lupin s'est réfugié. Son cadavre est là !
Toute personne qui eût admis la mort de Lupin comme possible eût été déroutée. Mais, pas une seconde, je n'avais admis cette éventualité (par intuition d'abord, par raisonnement ensuite). Le subterfuge devenait alors inutile et vaines toutes les combinaisons. Je me dis aussitôt que le bloc de pierre ébranlé par une pioche avait été placé là avec une précision bien curieuse, que le moindre heurt devait le faire tomber et qu'en tombant il devait inévitablement réduire en bouillie la tête du faux Arsène Lupin de façon à le rendre méconnaissable.
Autre trouvaille. Une demi-heure après, j'apprends que le cadavre de Mlle de Saint-Véran a été découvert sur les rochers de Dieppe… ou plutôt un cadavre que l'on estime être celui de Mlle de Saint-Véran, pour cette raison que le bras porte un bracelet semblable à l'un des bracelets de la jeune fille. C'est d'ailleurs la seule marque d'identité, car le cadavre est méconnaissable.
Là-dessus je me souviens et je comprends. Quelques jours auparavant, j'ai lu, dans un numéro de *La Vigie* de Dieppe, qu'un jeune ménage d'Américains, de séjour à Envermeu, s'est

empoisonné volontairement, et que la nuit même de leur mort leurs cadavres ont disparu. Je cours à Envermeu. L'histoire est vraie, me dit-on, sauf en ce qui concerne la disparition, puisque ce sont les frères mêmes des deux victimes qui sont venus réclamer les cadavres et qui les ont emportés après les constatations d'usage. Ces frères, nul doute qu'ils ne s'appelassent Arsène Lupin et consorts.

Par conséquent, la preuve est faite. Nous savons le motif pour lequel Arsène Lupin a simulé le meurtre de la jeune fille et accrédité le bruit de sa propre mort. Il aime, et il ne veut pas qu'on le sache. Et, pour qu'on ne le sache pas, il ne recule devant rien, il va jusqu'à entreprendre ce vol incroyable des deux cadavres dont il a besoin pour jouer son rôle et celui de Mlle de Saint-Véran. Ainsi il sera tranquille. Nul ne peut l'inquiéter. Personne ne soupçonnera la vérité qu'il veut étouffer.

Personne ? Si… Trois adversaires, au besoin, pourraient concevoir quelques doutes : Ganimard, dont on attend la venue, Herlock Sholmès, qui doit traverser le détroit, et moi, qui suis sur les lieux. Il y a là un triple péril. Il le supprime. Il enlève Ganimard. Il enlève Herlock Sholmès. Il me fait administrer un coup de couteau par Brédoux.

Un seul point reste obscur. Pourquoi Lupin a-t-il mis tant d'acharnement à me dérober le document de l'Aiguille creuse ? Il n'avait pourtant pas la prétention, en le reprenant, d'effacer de ma mémoire le texte des cinq lignes qui le composent ? Alors, pourquoi ? A-t-il craint que la nature même du papier, ou tout autre indice, ne me fournît quelque renseignement ?

Quoi qu'il en soit, telle est la vérité sur l'affaire d'Ambrumésy. Je répète que l'hypothèse joue, dans l'explication que j'en propose, un certain rôle, de même qu'elle a joué un grand rôle dans mon enquête personnelle. Mais si l'on attendait les preuves et les faits pour combattre Lupin, on risquerait fort, ou bien de les attendre toujours, ou bien d'en découvrir qui, préparés par Lupin, conduiraient juste à l'opposé du but.

J'ai confiance que les faits, quand ils seront tous connus, confirmeront mon hypothèse sur tous les points.

Ainsi donc, Beautrelet, un moment dominé par Arsène Lupin, troublé par l'enlèvement de son père et résigné à la défaite, Beautrelet, en fin de compte, n'avait pu se résoudre à garder le silence. La vérité était trop belle et trop étrange, les preuves qu'il en pouvait donner trop logiques et trop concluantes pour qu'il acceptât de la travestir. Le monde entier attendait ses révélations. Il parlait.

Le soir même du jour où son article parut, les journaux annonçaient l'enlèvement de M. Beautrelet père. Isidore en avait été averti par une dépêche de Cherbourg reçue à trois heures.

5. Sur la piste

La violence du coup étourdit le jeune Beautrelet. Au fond, bien qu'il eût obéi, en publiant son article, à un de ces mouvements irrésistibles qui vous font dédaigner toute prudence, au fond, il n'avait pas cru à la possibilité d'un enlèvement. Ses précautions étaient trop bien prises. Les amis de Cherbourg n'avaient pas seulement consigne de garder le père Beautrelet, ils devaient surveiller ses allées et venues, ne jamais le laisser sortir seul, et même ne lui remettre aucune lettre sans l'avoir au préalable décachetée. Non, il n'y avait pas de danger. Lupin bluffait ; Lupin, désireux de gagner du temps, cherchait à intimider son adversaire. Le coup fut donc presque imprévu, et toute la fin du jour, dans l'impuissance où il était d'agir, il en ressentait le choc douloureux. Une seule idée le soutenait : partir, aller là-bas, voir par lui-même ce qui s'était passé et reprendre l'offensive. Il envoya un télégramme à Cherbourg. Vers huit heures, il arrivait à la gare Saint-Lazare. Quelques minutes après, l'express l'emmenait.

Ce n'est qu'une heure plus tard, en dépliant machinalement un journal du soir acheté sur le quai, qu'il eut connaissance de la fameuse lettre par laquelle Lupin répondait indirectement à son article du matin.

Monsieur le Directeur,

Je ne prétends point que ma modeste personnalité, qui, certes, en des temps plus héroïques, eût passé complètement inaperçue, ne prenne quelque relief en notre époque de veulerie[1] et de médiocrité. Mais il est une limite que la curiosité malsaine des foules ne saurait franchir sous peine de déshonnête indiscrétion. Si l'on ne respecte plus le mur de la vie privée, quelle sera la sauvegarde des citoyens ?

Invoquera-t-on l'intérêt supérieur de la vérité ? Vain prétexte à mon égard, puisque la vérité est connue et que je ne fais aucune difficulté pour en écrire l'aveu officiel. Oui, Mlle de Saint-Véran est vivante. Oui, je l'aime. Oui, j'ai le chagrin de n'être pas aimé d'elle. Oui, l'enquête du petit Beautrelet est admirable de précision et de justesse. Oui, nous sommes d'accord sur tous les points. Il n'y a plus d'énigme. Eh bien, alors ?

Atteint jusqu'aux profondeurs mêmes de mon âme, tout saignant encore des blessures morales les plus cruelles, je demande qu'on ne livre pas davantage à la malignité publique mes sentiments les plus intimes et mes espoirs les plus secrets. Je demande la paix, la paix qui m'est nécessaire pour conquérir l'affection de Mlle de Saint-Véran, et pour effacer de son souvenir les mille petits outrages que lui valait de la part de son oncle et de sa cousine – ceci n'a pas été dit – sa situation de parente pauvre. Mlle de Saint-Véran oubliera ce passé détestable. Tout ce qu'elle pourra désirer, fût-ce le plus beau joyau du monde, fût-ce le trésor le plus inaccessible, je le mettrai à ses pieds. Elle sera heureuse. Elle m'aimera. Mais pour réussir, encore une fois, il me faut la paix. C'est pourquoi je dépose les armes, et c'est pourquoi j'apporte à mes ennemis le rameau d'olivier – tout en les

1. ***Veulerie*** : faiblesse, lâcheté.

avertissant, d'ailleurs, généreusement, qu'un refus de leur part pourrait avoir, pour eux, les plus graves conséquences.

Un mot encore au sujet du sieur Harlington. Sous ce nom, se cache un excellent garçon, secrétaire du milliardaire américain Cooley, et chargé par lui de rafler en Europe tous les objets d'art antique qu'il est possible de découvrir. La malchance voulut qu'il tombât sur son ami Étienne de Vaudreix, *alias* Arsène Lupin, *alias* moi. Il apprit ainsi, ce qui d'ailleurs était faux, qu'un certain M. de Gesvres voulait se défaire de quatre Rubens, à condition qu'ils fussent remplacés par des copies et qu'on ignorât le marché auquel il consentait. Mon ami Vaudreix se faisait fort de décider M. de Gesvres à vendre la Chapelle-Dieu. Les négociations se poursuivirent avec une entière bonne foi du côté de mon ami Vaudreix, avec une ingénuité charmante du côté du sieur Harlington, jusqu'au jour où les Rubens et les pierres sculptées de la Chapelle-Dieu furent en lieu sûr… et le sieur Harlington en prison. Il n'y a donc plus qu'à relâcher l'infortuné Américain, puisqu'il se contenta du modeste rôle de dupe ; à flétrir le milliardaire Cooley, puisque, par crainte d'ennuis possibles, il ne protesta pas contre l'arrestation de son secrétaire, et à féliciter mon ami Étienne de Vaudreix, *alias* moi, puisqu'il venge la morale publique en gardant les cinq cent mille francs qu'il a reçus par avance du peu sympathique Cooley.

Excusez la longueur de ces lignes, mon cher Directeur, et croyez à mes sentiments distingués.

ARSÈNE LUPIN

Peut-être Isidore pesa-t-il les termes de cette lettre avec autant de minutie qu'il avait étudié le document de l'*Aiguille creuse*. Il partait de ce principe, dont la justesse était facile à démontrer, que jamais Lupin n'avait pris la peine d'envoyer une seule de ses amusantes lettres aux journaux sans une nécessité absolue, sans un motif que les événements ne manquaient pas de mettre en lumière un jour ou l'autre. Quel était le motif de celle-ci ? Pour quelle raison secrète confessait-il son amour, et l'insuccès de cet amour ? Était-ce là qu'il fallait chercher, ou bien dans les explications qui concernaient le sieur Harlington, ou plus loin encore, entre les lignes, derrière tous ces mots dont la signification apparente n'avait peut-être d'autre but que de suggérer la petite idée mauvaise, perfide, déroutante ?…

Des heures, le jeune homme, enfermé dans son compartiment, resta pensif, inquiet. Cette lettre lui inspirait de la défiance, comme si elle avait été écrite pour lui, et qu'elle fût destinée à l'induire en erreur, lui personnellement. Pour la première fois, et parce qu'il se trouvait en face, non plus d'une attaque directe, mais d'un procédé de lutte équivoque[1], indéfinissable, il éprouvait la sensation très nette de la peur. Et, songeant à son vieux bonhomme de père, enlevé par sa faute, il se demandait avec angoisse si ce n'était pas folie que de poursuivre un duel aussi inégal. Le résultat n'était-il pas certain ? D'avance, Lupin n'avait-il pas partie gagnée ?

Courte défaillance ! Quand il descendit de son compartiment, à six heures du matin, réconforté par quelques heures de sommeil, il avait repris toute sa foi.

Sur le quai, Froberval, l'employé du port militaire qui avait donné l'hospitalité au père Beautrelet, l'attendait, accompagné de sa fille Charlotte, une gamine de douze à treize ans.

« Eh bien ? » s'écria Beautrelet.

Le brave homme se mettant à gémir, il l'interrompit, l'entraîna dans un estaminet[2] voisin, fit servir du café, et commença nettement, sans permettre à son interlocuteur la moindre digression :

« Mon père n'a pas été enlevé, n'est-ce pas, c'était impossible ?

– Impossible. Cependant il a disparu.

---

1. ***Équivoque*** : ici, dont le sens n'est pas évident.
2. ***Estaminet*** : petit café.

– Depuis quand ?

– Nous ne savons pas.

– Comment !

– Non. Hier matin, à six heures, ne le voyant pas descendre, j'ai ouvert sa porte. Il n'était plus là.

– Mais, avant-hier, il y était encore ?

– Oui. Avant-hier il n'a pas quitté sa chambre. Il était un peu fatigué, et Charlotte lui a porté son déjeuner à midi et son dîner à sept heures du soir.

– C'est donc entre sept heures du soir, avant-hier, et six heures du matin, hier, qu'il a disparu ?

– Oui, la nuit d'avant celle-ci. Seulement…

– Seulement ?

– Eh bien… la nuit, on ne peut sortir de l'arsenal.

– C'est donc qu'il n'en est pas sorti.

– Impossible ! Les camarades et moi, on a fouillé tout le port militaire.

– Alors, c'est qu'il est sorti.

– Impossible. Tout est gardé. »

Beautrelet réfléchit, puis prononça :

« Dans la chambre, le lit était défait ?

– Non.

– Et la chambre était en ordre ?

– Oui. J'ai retrouvé sa pipe au même endroit, son tabac, le livre qu'il lisait. Il y avait même, au milieu de ce livre, cette petite photographie de vous qui tenait la page ouverte.

– Faites voir. »

Froberval passa la photographie. Beautrelet eut un geste de surprise. Il venait, sur l'instantané, de se reconnaître, debout, les deux mains dans les poches, avec, autour de lui, une pelouse où se dressaient des arbres et des ruines. Froberval ajouta :

« Ce doit être le dernier portrait de vous que vous lui avez envoyé. Tenez, par-derrière, il y a la date… 3 avril, le nom du photographe, R. de Val, et le nom de la ville, Lion... Lion-sur-Mer... peut-être. »

Isidore, en effet, avait retourné le carton, et lisait cette petite note, de sa propre écriture : R. de Val – 3-4 – Lion.

Il garda le silence durant quelques minutes, et reprit :

« Mon père ne vous avait pas encore fait voir cet instantané ?

– Ma foi, non... et ça m'a étonné quand j'ai vu ça hier... car votre père nous parlait si souvent de vous ! »

Un nouveau silence, très long. Froberval murmura :

« C'est que j'ai affaire à l'atelier... Nous pourrions peut-être bien rentrer... »

Il se tut. Isidore n'avait pas quitté des yeux la photographie, l'examinant dans tous les sens. Enfin, le jeune homme demanda :

« Est-ce qu'il existe, à une petite lieue en dehors de la ville, une auberge du Lion d'Or ?

– Oui, mais oui, à une lieue d'ici.

– Sur la route de Valognes, n'est-ce pas ?

– Sur la route de Valognes, en effet.

– Eh bien, j'ai tout lieu de supposer que cette auberge fut le quartier général des amis de Lupin. C'est de là qu'ils sont entrés en relation avec mon père.

– Quelle idée ! Votre père ne parlait à personne. Il n'a vu personne.

– Il n'a vu personne, mais on s'est servi d'un intermédiaire.

– Quelle preuve en avez-vous ?

– Cette photographie.

– Mais c'est la vôtre ?

– C'est la mienne, mais elle ne fut pas envoyée par moi. Je ne la connaissais même pas. Elle fut prise à mon insu dans les ruines d'Ambrumésy, sans doute par le greffier du juge d'instruction, lequel était, comme vous le savez, complice d'Arsène Lupin.

– Et alors ?

– Cette photographie a été le passeport, le talisman grâce auquel on a capté la confiance de mon père.

– Mais qui ? qui a pu pénétrer chez moi ?

– Je ne sais, mais mon père est tombé dans le piège. On lui a dit, et il a cru, que j'étais aux environs et que je demandais à le voir et que je lui donnais rendez-vous à l'auberge du Lion d'Or.

– Mais c'est de la folie, tout ça ! Comment pouvez-vous affirmer ?...

– Très simplement. On a imité mon écriture derrière le carton, et on a précisé le rendez-vous... Route de Valognes, 3 km 400, auberge du Lion. Mon père est venu, et on s'est emparé de lui, voilà tout.

– Soit, murmura Froberval abasourdi, soit... j'admets... les choses se sont passées ainsi... mais tout cela n'explique pas comment il a pu sortir pendant la nuit.

– Il est sorti en plein jour, quitte à attendre la nuit pour aller au rendez-vous.

– Mais, nom d'un chien, puisqu'il n'a pas quitté sa chambre de toute la journée d'avant-hier !

– Il y aurait un moyen de s'en assurer ; courez au port, Froberval, et cherchez l'un des hommes qui étaient de garde dans l'après-midi d'avant-hier... Seulement, dépêchez-vous si vous voulez me retrouver ici.

– Vous partez donc ?

– Oui, je reprends le train.

– Comment !... Mais vous ne savez pas... Votre enquête...

– Mon enquête est terminée. Je sais à peu près tout ce que je voulais savoir. Dans une heure, j'aurai quitté Cherbourg. »

Froberval s'était levé. Il regarda Beautrelet, d'un air absolument ahuri, hésita un moment, puis saisit sa casquette.

« Tu viens, Charlotte ?

– Non, dit Beautrelet, j'aurais encore besoin de quelques renseignements. Laissez-la-moi. Et puis nous bavarderons. Je l'ai connue toute petite. »

Froberval s'en alla. Beautrelet et la petite fille restèrent seuls dans la salle de l'estaminet. Des minutes s'écoulèrent, un garçon entra, emporta des tasses et disparut.

Les yeux du jeune homme et de l'enfant se rencontrèrent, et avec beaucoup de douceur, Beautrelet mit sa main sur la main de la fillette. Elle le regarda deux ou trois secondes, éperdue, comme suffoquée. Puis, se couvrant brusquement la tête entre ses bras repliés, elle éclata en sanglots.

Il la laissa pleurer et, au bout d'un instant, lui dit :

« C'est toi qui as tout fait, n'est-ce pas, c'est toi qui as servi d'intermédiaire ? C'est toi qui as porté la photographie ? Tu l'avoues, n'est-ce pas ? Et quand tu disais que mon père était dans sa chambre avant-hier, tu savais bien que non, n'est-ce pas, puisque c'est toi qui l'avais aidé à sortir… »

Elle ne répondait pas. Il lui dit :

« Pourquoi as-tu fait cela ? On t'a offert de l'argent, sans doute… de quoi t'acheter des rubans… une robe… »

Il décroisa les bras de Charlotte et lui releva la tête. Il aperçut un pauvre visage sillonné de larmes, un visage gracieux, inquiétant et mobile de ces fillettes qui sont destinées à toutes les tentations, à toutes les défaillances.

« Allons, reprit Beautrelet, c'est fini, n'en parlons plus… Je ne te demande même pas comment ça s'est passé. Seulement tu vas me dire tout ce qui peut m'être utile !… As-tu surpris quelque chose… un mot de ces gens-là ? Comment s'est effectué l'enlèvement ? »

Elle répondit aussitôt :

« En auto… je les ai entendus qui en parlaient.

– Et quelle route ont-ils suivie ?

– Ah ça, je ne sais pas.

– Ils n'ont échangé devant toi aucune parole qui puisse nous aider ?

– Aucune… Il y en a un cependant qui a dit : “Y aura pas de temps à perdre… c'est demain matin à huit heures, que le patron doit nous téléphoner là-bas…”

De Maurice Leblanc à Arsène Lupin

Archives de l'Association des Amis d'Arsène Lupin - AAAL

▲ Portrait de Maurice Leblanc.

Archives de l'Association des Amis d'Arsène Lupin - AAAL

▶ Couverture du magazine *Je sais tout*, où *L'Aiguille creuse* paraît en feuilleton entre 1908 et 1909.

▼ Photo de la villa de l'auteur, « Le Clos Lupin », à Étretat.

Archives de l'Association des Amis d'Arsène Lupin - AAAL

Sur la piste d'Arsène Lupin : les lieux du roman

▶ Les falaises d'Étretat, de la Manneporte à la porte d'Amont.

▼ Face à l'Aiguille, la porte d'Aval et la chambre des Demoiselles. À l'arrière-plan, la Manneporte. Maurice Leblanc a si vivement frappé les imaginations par les détails de son récit que, aujourd'hui encore, certains touristes sont surpris de découvrir à Étretat une aiguille bien pleine !

▲ De 1890 à 1912, une étrange construction de style moyenâgeux surplombe la porte d'Aval à Étretat : le fort de Fréfossé. Dans *L'Aiguille creuse*, pour renforcer la vraisemblance de son histoire, Maurice Leblanc prend soin de préciser que l'édifice a été détruit à la suite « des révélations consignées dans [son] livre ». Il s'agit d'une parole prophétique, puisque le fort est démoli quelques années après la publication du roman, mais pour des raisons qui, bien qu'incertaines, semblent plus prosaïques : absence de permis de construire, bâtiment situé trop près des côtes...

◄ Enfant, l'auteur passe ses vacances dans la maison de campagne de son oncle, située à Jumièges. Dans cette petite commune de Haute-Normandie se trouvent les ruines d'une abbaye (ci-contre) qui inspireront à Maurice Leblanc celles d'Ambrumésy, point de départ de l'histoire.

Le trésor des rois de France

En pénétrant dans l'Aiguille, le jeune Isidore Beautrelet découvre les chefs-d'œuvre qui composent le trésor des rois de France, désormais aux mains d'Arsène Lupin. Une fois sa cachette connue, celui-ci, qui se présente comme le digne héritier de ces inestimables joyaux, décide, d'un geste sublime, de les léguer au musée du Louvre. Il n'émet qu'une condition : qu'ils soient installés dans des salles qui porteront son nom ! Avant cela, il propose à Beautrelet une petite visite guidée...

« Ma galerie de tableaux » (p. 232)

▲ Raphaël, *La Sainte Famille à l'agneau* (v. 1507).

▼ Andrea del Sarto, *Portrait de Lucrezia del Fede* (1517).

◀ Titien, *Salomé* (1515).

▶ Botticelli, *Vierge à l'enfant et les deux anges* (1468 ou 1469).

« Les perles de mes collections [...]. Rien que du choix, de l'essentiel, le meilleur du meilleur, de l'inappréciable » (p. 234)

▲ La châsse d'Ambazac, ou châsse-reliquaire de saint Étienne de Muret (1180-1200).

◀ Tiare de Saïtapharnès. En 1896, le musée du Louvre acquiert cette tiare d'or, censée avoir été découverte en Crimée et avoir appartenu au roi scythe Saïtapharnès. Quelque temps après, des experts mettent en doute son authenticité : la tiare se révèle être un faux ! L'escroquerie fait grand bruit. Le trésor d'Arsène Lupin, lui, contiendrait la véritable tiare (p. 234) !

▲ Léonard de Vinci, *La Joconde* (1503-1506).

Arsène Lupin, du texte à l'écran

◄ En 1956, Robert Lamoureux incarne Arsène Lupin dans le film de Jacques Becker, *Les Aventures d'Arsène Lupin*.

▼ Georges Descrières interprète le gentleman cambrioleur dans la série télévisée de Jacques Nahum, de 1971 à 1974.

▲ François Dunoyer reprend le « rôle » dans la seconde série télévisée que Jacques Nahum consacre aux aventures d'Arsène Lupin, entre 1995 et 1996 : *Les Nouveaux Exploits d'Arsène Lupin*.

► En 2004, c'est au tour de Romain Duris de revêtir les attributs du plus grand des voleurs, dans le film de Jean-Paul Salomé, *Arsène Lupin*.

– Où, là-bas ?… rappelle-toi… c'était un nom de ville, n'est-ce pas ?

– Oui… un nom… comme château…

– Châteaubriant ?… Château-Thierry ?

– Non… non…

– Châteauroux ?

– C'est ça… Châteauroux… »

Beautrelet n'avait pas attendu qu'elle eût prononcé la dernière syllabe. Il était debout déjà, et sans se soucier de Froberval, sans plus s'occuper de la petite, tandis qu'elle le regardait avec stupéfaction, il ouvrait la porte et courait vers la gare.

« Châteauroux… Madame… un billet pour Châteauroux…

– Par Le Mans et Tours ? demanda la buraliste.

– Évidemment… le plus court… J'arriverai pour déjeuner ?

– Ah ! non…

– Pour dîner ? Pour coucher ?…

– Ah ! non, pour ça il faudrait passer par Paris… L'express de Paris est à huit heures… Il est trop tard. »

Il n'était pas trop tard. Beautrelet put encore l'attraper.

« Allons, dit Beautrelet, en se frottant les mains, je n'ai passé qu'une heure à Cherbourg, mais elle fut bien employée. »

Pas un instant, il n'eut l'idée d'accuser Charlotte de mensonge. Faibles, désemparées, capables des pires trahisons, ces petites natures obéissent également à des élans de sincérité, et Beautrelet avait vu, dans ses yeux effrayés, la honte du mal qu'elle avait fait, et la joie de le réparer en partie. Il ne doutait donc point que Châteauroux fût cette autre ville à laquelle Lupin avait fait allusion, et où ses complices devaient lui téléphoner.

Dès son arrivée à Paris, Beautrelet prit toutes les précautions nécessaires pour n'être pas suivi. Il sentait que l'heure était grave. Il marchait sur la bonne route qui le conduisait vers son père ; une imprudence pouvait tout gâter.

Il entra chez un de ses camarades de lycée et en sortit, une heure après, méconnaissable. C'était un Anglais d'une trentaine d'années, habillé d'un complet marron à grands carreaux, culotte courte, bas de laine, casquette de voyage, la figure colorée et un petit collier de barbe rousse.

Il enfourcha une bicyclette à laquelle était accroché tout un attirail de peintre et fila vers la gare d'Austerlitz.

Le soir, il couchait à Issoudun. Le lendemain, dès l'aube, il sautait en machine. À sept heures, il se présentait au bureau de poste de Châteauroux et demandait la communication avec Paris. Obligé d'attendre, il liait conversation avec l'employé et apprenait que l'avant-veille, à pareille heure, un individu, en costume d'automobiliste, avait également demandé la communication avec Paris.

La preuve était faite. Il n'attendit pas davantage.

L'après-midi, il savait, par des témoignages irrécusables, qu'une limousine, suivant la route de Tours, avait traversé le bourg de Buzançais, puis la ville de Châteauroux et s'était arrêtée au-delà de la ville, sur la lisière de la forêt. Vers dix heures, un cabriolet, conduit par un individu, avait stationné auprès de la limousine, puis s'était éloigné vers le sud par la vallée de la Bouzanne. À ce moment, une autre personne se trouvait au côté du conducteur. Quant à l'automobile, prenant le chemin opposé, elle s'était dirigée vers le nord, vers Issoudun.

Isidore découvrit aisément le propriétaire du cabriolet. Mais ce propriétaire ne put rien dire. Il avait loué sa voiture et son cheval à un individu qui les avait ramenés lui-même le lendemain.

Enfin, le soir même, Isidore constatait que l'automobile n'avait fait que traverser Issoudun, continuant sa route vers Orléans, c'est-à-dire vers Paris.

De tout cela, il résultait, de la façon la plus absolue, que le père Beautrelet se trouvait aux environs. Sinon, comment admettre que des gens fissent près de cinq cents kilomètres à travers la France pour venir téléphoner à Châteauroux et remonter ensuite, à angle aigu, sur le chemin de Paris ? Cette formidable randonnée avait un but précis : transporter le père Beautrelet à l'endroit qui lui était assigné. « Et cet endroit est à portée de ma main, se disait Isidore en frissonnant d'espoir. À dix lieues, à quinze lieues d'ici, mon père attend que je le secoure. Il est là. Il respire le même air que moi. »

Tout de suite, il se mit en campagne. Prenant une carte d'état-major, il la divisa en petits carrés qu'il visitait tour à tour, entrant dans les fermes, faisant causer les paysans, se rendant auprès des instituteurs, des maires, des curés, bavardant avec les femmes. Il lui semblait qu'il allait sans retard toucher au but et ses rêves s'amplifiant, ce n'est plus son père qu'il espérait délivrer mais tous ceux que Lupin tenait captifs, Raymonde de Saint-Véran, Ganimard, Herlock Sholmès peut-être, et d'autres, beaucoup d'autres. Et en arrivant jusqu'à eux, il arriverait en même temps jusqu'au cœur même de la forteresse de Lupin, dans sa tanière, dans la retraite impénétrable où il entassait les trésors qu'il avait volés à l'univers.

Mais, après quinze jours de recherches infructueuses, son enthousiasme finit par décliner, et très vite il perdit confiance. Le succès tardant à se dessiner, du jour au lendemain presque il le jugea impossible et, bien qu'il continuât à poursuivre son plan d'investigations, il eût éprouvé une véritable surprise si ses efforts eussent abouti à la moindre découverte.

Des jours encore s'écoulèrent, monotones et découragés. Il sut par les journaux que le comte de Gesvres et sa fille avaient quitté Ambrumésy et s'étaient installés aux environs de Nice. Il sut aussi l'élargissement[1] du sieur Harlington, dont l'innocence éclata, conformément aux indications d'Arsène Lupin.

Il changea son quartier général, s'établissant deux jours à La Châtre, deux jours à Argenton. Même résultat.

---

1. ***Élargissement*** : libération.

À ce moment, il fut près d'abandonner la partie. Évidemment le cabriolet qui avait emmené son père n'avait dû fournir qu'une étape à laquelle une autre étape, fournie par une autre voiture, avait succédé. Et son père était loin. Il songea au départ.

Or, un lundi matin, il aperçut, sur l'enveloppe d'une lettre non affranchie qu'on lui renvoyait de Paris, il aperçut une écriture qui le bouleversa. Son émotion fut telle, durant quelques minutes, qu'il n'osait ouvrir, par peur d'une déception. Sa main tremblait. Était-ce possible ? N'y avait-il pas là un piège que lui tendait son infernal ennemi ? D'un coup il décacheta. C'était bien une lettre de son père, écrite par son père lui-même. L'écriture présentait toutes les particularités, tous les tics de l'écriture qu'il connaissait si bien. Il lut :

> Ces mots te parviendront-ils, mon cher fils ? Je n'ose le croire. Toute la nuit de l'enlèvement nous avons voyagé en automobile, puis le matin en voiture. Je n'ai rien pu voir. J'avais un bandeau sur les yeux. Le château où l'on me détient doit être, à en juger par sa construction et par la végétation du parc, au centre de la France. La chambre que j'occupe est au second étage, une chambre à deux fenêtres dont l'une presque bouchée par un rideau de glycines[1]. L'après-midi, je suis libre, à certaines heures, d'aller et venir dans ce parc, mais sous une surveillance qui ne se relâche pas.
> À tout hasard, je t'écris cette lettre et je l'attache à une pierre. Peut-être un jour pourrai-je la jeter par-dessus les murs, et quelque paysan la ramassera-t-il. Ne t'inquiète pas. On me traite avec beaucoup d'égards.
>
> Ton vieux père qui t'aime bien et qui est triste de penser au souci qu'il te donne.
>
> BEAUTRELET

---

1. ***Glycines*** : plantes grimpantes aux grappes de fleurs bleues, blanches ou violettes.

Aussitôt Isidore regarda les timbres de la poste. Ils portaient Cuzion (Indre). L'Indre ! Ce département qu'il s'acharnait à fouiller depuis des semaines !

Il consulta un petit guide de poche qui ne le quittait pas. *Cuzion*, canton d'*Éguzon*... Là aussi il avait passé.

Par prudence, il rejeta sa personnalité d'Anglais, qui commençait à être connue dans le pays, se déguisa en ouvrier, et fila sur Cuzion, village peu important, où il lui fut facile de découvrir l'expéditeur de la lettre.

Tout de suite, d'ailleurs, la chance le servit.

« Une lettre jetée à la poste mercredi dernier ?... s'écria le maire, brave bourgeois auquel il se confia, et qui se mit à sa disposition... Écoutez, je crois que je peux vous fournir une indication précieuse... Samedi matin, un vieux rémouleur[1] qui fait toutes les foires du département, le père Charel, que j'ai croisé au bout du village, m'a demandé : “Monsieur le maire, une lettre qui n'a pas de timbre, ça part tout de même ? – Dame ! – Et ça arrive à destination ? – Parbleu, seulement il y a un supplément de taxe à payer, voilà tout.”

– Et il habite, le père Charel ?

– Il habite là-bas, tout seul... sur le coteau... la masure[2] après le cimetière... Voulez-vous que je vous accompagne ? »

C'était une masure isolée, au milieu d'un verger qu'entouraient de hauts arbres. Quand ils pénétrèrent, trois pies s'envolaient de la niche même où le chien de garde était attaché. Et le chien n'aboya pas et ne bougea pas à leur approche.

Très étonné, Beautrelet s'avança. La bête était couchée sur le flanc, les pattes raidies, morte.

En hâte, ils coururent vers la maison. La porte était ouverte.

1. ***Rémouleur*** : artisan dont le métier est d'aiguiser des objets coupants.
2. ***Masure*** : habitation qui tombe en ruine.

Ils entrèrent. Au fond d'une pièce humide et basse, sur une mauvaise paillasse jetée à même le sol, un homme gisait, tout habillé.

« Le père Charel ! s'écria le maire… Est-ce qu'il est mort, lui aussi ? »

Les mains du bonhomme étaient froides, son visage d'une pâleur effrayante, mais le cœur battait encore, d'un rythme faible et lent, et il ne semblait avoir aucune blessure.

Ils essayèrent de le ranimer, et, comme ils n'y parvenaient pas, Beautrelet se mit en quête d'un médecin. Le médecin ne réussit pas davantage. Le bonhomme ne paraissait pas souffrir. On eût dit qu'il dormait simplement, mais d'un sommeil artificiel, comme si on l'avait endormi par hypnose, ou à l'aide d'un narcotique.

Au milieu de la nuit suivante, cependant, Isidore, qui le veillait, remarqua que sa respiration devenait plus forte, et que tout son être avait l'air de se dégager des liens invisibles qui le paralysaient.

À l'aube il se réveilla et reprit ses fonctions normales, mangea, but, et se remua. Mais de toute la journée il ne put répondre aux questions du jeune homme, le cerveau comme engourdi encore par une inexplicable torpeur[1].

Le lendemain, il demanda à Beautrelet :

« Qu'est-ce que vous faites là, vous ? »

C'était la première fois qu'il s'étonnait de la présence d'un étranger auprès de lui.

Peu à peu, de la sorte, il retrouva toute sa connaissance. Il parla. Il fit des projets. Mais, quand Beautrelet l'interrogea sur les événements qui avaient précédé son sommeil, il sembla ne pas comprendre.

Et réellement, Beautrelet sentit qu'il ne comprenait pas. Il avait perdu le souvenir de ce qui s'était passé depuis le vendredi

1. ***Torpeur*** : engourdissement.

précédent. C'était comme un gouffre subit dans la coulée ordinaire de sa vie. Il racontait sa matinée et son après-midi du vendredi, les marchés conclus à la foire, le repas qu'il avait pris à l'auberge. Puis… plus rien… Il croyait se réveiller au lendemain de ce jour.

Ce fut horrible pour Beautrelet. La vérité était là, dans ces yeux qui avaient vu les murs du parc derrière lesquels son père l'attendait, dans ces mains qui avaient ramassé la lettre, dans ce cerveau confus qui avait enregistré le lieu de cette scène, le décor, le petit coin du monde où se jouait le drame. Et de ces mains, de ces yeux, de ce cerveau, il ne pouvait tirer le plus faible écho de cette vérité si proche !

Oh ! cet obstacle impalpable et formidable auquel se heurtaient ses efforts, cet obstacle fait de silence et d'oubli, comme il portait bien la marque de Lupin ! Lui seul avait pu, informé sans doute qu'un signal avait été tenté par le père Beautrelet, lui seul avait pu frapper de mort partielle celui-là seul dont le témoignage pouvait le gêner. Non point que Beautrelet se sentît découvert, et qu'il pensât que Lupin, au courant de son attaque sournoise, et sachant qu'une lettre lui était parvenue, se fût défendu contre lui personnellement. Mais, combien c'était montrer de prévoyance et de véritable intelligence, que de supprimer l'accusation possible de ce passant ! Personne ne savait plus maintenant qu'il y avait, entre les murs d'un parc, un prisonnier qui demandait du secours.

Personne ? Si, Beautrelet. Le père Charel ne pouvait parler ? Soit. Mais on pouvait connaître du moins la foire où le bonhomme s'était rendu, et la route logique qu'il avait prise pour en revenir. Et, le long de cette route, peut-être enfin serait-il possible de trouver…

Isidore, qui d'ailleurs n'avait fréquenté la masure du père Charel qu'avec les plus grandes précautions, et de façon à ne pas donner l'éveil, Isidore décida de n'y point retourner. S'étant renseigné, il apprit que le vendredi, c'était jour de marché à

Fresselines, gros bourg situé à quelques lieues, où l'on pouvait se rendre, soit par la grand-route, assez sinueuse, soit par des raccourcis.

Le vendredi, il choisit, pour y aller, la grand-route, et n'aperçut rien qui attirât son attention, aucune enceinte de hauts murs, aucune silhouette de vieux château. Il déjeuna dans une auberge de Fresselines et il se disposait à partir quand il vit arriver le père Charel qui traversait la place en poussant sa petite voiture de rémouleur. Il le suivit aussitôt de très loin.

Le bonhomme fit deux interminables stations pendant lesquelles il repassa des douzaines de couteaux. Puis enfin, il s'en alla par un chemin tout différent qui se dirigeait vers Crozant et le bourg d'Éguzon.

Beautrelet s'engagea derrière lui sur cette route. Mais il n'avait pas marché pendant cinq minutes, qu'il eut l'impression de n'être pas seul à suivre le bonhomme. Un individu cheminait entre eux qui s'arrêtait et repartait en même temps que le père Charel, sans prendre d'ailleurs beaucoup de soin pour n'être pas vu.

« On le surveille, pensa Beautrelet, peut-être veut-on savoir s'il s'arrête devant les murs… »

Son cœur battit. L'événement approchait.

Tous trois, les uns derrière les autres, ils montaient et descendaient les pentes raides du pays, et ils arrivèrent à Crozant. Là, le père Charel fit une halte d'une heure. Puis il descendit vers la rivière et traversa le pont. Mais il se passa alors un fait qui surprit Beautrelet. L'individu ne franchit pas la rivière. Il regarda le bonhomme s'éloigner et quand il l'eut perdu de vue, il s'engagea dans un sentier qui le conduisit en pleins champs. Que faire ? Beautrelet hésita quelques secondes, puis, brusquement, se décida. Il se mit à la poursuite de l'individu.

« Il aura constaté, pensa-t-il, que le père Charel a passé tout droit. Il est tranquille, et il s'en va. Où ? Au château ? »

Il touchait au but. Il le sentait à une sorte d'allégresse douloureuse qui le soulevait.

L'homme pénétra dans un bois obscur qui dominait la rivière, puis apparut de nouveau en pleine clarté, à l'horizon du sentier. Quand Beautrelet, à son tour, sortit du bois, il fut très surpris de ne plus apercevoir l'individu. Il le cherchait des yeux, quand soudain il étouffa un cri et, d'un bond en arrière, regagna la ligne des arbres qu'il venait de quitter. À sa droite, il avait vu un rempart de hautes murailles, que flanquaient, à distances égales, des contreforts massifs.

C'était là ! C'était là ! Ces murs emprisonnaient son père ! Il avait trouvé le lieu secret où Lupin gardait ses victimes !

Il n'osa plus s'écarter de l'abri que lui offraient les feuillages épais du bois. Lentement, presque à plat ventre, il appuya vers la droite, et parvint ainsi au sommet d'un monticule qui atteignait le faîte des arbres voisins. Les murailles étaient plus élevées encore. Cependant il discerna le toit du château qu'elles ceignaient, un vieux toit Louis XIII que surmontaient des clochetons[1] très fins disposés en corbeille autour d'une flèche plus aiguë et plus haute.

Pour ce jour-là, Beautrelet n'en fit pas davantage. Il avait besoin de réfléchir et de préparer son plan d'attaque sans rien laisser au hasard. Maître de Lupin, c'était à lui maintenant de choisir l'heure et le mode du combat. Il s'en alla.

Près du pont, il croisa deux paysannes qui portaient des seaux remplis de lait. Il leur demanda :

« Comment s'appelle le château qui est là-bas, derrière les arbres ?

– Ça, monsieur, c'est le château de l'Aiguille. »

Il avait jeté sa question sans y attacher d'importance. La réponse le bouleversa.

---

1. *Clochetons* : petits clochers.

« Le château de l'Aiguille… Ah !… Mais où sommes-nous, ici ? Dans le département de l'Indre ?

– Ma foi, non, l'Indre, c'est de l'autre côté de la rivière… Par ici, c'est la Creuse. »

Isidore eut un éblouissement. Le château de l'Aiguille ! le département de la Creuse ! L'Aiguille, Creuse ! La clef même du document ! La victoire assurée, définitive, totale…

Sans un mot de plus, il tourna le dos aux femmes et s'en alla en titubant, comme un homme ivre.

6. Un secret historique

La résolution de Beautrelet fut immédiate : il agirait seul. Prévenir la justice était trop dangereux. Outre qu'il ne pouvait offrir que des présomptions, il craignait les lenteurs de la justice, les indiscrétions certaines, toute une enquête préalable pendant laquelle Lupin, inévitablement averti, aurait le loisir d'effectuer sa retraite en bon ordre.

Le lendemain, dès huit heures, son paquet sous le bras, il quitta l'auberge qu'il habitait aux environs de Cuzion, gagna le premier fourré venu, se défit de ses hardes d'ouvrier, redevint le jeune peintre anglais qu'il était précédemment, et se présenta chez le notaire d'Éguzon, le plus gros bourg de la contrée.

Il raconta que le pays lui plaisait, et que, s'il trouvait une demeure convenable, il s'y installerait volontiers avec ses parents. Le notaire indiqua plusieurs domaines. Beautrelet insinua qu'on lui avait parlé du château de l'Aiguille, au nord de la Creuse.

« En effet, mais le château de l'Aiguille, qui appartient à un de mes clients, depuis cinq ans, n'est pas à vendre.

– Il l'habite alors ?

– Il l'habitait, ou plutôt sa mère. Mais celle-ci, trouvant le château un peu triste, ne s'y plaisait pas. De sorte qu'ils l'ont quitté l'année dernière.

– Et personne n'y demeure ?

– Si, un Italien, auquel mon client l'a loué pour la saison d'été, le baron Anfredi.

– Ah ! le baron Anfredi, un homme encore jeune, l'air assez gourmé...

– Ma foi, je n'en sais rien... Mon client a traité directement. Il n'y a pas eu de bail[1]... une simple lettre...

– Mais vous connaissez le baron ?

– Non, il ne sort jamais du château... En automobile, quelquefois, et la nuit, paraît-il. Les provisions sont faites par une vieille cuisinière qui ne parle à personne. Des drôles de gens...

– Votre client consentirait-il à vendre son château ?

– Je ne crois pas. C'est un château historique, du plus pur style Louis XIII. Mon client y tenait beaucoup, et s'il n'a pas changé d'avis...

– Vous pouvez me donner son nom ?

– Louis Valméras, 34, rue du Mont-Thabor. »

Beautrelet prit le train de Paris à la station la plus proche. Le surlendemain, après trois visites infructueuses, il trouva enfin Louis Valméras. C'était un homme d'une trentaine d'années, au visage ouvert et sympathique. Beautrelet, jugeant inutile de biaiser[2], nettement se fit connaître et raconta ses efforts et le but de sa démarche.

« J'ai tout lieu de penser, conclut-il, que mon père est emprisonné au château de l'Aiguille, en compagnie sans doute d'autres victimes. Et je viens vous demander ce que vous savez de votre locataire, le baron Anfredi.

---

1. ***Bail*** : contrat de location.

2. ***Biaiser*** : ruser, employer des moyens détournés.

– Pas grand-chose. J'ai rencontré le baron Anfredi l'hiver dernier à Monte-Carlo. Ayant appris, par hasard, que j'étais propriétaire d'un château, comme il désirait passer l'été en France, il me fit des offres de location.

– C'est un homme encore jeune...

– Oui, des yeux très énergiques, des cheveux blonds.

– De la barbe ?

– Oui, terminée par deux pointes qui retombent sur un faux col fermant par-derrière, comme le col d'un *clergyman*[1]. D'ailleurs, il a quelque peu l'air d'un prêtre anglais.

– C'est lui, murmura Beautrelet, c'est lui, tel que je l'ai vu, c'est son signalement exact.

– Comment !... vous croyez ?...

– Je crois, je suis sûr que votre locataire n'est autre qu'Arsène Lupin. »

L'histoire amusa Louis Valméras. Il connaissait toutes les aventures de Lupin et les péripéties de sa lutte avec Beautrelet. Il se frotta les mains.

« Allons, le château de l'Aiguille va devenir célèbre... ce qui n'est pas pour me déplaire, car au fond, depuis que ma mère n'y habite plus, j'ai toujours eu l'idée de m'en débarrasser à la première occasion. Après cela, je trouverai acheteur. Seulement...

– Seulement ?

– Je vous demanderai de n'agir qu'avec la plus extrême prudence et de ne prévenir la police qu'en toute certitude. Voyez-vous que mon locataire ne soit pas Lupin ? »

Beautrelet exposa son plan. Il irait seul, la nuit, il franchirait les murs, se cacherait dans le parc...

Louis Valméras l'arrêta tout de suite.

« Vous ne franchirez pas si facilement des murs de cette hauteur. Si vous y parvenez, vous serez accueilli par deux énormes

1. ***Clergyman*** : prêtre, en anglais.

molosses qui appartiennent à ma mère et que j'ai laissés au château.

– Bah ! une boulette…

– Je vous remercie ! Mais supposons que vous leur échappiez. Et après ? Comment entrerez-vous dans le château ? Les portes sont massives, les fenêtres sont grillées. Et d'ailleurs, une fois entré, qui vous guiderait ? Il y a quatre-vingts chambres.

– Oui, mais cette chambre à deux fenêtres, au second étage ?…

– Je la connais, nous l'appelons la chambre des Glycines. Mais comment la trouverez-vous ? Il y a trois escaliers et un labyrinthe de couloirs. J'aurai beau vous donner le fil, vous expliquer le chemin à suivre, vous vous perdrez.

– Venez avec moi, dit Beautrelet en riant.

– Impossible. J'ai promis à ma mère de la rejoindre dans le Midi. »

Beautrelet retourna chez l'ami qui lui offrait l'hospitalité et commença ses préparatifs. Mais, vers la fin du jour, comme il se disposait à partir, il reçut la visite de Valméras.

« Voulez-vous toujours de moi ?

– Si je veux !

– Eh bien, je vous accompagne. Oui, l'expédition me tente. Je crois qu'on ne s'ennuiera pas, et ça m'amuse d'être mêlé à tout cela… Et puis, mon concours ne vous sera pas inutile. Tenez, voici déjà un début de collaboration. »

Il montra une grosse clef toute rugueuse de rouille et d'aspect vénérable.

« Et cette clef ouvre ?… demanda Beautrelet.

– Une petite poterne[1] dissimulée entre deux contreforts[2], abandonnée depuis des siècles, et que je n'ai même pas cru

1. ***Poterne*** : petite porte.
2. ***Contreforts*** : piliers.

devoir indiquer à mon locataire. Elle donne sur la campagne, précisément à la lisière du bois… »

Beautrelet l'interrompit brusquement.

« Ils la connaissent, cette issue. C'est évidemment par là que l'individu que je suivais a pénétré dans le parc. Allons, la partie est belle, et nous la gagnerons. Mais fichtre, il s'agit de jouer serré ! »

… Deux jours après, au pas d'un cheval famélique, arrivait à Crozant une roulotte de bohémiens que son conducteur obtint l'autorisation de remiser au bout du village, sous un ancien hangar déserté. Outre le conducteur, qui n'était autre que Valméras, il y avait trois jeunes gens occupés à tresser des fauteuils avec des brins d'osier : Beautrelet et deux de ses camarades de Janson.

Ils demeurèrent là trois jours, attendant une nuit propice, et rôdant isolément aux alentours du parc. Une fois, Beautrelet aperçut la poterne. Pratiquée entre deux contreforts, elle se confondait presque, derrière le voile de ronces qui la masquait, avec le dessin formé par les pierres de la muraille. Enfin, le quatrième soir, le ciel se couvrit de gros nuages noirs et Valméras décida qu'on irait en reconnaissance, quitte à rebrousser chemin si les circonstances n'étaient pas favorables.

Tous quatre ils traversèrent le petit bois. Puis Beautrelet rampa parmi les bruyères, écorcha ses mains à la haie de ronces, et, se soulevant à moitié, lentement, avec des gestes qui se retenaient, introduisit la clef dans la serrure. Doucement, il tourna. La porte allait-elle s'ouvrir sous son effort ? Un verrou ne la fermait-il pas de l'autre côté ? Il poussa, la porte s'ouvrit, sans grincement, sans secousse. Il était dans le parc.

« Vous êtes là, Beautrelet ? demanda Valméras, attendez-moi. Vous deux, mes amis, surveillez la porte pour que notre retraite ne soit pas coupée. À la moindre alerte, un coup de sifflet. »

Il prit la main de Beautrelet, et ils s'enfoncèrent dans l'ombre épaisse des fourrés. Un espace plus clair s'offrit à eux quand ils arrivèrent au bord de la pelouse centrale. Au même moment, un rayon de lune filtra, et ils aperçurent le château avec ses clochetons pointus disposés autour de cette flèche effilée à laquelle, sans doute, il devait son nom. Aucune lumière aux fenêtres. Aucun bruit. Valméras empoigna le bras de son compagnon.

« Taisez-vous.

– Quoi ?

– Les chiens là-bas… vous voyez… »

Un grognement se fit entendre. Valméras siffla très bas. Deux silhouettes blanches bondirent et en quatre sauts vinrent s'abattre aux pieds du maître.

« Tout doux, les enfants… couchez là… bien… ne bougez plus… »

Et il dit à Beautrelet :

« Et maintenant, marchons, je suis tranquille.

– Vous êtes sûr du chemin ?

– Oui. Nous nous rapprochons de la terrasse.

– Et alors ?

– Je me rappelle qu'il y a sur la gauche, à un endroit où la terrasse, qui domine la rivière, s'élève au niveau des fenêtres du rez-de-chaussée, un volet qui ferme mal et qu'on peut ouvrir de l'extérieur. »

De fait, quand ils y furent arrivés, sous l'effort, le volet céda. Avec une pointe de diamant, Valméras coupa un carreau. Il tourna l'espagnolette. L'un après l'autre ils franchirent le balcon. Cette fois, ils étaient dans le château.

« La pièce où nous sommes, dit Valméras, se trouve au bout du couloir. Puis il y a un immense vestibule orné de statues et, à l'extrémité du vestibule, un escalier qui conduit à la chambre occupée par votre père. »

Il avança d'un pas.

« Vous venez, Beautrelet ?

– Oui. Oui.

– Mais non, vous ne venez pas… Qu'est-ce que vous avez ? »

Il lui saisit la main. Elle était glacée, et il s'aperçut que le jeune homme était accroupi sur le parquet.

« Qu'est-ce que vous avez ? répéta-t-il.

– Rien... ça passera.

– Mais enfin...

– J'ai peur...

– Vous avez peur !

– Oui, avoua Beautrelet ingénument... ce sont mes nerfs qui flanchent... j'arrive souvent à les commander... mais aujourd'hui, le silence... l'émotion... Et puis, depuis le coup de couteau de ce greffier... Mais ça va passer... tenez, ça passe... »

Il réussit, en effet, à se lever, et Valméras l'entraîna hors de la chambre. Ils suivirent à tâtons un couloir, et si doucement, que chacun d'eux ne percevait pas la présence de l'autre. Une faible lueur cependant semblait éclairer le vestibule vers lequel ils se dirigeaient. Valméras passa la tête. C'était une veilleuse placée au bas de l'escalier, sur un guéridon[1] que l'on apercevait à travers les branches frêles d'un palmier.

« Halte ! » souffla Valméras.

Près de la veilleuse, il y avait un homme en faction, debout, qui tenait un fusil. Les avait-il vus ? Peut-être. Du moins quelque chose dut l'inquiéter, car il épaula.

Beautrelet était tombé à genoux contre la caisse d'un arbuste et il ne bougeait plus, le cœur comme déchaîné dans sa poitrine.

Cependant le silence et l'immobilité des choses rassurèrent l'homme en faction. Il baissa son arme. Mais sa tête resta tournée vers la caisse de l'arbuste.

D'effrayantes minutes s'écoulèrent, dix, quinze. Un rayon de lune s'était glissé par une fenêtre de l'escalier. Et soudain Beautrelet s'avisa que le rayon se déplaçait insensiblement et que, avant quinze autres, dix autres minutes, il serait sur lui, l'éclairant en pleine face.

1. ***Guéridon*** : petite table élégante.

Des gouttes de sueur tombèrent de son visage sur ses mains tremblantes. Son angoisse était telle qu'il fut sur le point de se relever et de s'enfuir… Mais, se souvenant que Valméras était là, il le chercha des yeux, et il fut stupéfait de le voir, ou plutôt de le deviner qui rampait dans les ténèbres à l'abri des arbustes et des statues. Déjà il atteignait le bas de l'escalier, à hauteur, à quelques pas, de l'homme.

Qu'allait-il faire ? Passer quand même ? Monter seul à la délivrance du prisonnier ? Mais pourrait-il passer ? Beautrelet ne le voyait plus et il avait l'impression que quelque chose allait s'accomplir, une chose que le silence, plus lourd, plus terrible, semblait pressentir aussi.

Et brusquement une ombre qui bondit sur l'homme, la veilleuse qui s'éteint, le bruit d'une lutte… Beautrelet accourut. Les deux corps avaient roulé sur les dalles. Il voulut se pencher. Mais il entendit un gémissement rauque, un soupir, et aussitôt un des adversaires se releva qui lui saisit le bras.

« Vite… Allons-y. »

C'était Valméras.

Ils montèrent deux étages et débouchèrent à l'entrée d'un corridor qu'un tapis recouvrait.

« À droite, souffla Valméras… la quatrième chambre sur la gauche. »

Bientôt ils trouvèrent la porte de cette chambre. Comme ils s'y attendaient, le captif était enfermé à clef. Il leur fallut une demi-heure ; une demi-heure d'efforts étouffés, de tentatives assourdies pour forcer la serrure. Enfin ils entrèrent. À tâtons, Beautrelet découvrit le lit. Son père dormait. Il le réveilla doucement.

« C'est moi, Isidore… et un ami… Ne crains rien… lève-toi… pas un mot… »

Le père s'habilla, mais au moment de sortir, il leur dit à voix basse :

« Je ne suis pas seul dans le château…

– Ah ! qui ? Ganimard ? Sholmès ?

– Non… du moins je ne les ai pas vus.

– Alors ?

– Une jeune fille.

– Mlle de Saint-Véran, sans aucun doute ?

– Je ne sais pas… je l'ai aperçue de loin plusieurs fois dans le parc… et puis, en me penchant de ma fenêtre, je vois la sienne… Elle m'a fait des signaux.

– Tu sais où est sa chambre ?

– Oui, dans ce couloir, la troisième à droite.

– La chambre bleue, murmura Valméras. La porte est à deux battants, nous aurons moins de mal. »

Très vite, en effet, l'un des battants céda. Ce fut le père Beautrelet qui se chargea de prévenir la jeune fille.

Dix minutes après il sortait de la chambre avec elle et disait à son fils :

« Tu avais raison… Mlle de Saint-Véran. »

Ils descendirent tous quatre. Au bas de l'escalier, Valméras s'arrêta et se pencha sur l'homme, puis les entraînant vers la chambre de la terrasse :

« Il n'est pas mort, il vivra.

– Ah ! fit Beautrelet avec soulagement.

– Par bonheur, la lame de mon couteau a plié… le coup n'est pas mortel. Et puis quoi, ces coquins ne méritent pas de pitié. »

Dehors, ils furent accueillis par les deux chiens qui les accompagnèrent jusqu'à la poterne. Là, Beautrelet retrouva ses deux amis. La petite troupe sortit du parc. Il était trois heures du matin.

Cette première victoire ne pouvait suffire à Beautrelet. Dès qu'il eut installé son père et la jeune fille, il les interrogea sur les gens qui résidaient au château, et en particulier sur les habitudes d'Arsène Lupin. Il apprit ainsi que Lupin ne venait que tous les trois ou quatre jours, arrivant le soir en automobile et repartant dès le matin. À chacun de ses voyages, il rendait visite aux deux prisonniers, et tous deux s'accordaient à louer ses égards et son extrême affabilité. Pour l'instant il ne devait pas se trouver au château.

En dehors de lui, ils n'avaient jamais vu qu'une vieille femme, préposée à la cuisine et au ménage, et deux hommes qui les surveillaient tour à tour et qui ne leur parlaient point, deux subalternes évidemment, à en juger d'après leurs façons et leurs physionomies.

« Deux complices tout de même, conclut Beautrelet, ou plutôt trois, avec la vieille femme. C'est un gibier qui n'est pas à dédaigner. Et si nous ne perdons pas de temps… »

Il sauta sur une bicyclette, fila jusqu'au bourg d'Éguzon, réveilla la gendarmerie, mit tout le monde en branle, fit sonner le boute-selle[1] et revint à Crozant à huit heures, suivi du brigadier et de huit gendarmes.

Deux de ces hommes restèrent en faction auprès de la roulotte. Deux autres s'établirent devant la poterne. Les quatre derniers, commandés par leur chef et accompagnés de Beautrelet et de Valméras, se dirigèrent vers l'entrée principale du château. Trop tard. La porte était grande ouverte. Un paysan leur dit qu'une heure auparavant il avait vu sortir du château une automobile.

De fait, la perquisition ne donna aucun résultat. Selon toute probabilité, la bande avait dû s'installer là en camp volant. On trouva quelques hardes, un peu de linge, des ustensiles de ménage, et c'est tout.

Ce qui étonna davantage Beautrelet et Valméras, ce fut la disparition du blessé. Ils ne purent relever la moindre trace de lutte, pas même une goutte de sang sur les dalles du vestibule.

Somme toute, aucun témoignage matériel n'aurait pu prouver le passage de Lupin au château de l'Aiguille, et l'on aurait eu

1. ***Fit sonner le boute-selle*** : donna le signal du départ.

le droit de récuser les assertions de Beautrelet et de son père, de Valméras et de Mlle de Saint-Véran, si l'on n'avait fini par découvrir, dans une chambre contiguë à celle que la jeune fille occupait, une demi-douzaine de bouquets admirables auxquels était épinglée la carte d'Arsène Lupin. Bouquets dédaignés par elle, flétris, oubliés… L'un d'eux, outre la carte, portait une lettre que Raymonde n'avait pas vue. L'après-midi, quand cette lettre eut été décachetée par le juge d'instruction, on y trouva dix pages de prières, de supplications, de promesses, de menaces, de désespoir, toute la folie d'un amour qui n'a connu que mépris et répulsion. Et la lettre se terminait ainsi : « Je viendrai mardi soir, Raymonde. D'ici là, réfléchissez. Pour moi, je ne veux plus attendre, je suis résolu à tout. »

Mardi soir, c'était le soir même de ce jour où Beautrelet venait de délivrer Mlle de Saint-Véran.

On se rappelle la formidable explosion de surprise et d'enthousiasme qui éclata dans le monde entier à la nouvelle de ce dénouement imprévu : Mlle de Saint-Véran libre ! La jeune fille que convoitait Lupin, pour laquelle il avait machiné ses plus machiavéliques combinaisons, arrachée à ses griffes ! Libre aussi le père de Beautrelet, celui que Lupin, dans son désir exagéré d'un armistice que nécessitaient les exigences de sa passion, celui que Lupin avait choisi comme otage. Libres tous deux, les deux prisonniers !

Et le secret de l'Aiguille, que l'on avait cru impénétrable, connu, publié, jeté aux quatre coins de l'univers !

Vraiment la foule s'amusa. On chansonna l'aventurier vaincu. « Les amours de Lupin. » « Les sanglots d'Arsène !… » « Le cambrioleur amoureux. » « La complainte du pickpocket ! » Cela se criait sur les boulevards, cela se fredonnait à l'atelier.

Pressée de questions, poursuivie par les interviewers, Raymonde répondit avec la plus extrême réserve. Mais la lettre était là, et les bouquets de fleurs, et toute la pitoyable aventure !

Lupin, bafoué, ridiculisé, dégringola de son piédestal. Et Beautrelet fut l'idole. Il avait tout vu, tout prédit, tout élucidé. La déposition que Mlle de Saint-Véran fit devant le juge d'instruction au sujet de son enlèvement confirma l'hypothèse qu'avait imaginée le jeune homme. Sur tous les points, la réalité semblait se soumettre à ce qu'il la décrétait au préalable. Lupin avait trouvé son maître.

Beautrelet exigea que son père, avant de retourner dans ses montagnes de Savoie, prît quelques mois de repos au soleil, et il le conduisit lui-même, ainsi que Mlle de Saint-Véran, aux environs de Nice, où le comte de Gesvres et sa fille Suzanne étaient installés pour passer l'hiver. Le surlendemain, Valméras amenait sa mère auprès de ses nouveaux amis, et ils composèrent ainsi une petite colonie, groupée autour de la villa de Gesvres, et sur laquelle veillaient nuit et jour une demi-douzaine d'hommes engagés par le comte.

Au début d'octobre, Beautrelet, élève de rhétorique, alla reprendre à Paris le cours de ses études et préparer ses examens. Et la vie recommença, calme cette fois et sans incidents. Que pouvait-il d'ailleurs se passer ? La guerre n'était-elle pas finie ?

Lupin devait en avoir de son côté la sensation bien nette, et qu'il n'y avait plus pour lui qu'à se résigner au fait accompli, car un beau jour ses deux autres victimes, Ganimard et Herlock Sholmès, réapparurent. Leur retour à la vie de ce monde manqua, du reste, totalement de prestige. Ce fut un chiffonnier qui les ramassa, quai des Orfèvres, en face de la Préfecture de police, et tous deux endormis et ligotés.

Après une semaine de complet ahurissement, ils parvinrent à reprendre la direction de leurs idées et racontèrent – ou plutôt Ganimard raconta, car Sholmès s'enferma dans un mutisme farouche – qu'ils avaient accompli, à bord du yacht l'*Hirondelle*, un voyage de circumnavigation autour de l'Afrique[1], voyage

1. ***Un voyage de circumnavigation autour de l'Afrique*** : un périple qui faisait, par mer, tout le tour de l'Afrique.

charmant, instructif, où ils pouvaient se considérer comme libres, sauf à certaines heures qu'ils passaient à fond de cale, tandis que l'équipage descendait dans des ports exotiques. Quant à leur atterrissage au quai des Orfèvres, ils ne se souvenaient de rien, endormis sans doute depuis plusieurs jours.

Cette mise en liberté, c'était l'aveu de la défaite. Et, en ne luttant plus, Lupin la proclamait sans restriction.

Un événement, d'ailleurs, la rendit encore plus éclatante : ce furent les fiançailles de Louis Valméras et de Mlle de Saint-Véran. Dans l'intimité que créaient entre eux les conditions actuelles de leur existence, les deux jeunes gens s'éprirent l'un de l'autre. Valméras aima le charme mélancolique de Raymonde, et celle-ci, blessée par la vie, avide de protection, subit la force et l'énergie de celui qui avait contribué si vaillamment à son salut.

On attendit le jour du mariage avec une certaine anxiété. Lupin ne chercherait-il pas à reprendre l'offensive ? Accepterait-il de bonne grâce la perte irrémédiable de la femme qu'il aimait ? Deux ou trois fois on vit rôder autour de la villa des individus à mine suspecte, et Valméras eut même à se défendre, un soir, contre un soi-disant ivrogne qui tira sur lui un coup de pistolet, et traversa son chapeau d'une balle. Mais somme toute, la cérémonie s'accomplit au jour et à l'heure fixés, et Raymonde de Saint-Véran devint Mme Louis Valméras.

C'était comme si le destin lui-même eût pris parti pour Beautrelet et contresigné le bulletin de victoire. La foule le sentit si bien que ce fut à ce moment que jaillit, parmi ses admirateurs, l'idée d'un grand banquet où l'on célébrerait son triomphe et l'écrasement de Lupin. Idée merveilleuse et qui suscita l'enthousiasme. En quinze jours, trois cents adhésions furent réunies. On lança des invitations aux lycées de Paris, à raison de deux élèves par classe de rhétorique. La presse entonna des hymnes. Et le banquet fut ce qu'il ne pouvait manquer d'être, une apothéose[1].

---

1. *Une apothéose* : un couronnement, pour Beautrelet.

Mais une apothéose charmante et simple, parce que Beautrelet en était le héros. Sa présence suffit à remettre les choses au point. Il se montra modeste comme à l'ordinaire, un peu surpris des bravos excessifs, un peu gêné des éloges hyperboliques[1] où l'on affirmait sa supériorité sur les plus illustres policiers… un peu gêné, mais aussi très ému. Il le dit en quelques paroles qui plurent à tous et avec le trouble d'un enfant qui rougit d'être regardé. Il dit sa joie, il dit sa fierté. Et vraiment, si raisonnable, si maître de lui qu'il fût, il connut là des minutes d'ivresse inoubliables. Il souriait à ses amis, à ses camarades de Janson, à Valméras, venu spécialement pour l'applaudir, à M. de Gesvres, à son père.

Or, comme il finissait de parler et qu'il tenait encore son verre en main, un bruit de voix se fit entendre à l'extrémité de la salle, et l'on vit quelqu'un qui gesticulait en agitant un journal. On rétablit le silence, l'importun se rassit, mais un frémissement de curiosité se propageait tout autour de la table, le journal passait de main en main, et chaque fois qu'un des convives jetait les yeux sur la page offerte, c'étaient des exclamations.

« Lisez ! lisez ! » criait-on du côté opposé.

À la table d'honneur on se leva. Le père Beautrelet alla prendre le journal et le tendit à son fils.

« Lisez ! lisez ! » cria-t-on plus fort.

Et d'autres proféraient :

« Écoutez donc ! il va lire… écoutez ! »

Beautrelet, debout, face au public, cherchait des yeux, dans le journal du soir que son père lui avait donné, l'article qui suscitait un tel vacarme, et soudain, ayant aperçu un titre souligné au crayon bleu, il leva la main pour réclamer le silence, et il lut d'une voix que l'émotion altérait de plus en plus ces révélations stupéfiantes qui réduisaient à néant tous ses efforts, boulever-

1. ***Hyperboliques*** : exagérés.

saient ses idées sur l'Aiguille creuse et marquaient la vanité de sa lutte contre Arsène Lupin :

Lettre ouverte de M. Massiban, de l'Académie des inscriptions et belles-lettres.

Monsieur le Directeur,

Le 17 mars 1679 – je dis bien 1679, c'est-à-dire sous Louis XIV –, un tout petit livre fut publié à Paris avec ce titre :

LE MYSTÈRE DE L'AIGUILLE CREUSE
Toute la vérité dénoncée pour la première fois.
Cent exemplaires imprimés par moi-même
et pour l'instruction de la Cour

À neuf heures du matin, ce jour du 17 mars, l'auteur, un très jeune homme, bien vêtu, dont on ignore le nom, se mit à déposer ce livre chez les principaux personnages de la Cour. À dix heures, alors qu'il avait accompli quatre de ces démarches, il était arrêté par un capitaine des gardes, lequel l'amenait dans le cabinet du roi et repartait aussitôt à la recherche des quatre exemplaires distribués. Quand les cent exemplaires furent réunis, comptés, feuilletés avec soin et vérifiés, le roi les jeta lui-même au feu, sauf un qu'il conserva par-devers lui. Puis il chargea le capitaine des gardes de conduire l'auteur du livre à M. de Saint-Mars[1], lequel Saint-Mars enferma son prisonnier d'abord à Pignerol, puis dans la forteresse de l'île Sainte-Marguerite. Cet homme n'était autre évidemment que le fameux homme au Masque de fer[2].

---

1. ***Saint-Mars*** (1626-1708) fut gouverneur des prisons de Pignerol, de Sainte-Marguerite puis de la Bastille.

2. ***Homme au Masque de fer*** : un des prisonniers les plus célèbres de France, mort le 19 novembre 1703 à la Bastille, au terme d'une longue captivité et dont l'identité et la cause de l'incarcération sont demeurées mystérieuses (Louis XV serait le dernier roi à avoir connu le secret du captif) ; à l'époque, il était d'usage de masquer le visage des prisonniers détenant des secrets d'État ou pouvant nuire à la sécurité de celui-ci. Sujet de toutes les curiosités, le Masque de fer fut l'objet de nombreuses hypothèses : certains firent de lui le frère jumeau de Louis XIV, d'autres le fils de Louis XIV et de Louise de La Vallière, d'autres encore un fils indésirable d'Anne d'Autriche…

Jamais la vérité n'eût été connue, ou du moins une partie de la vérité, si le capitaine des gardes qui avait assisté à l'entrevue, profitant d'un moment où le roi s'était détourné, n'avait eu la tentation de retirer de la cheminée, avant que le feu ne l'atteignît, un autre des exemplaires. Six mois après, ce capitaine fut ramassé sur la grand-route de Gaillon à Mantes. Ses assassins l'avaient dépouillé de tous ses vêtements, oubliant dans sa poche droite un bijou que l'on y découvrit par la suite, un diamant de la plus belle eau, d'une valeur considérable.

Dans ses papiers, on retrouva une note manuscrite. Il n'y parlait point du livre arraché aux flammes, mais il donnait un résumé des premiers chapitres. Il s'agissait d'un secret qui fut connu des rois d'Angleterre, perdu par eux au moment où la couronne du pauvre fou Henri VI passa sur la tête du duc d'York, dévoilé au roi de France Charles VII par Jeanne d'Arc, et qui, devenu secret d'État, fut transmis de souverain en souverain par une lettre chaque fois recachetée, que l'on trouvait au lit de mort du défunt avec cette mention : « Pour le roy de France. » Ce secret concernait l'existence et déterminait l'emplacement d'un trésor formidable, possédé par les rois, et qui s'accroissait de siècle en siècle.

Mais cent quatorze ans plus tard, Louis XVI, prisonnier au Temple[1], prit à part l'un des officiers qui étaient chargés de surveiller la famille royale et lui dit :

« Monsieur, vous n'aviez pas, sous mon aïeul, le grand roi, un ancêtre qui servait comme capitaine des gardes ?

– Oui, sire.

– Eh bien, seriez-vous homme… seriez-vous homme… ? »

Il hésita. L'officier acheva la phrase.

« À ne pas vous trahir ? Oh ! sire…

– Alors, écoutez-moi. »

Le roi tira de sa poche un petit livre dont il arracha l'une des dernières pages. Mais, se ravisant :

« Non, il vaut mieux que je copie… »

1. ***Le Temple*** : ancienne forteresse parisienne, qui fut détruite en 1808. Elle servit de geôle à la famille royale en 1792 et 1793.

Il prit une grande feuille de papier qu'il déchira de façon à ne garder qu'un petit espace rectangulaire sur lequel il copia cinq lignes de points, de lignes et de chiffres que portait la page imprimée. Puis ayant brûlé celle-ci, il plia en quatre la feuille manuscrite, la cacheta de cire rouge et la lui donna.

« Monsieur, après ma mort, vous remettrez cela à la reine, et vous lui direz : "De la part du roi, madame… pour Votre Majesté et pour son fils…"

– Si elle ne comprend pas ?…

– Vous ajouterez : "Il s'agit du secret de l'Aiguille." La reine comprendra. »

Ayant parlé, il jeta le livre parmi les braises qui rougissaient dans l'âtre.

Le 21 janvier, il montait sur l'échafaud.

Il fallut deux mois à l'officier, par suite du transfert de la reine à la Conciergerie, pour accomplir la mission dont il était chargé. Enfin, à force d'intrigues sournoises, il réussit un jour à se trouver en présence de Marie-Antoinette. Il lui dit de manière qu'elle pût tout juste entendre :

« De la part du feu roi, madame, pour Votre Majesté et son fils. »

Et il lui offrit la lettre cachetée.

Elle s'assura que les gardiens ne pouvaient la voir, brisa les cachets, sembla surprise à la vue de ces lignes indéchiffrables, puis, tout de suite, parut comprendre. Elle sourit amèrement, et l'officier perçut ces mots :

« Pourquoi si tard ? »

Elle hésita. Où cacher ce document dangereux ? Enfin, elle ouvrit son livre d'heures[1] et, dans une sorte de poche secrète pratiquée entre le cuir de reliure et le parchemin qui le recouvrait, elle glissa la feuille de papier.

« Pourquoi si tard ?… » avait-elle dit.

Il est probable, en effet, que ce document, s'il avait pu lui apporter le salut, arrivait trop tard, car, au mois d'octobre suivant, la reine Marie-Antoinette, à son tour, montait sur l'échafaud.

---

1. ***Livre d'heures*** : livre de prières.

Or, cet officier, en feuilletant les papiers de sa famille, trouva la note manuscrite de son arrière-grand-père, le capitaine des gardes de Louis XIV. À partir de ce moment, il n'eut plus qu'une idée, c'est de consacrer ses loisirs à élucider cet étrange problème. Il lut tous les auteurs latins, parcourut toutes les chroniques de France et celles des pays voisins, s'introduisit dans les monastères, déchiffra les livres de comptes, les cartulaires[1], les traités, et il put ainsi retrouver certaines citations éparses à travers les âges.

Au livre III des *Commentaires* de César sur la guerre des Gaules, il est raconté qu'après la défaite de Viridovix par G. Titulius Sabinus le chef des Calètes[2] fut mené devant César et que, pour sa rançon, il dévoila le secret de l'Aiguille…

Le traité de Saint-Clair-sur-Epte, entre Charles le Simple et Roll, chef des barbares du Nord, fait suivre le nom de Roll de tous ses titres, parmi lesquels nous lisons : maître du secret de l'Aiguille. La chronique saxonne (édition de Gibson, page 134) parlant de Guillaume-à-la-grande-vigueur (Guillaume le Conquérant) raconte que la hampe[3] de son étendard se terminait en pointe acérée et percée d'une fente à la façon d'une aiguille…

Dans une phrase assez ambiguë de son interrogatoire, Jeanne d'Arc avoue qu'elle a encore une chose secrète à dire au roi de France, à quoi ses juges répondent : "Oui, nous savons de quoi il est question, et c'est pourquoi, Jeanne, vous périrez."

« Par la vertu de l'Aiguille », jure quelquefois le bon roi Henri IV. Auparavant, François Ier, haranguant les notables du Havre en 1520, prononça cette phrase que nous transmet le journal d'un bourgeois d'Honfleur :

« Les rois de France portent des secrets qui règlent la conduite des choses et le sort des villes. »

Toutes ces citations, monsieur le Directeur, tous les récits qui concernent le Masque de fer, le capitaine des gardes et son

1. ***Cartulaires*** : recueils de chartes contenant la transcription des titres de propriété et privilèges temporels d'une église ou d'un monastère.

2. ***Calètes*** : peuple de Gaulois dont César fit la conquête. Ils vivaient dans l'actuel pays de Caux, en Normandie.

3. ***Hampe*** : manche.

arrière-petit-fils, je les ai retrouvés aujourd'hui dans une brochure écrite précisément par cet arrière-petit-fils et publiée en juin 1815, la veille ou le lendemain de Waterloo, c'est-à-dire en une période de bouleversements où les révélations qu'elle contenait devaient passer inaperçues.

Que vaut cette brochure ? Rien, me direz-vous, et nous ne devons lui accorder aucune créance[1]. C'est là ma première impression ; mais quelle ne fut pas ma stupeur, en ouvrant les *Commentaires* de César au chapitre indiqué, d'y découvrir la phrase relevée dans la brochure ! Même constatation en ce qui concerne le traité de Saint-Clair-sur-Epte, la chronique saxonne, l'interrogatoire de Jeanne d'Arc, bref tout ce qu'il m'a été possible de vérifier jusqu'ici.

Enfin, il est un fait plus précis encore que relate l'auteur de la brochure de 1815. Pendant la campagne de France, officier de Napoléon, il sonna un soir, son cheval ayant crevé, à la porte d'un château où il fut reçu par un vieux chevalier de Saint-Louis. Et il apprit coup sur coup en causant avec le vieillard que ce château, situé au bord de la Creuse, s'appelait le château de l'Aiguille, qu'il avait été construit et baptisé par Louis XIV, et que, sur son ordre exprès, il avait été orné de clochetons et d'une flèche qui figurait l'aiguille. Comme date il portait, il doit porter encore 1680.

1680. Un an après la publication du livre et l'emprisonnement du Masque de fer. Tout s'expliquait : Louis XIV, prévoyant que le secret pouvait s'ébruiter, avait construit et baptisé ce château pour offrir aux curieux une explication naturelle de l'antique mystère. L'Aiguille creuse ? Un château à clochetons pointus, situé au bord de la Creuse et appartenant au roi. Du coup on croyait connaître le mot de l'énigme et les recherches cessaient ! Le calcul était juste, puisque, plus de deux siècles après, M. Beautrelet est tombé dans le piège. Et c'est là, monsieur le Directeur, que je voulais en venir en écrivant cette lettre. Si Lupin sous le nom d'Anfredi a loué à M. Valméras le château de l'Aiguille au

1. ***Ne devons lui accorder aucune créance*** : ne devons pas y croire.

bord de la Creuse, s'il a logé là ses deux prisonniers, c'est qu'il admettait le succès des inévitables recherches de M. Beautrelet, et que, dans le but d'obtenir la paix qu'il avait demandée, il tendait précisément à M. Beautrelet ce que nous pouvons appeler le piège historique de Louis XIV.
Et par là nous sommes amenés à ceci, conclusion irréfutable, c'est que lui, Lupin, avec ses seules lumières, sans connaître d'autres faits que ceux que nous connaissons, est parvenu, par le sortilège d'un génie vraiment extraordinaire, à déchiffrer l'indéchiffrable document ; c'est que Lupin, dernier héritier des rois de France, connaît le mystère royal de l'Aiguille creuse.

Là se terminait l'article. Mais depuis quelques minutes, depuis le passage concernant le château de l'Aiguille, ce n'était plus Beautrelet qui en faisait la lecture. Comprenant sa défaite, écrasé sous le poids de l'humiliation subie, il avait lâché le journal et s'était effondré sur sa chaise, le visage enfoui dans ses mains.

Haletante et secouée d'émotion par cette incroyable histoire, la foule s'était rapprochée peu à peu et maintenant se pressait autour de lui. On attendait avec une angoisse frémissante les mots qu'il allait répondre, les objections qu'il allait soulever.

Il ne bougea pas.

D'un geste doux, Valméras lui décroisa les mains et releva sa tête.

Isidore Beautrelet pleurait.

7. Le traité de l'aiguille

Il est quatre heures du matin. Isidore n'est pas rentré au lycée. Il n'y rentrera pas avant la fin de la guerre sans merci qu'il a déclarée à Lupin. Cela, il se l'est juré tout bas, pendant que ses amis l'emportaient en voiture, tout défaillant et meurtri. Serment insensé ! Guerre absurde et illogique ! Que peut-il faire, lui, enfant isolé et sans armes, contre ce phénomène d'énergie et de puissance ? Par où l'attaquer ? Il est inattaquable. Où le blesser ? Il est invulnérable. Où l'atteindre ? Il est inaccessible.

Quatre heures du matin… Isidore a de nouveau accepté l'hospitalité de son camarade de Janson. Debout devant la cheminée de sa chambre, les coudes plantés droit sur le marbre, les deux poings au menton, il regarde son image que lui renvoie la glace.

Il ne pleure plus, il ne veut plus pleurer, ni se tordre sur son lit, ni se désespérer, comme il le fait depuis deux heures. Il veut réfléchir, réfléchir et comprendre.

Et ses yeux ne quittent pas ses yeux dans le miroir, comme s'il espérait doubler la force de sa pensée en contemplant son image pensive, et trouver au fond de cet être-là l'insoluble solution qu'il ne trouve pas en lui. Jusqu'à six heures il reste ainsi. Et c'est peu à peu que, dégagée de tous les détails qui la compliquent et l'obscurcissent, la question s'offre à son esprit toute sèche, toute nue, avec la rigueur d'une équation.

Oui, il s'est trompé. Oui, son interprétation du document est fausse. Le mot « aiguille » ne vise point le château des bords de la Creuse. Et, de même, le mot « demoiselles » ne peut pas s'appliquer à Raymonde de Saint-Véran et à sa cousine, puisque le texte du document remonte à des siècles.

Donc tout est à refaire. Comment ?

Une seule base de documentation serait solide : le livre publié sous Louis XIV. Or, des cent exemplaires imprimés par celui qui devait être le Masque de fer, deux seulement échappèrent aux flammes. L'un fut dérobé par le capitaine des gardes et perdu. L'autre fut conservé par Louis XIV, transmis à Louis XV, et brûlé par Louis XVI. Mais il reste une copie de la page essentielle, celle qui contient la solution du problème, ou du moins la solution cryptographique[1], celle qui fut portée à Marie-Antoinette et glissée par elle sous la couverture de son livre d'heures.

Qu'est devenu ce papier ? Est-ce celui que Beautrelet a tenu dans ses mains et que Lupin lui a fait reprendre par le greffier Brédoux ? Ou bien se trouve-t-il encore dans le livre d'heures de Marie-Antoinette ?

Et la question revient à celle-ci : « Qu'est devenu le livre d'heures de la reine ? »

Après avoir pris quelques instants de repos, Beautrelet interrogea le père de son ami, collectionneur émérite, appelé souvent comme expert à titre officieux, et que, récemment encore, le directeur d'un de nos musées consultait pour l'établissement de son catalogue.

« Le livre d'heures de Marie-Antoinette ? s'écria-t-il, mais il fut légué par la reine à sa femme de chambre, avec mission secrète de le faire tenir[2] au comte de Fersen. Pieusement conservé dans la famille du comte, il se trouve depuis cinq ans dans une vitrine.

– Dans une vitrine ?

– Du musée Carnavalet[3], tout simplement.

– Et ce musée sera ouvert ?

– D'ici vingt minutes. »

À la minute précise où s'ouvrait la porte du vieil hôtel de Mme de Sévigné, Isidore sautait de voiture avec son ami.

« Tiens, monsieur Beautrelet ! »

Dix voix saluèrent son arrivée. À son grand étonnement, il reconnut toute la troupe de reporters qui suivaient « l'affaire de l'Aiguille creuse ». Et l'un d'eux s'écria :

---

1. ***Solution cryptographique*** : solution de décodage.
2. ***Tenir*** : parvenir.
3. Le musée Carnavalet, dans le Marais, à Paris, est consacré à l'histoire de la capitale ; situé dans l'hôtel Carnavalet, qui fut habité par Mme de Sévigné de 1677 à 1696, il fut agrandi à plusieurs reprises et annexa l'hôtel de Saint-Fargeau.

« C'est drôle, hein ! nous avons tous eu la même idée. Attention, Arsène Lupin est peut-être parmi nous. »

Ils entrèrent ensemble. Le directeur, aussitôt prévenu, se mit à leur entière disposition, les mena devant la vitrine, et leur montra un pauvre volume, sans le moindre ornement, et qui n'avait certes rien de royal. Un peu d'émotion tout de même les envahit à l'aspect de ce livre que la reine avait touché en des jours si tragiques, que ses yeux rougis de larmes avaient regardé… Et ils n'osaient le prendre et le fouiller, comme s'ils avaient eu l'impression d'un sacrilège…

« Voyons, monsieur Beautrelet, c'est une tâche qui vous incombe. »

Il prit le livre d'un geste anxieux. La description correspondait bien à celle que l'auteur de la brochure en avait donnée. D'abord une couverture de parchemin, parchemin sali, noirci, usé par places, et, au-dessous, la vraie reliure, en cuir rigide.

Avec quel frisson Beautrelet s'enquit de la poche dissimulée ! Était-ce une fable ? Ou bien retrouverait-il encore le document écrit par Louis XVI, et légué par la reine à son ami fervent ?

À la première page, sur la partie supérieure du livre, pas de cachette.

« Rien, murmura-t-il.

– Rien », redirent-ils en écho, palpitants.

Mais à la dernière page, ayant un peu forcé l'ouverture du livre, il vit tout de suite que le parchemin se décollait de la reliure. Il glissa les doigts… Quelque chose, oui, il sentit quelque chose… un papier…

« Oh ! fit-il victorieusement, voilà… est-ce possible !

– Vite ! Vite ! lui cria-t-on. Qu'attendez-vous ? »

Il tira une feuille, pliée en deux.

« Eh bien, lisez !… il y a des mots à l'encre rouge… tenez… on dirait du sang… du sang tout pâle… lisez donc ! »

Il lut :

« À vous, Fersen. Pour mon fils. 16 octobre 1793... Marie-Antoinette. »

Et soudain, Beautrelet poussa une exclamation de stupeur. Sous la signature de la reine, il y avait... il y avait, à l'encre noire, deux mots soulignés d'un paraphe[1]... deux mots : « Arsène Lupin. »

Tous, chacun à son tour, ils saisirent la feuille, et le même cri s'échappait aussitôt :

« Marie-Antoinette... Arsène Lupin. »

Un silence les réunit. Cette double signature, ces deux noms accouplés, découverts au fond du livre d'heures, cette relique[2] où dormait, depuis plus d'un siècle, l'appel désespéré de la pauvre reine, cette date horrible, 16 octobre 1793, jour où tomba la tête royale, tout cela était d'un tragique morne et déconcertant.

« Arsène Lupin, balbutia l'une des voix, soulignant ainsi ce qu'il y avait d'effarant à voir ce nom diabolique au bas de la feuille sacrée.

– Oui, Arsène Lupin, répéta Beautrelet. L'ami de la reine n'a pas su comprendre l'appel désespéré de la mourante. Il a vécu avec le souvenir que lui avait envoyé celle qu'il aimait, et il n'a pas deviné la raison de ce souvenir. Lupin a tout découvert, lui... et il a pris.

– Il a pris quoi ?

– Le document parbleu ! le document écrit par Louis XVI, et c'est cela que j'ai tenu entre mes mains. Même apparence, même configuration, mêmes cachets rouges. Je comprends pourquoi Lupin n'a pas voulu me laisser un document dont je pouvais tirer parti par le seul examen du papier, des cachets, etc.

– Et alors ?

– Et alors, puisque le document dont je connais le texte est authentique, puisque j'ai vu la trace des cachets rouges, puisque

---

1. ***Paraphe*** : marque qui accompagne une signature.

2. ***Relique*** : au sens propre, ce qui reste d'un saint ou d'un personnage illustre (restes, ossements, objets).

Marie-Antoinette elle-même certifie, par ce mot de sa main, que tout le récit de la brochure reproduite par M. Massiban est authentique, puisqu'il existe vraiment un problème historique de l'Aiguille creuse, je suis sûr de réussir.

– Comment ? Authentique ou non, le document, si vous ne parvenez pas à le déchiffrer, ne sert à rien puisque Louis XVI a détruit le livre qui en donnait l'explication.

– Oui, mais l'autre exemplaire, arraché aux flammes par le capitaine des gardes du roi Louis XIV, n'a pas été détruit.

– Qu'en savez-vous ?

– Prouvez le contraire. »

Beautrelet se tut, puis lentement, les yeux clos, comme s'il cherchait à préciser et à résumer sa pensée, il prononça :

« Possesseur du secret, le capitaine des gardes commence par en livrer des parcelles dans le journal que retrouve son arrière-petit-fils. Puis le silence. Le mot de l'énigme, il ne le donne pas. Pourquoi ? Parce que la tentation d'user du secret s'infiltre peu à peu en lui, et qu'il y succombe. La preuve ? Son assassinat. La preuve ? Le magnifique joyau découvert sur lui et que, indubitablement, il avait tiré de tel trésor royal dont la cachette, inconnue de tous, constitue précisément le mystère de l'Aiguille creuse. Lupin me l'a laissé entendre. Lupin ne mentait pas.

– De sorte, Beautrelet, que vous concluez ?

– Je conclus qu'il faut faire autour de cette histoire le plus de publicité possible, et qu'on sache par tous les journaux que nous recherchons un livre intitulé *Le Traité de l'Aiguille*. Peut-être le dénichera-t-on au fond de quelque bibliothèque de province. »

Tout de suite la note fut rédigée, et tout de suite, sans même attendre qu'elle pût produire un résultat, Beautrelet se mit à l'œuvre.

Un commencement de piste se présentait : l'assassinat avait eu lieu aux environs de Gaillon. Le jour même il se rendit dans cette ville. Certes, il n'espérait point reconstituer un crime perpétré deux cents ans auparavant. Mais, tout de même, il est certains forfaits qui laissent des traces dans les souvenirs, dans les traditions du pays.

Les chroniques locales les recueillent. Un jour, tel érudit de province, tel amateur de vieilles légendes, tel évocateur des petits incidents de la vie passée, en fait l'objet d'un article de journal ou d'une communication à l'académie de son chef-lieu.

Il en vit trois ou quatre de ces érudits. Avec l'un d'eux, surtout, un vieux notaire, il fureta, il compulsa les registres de la prison, les registres des anciens bailliages et des paroisses. Aucune notice ne faisait allusion à l'assassinat d'un capitaine des gardes, au XVIIe siècle.

Il ne se découragea pas et continua ses recherches à Paris où peut-être avait eu lieu l'instruction de l'affaire. Ses efforts n'aboutirent pas.

Mais l'idée d'une autre piste le lança dans une direction nouvelle. Était-il impossible de connaître le nom du capitaine des gardes dont le petit-fils émigra, et dont l'arrière-petit-fils servit les armées de la République, en fut détaché au Temple pendant la détention de la famille royale, servit Napoléon, et fit la campagne de France ?

À force de patience, il finit par établir une liste où deux noms tout au moins offraient une similitude presque complète : M. de Larbeyrie, sous Louis XIV, le citoyen Larbrie, sous la Terreur.

C'était déjà un point important. Il le précisa par un entrefilet[1] qu'il communiqua aux journaux, demandant si on pouvait lui fournir des renseignements sur ce Larbeyrie ou sur ses descendants.

Ce fut M. Massiban, le Massiban de la brochure, le membre de l'Institut, qui lui répondit.

Monsieur,

Je vous signale un passage de Voltaire, que j'ai relevé dans son manuscrit du *Siècle de Louis XIV* (chapitre XXV : « Particularités

1. ***Entrefilet*** : court article de journal.

et anecdotes du règne »). Ce passage a été supprimé dans les diverses éditions.

« J'ai entendu conter à feu M. de Caumartin, intendant des Finances et ami du ministre Chamillard, que le roi partit un jour précipitamment dans son carrosse à la nouvelle que M. de Larbeyrie avait été assassiné et dépouillé de magnifiques bijoux. Il semblait dans une émotion très grande et répétait : “Tout est perdu… tout est perdu…” L'année suivante, le fils de ce Larbeyrie et sa fille, qui avait épousé le marquis de Vélines, furent exilés dans leurs terres de Provence et de Bretagne. Il ne faut pas douter qu'il y ait là quelque particularité. »

Il faut en douter d'autant moins, ajouterai-je, que M. Chamillard, d'après Voltaire, fut le dernier ministre qui eut l'étrange secret du Masque de fer.

Vous voyez, monsieur, le profit que l'on peut tirer de ce passage, et le lien évident qui s'établit entre les deux aventures. Je n'ose, quant à moi, imaginer des hypothèses trop précises sur la conduite, sur les soupçons, sur les appréhensions de Louis XIV en ces circonstances, mais n'est-il pas permis, d'autre part, puisque M. de Larbeyrie a laissé un fils qui fut probablement le grand-père du citoyen-officier Larbrie, et une fille, n'est-il pas permis de supposer qu'une partie des papiers laissés par Larbeyrie ait échu à la fille, et que, parmi ces papiers, se trouvait le fameux exemplaire que le capitaine des gardes sauva des flammes ?

J'ai consulté l'*Annuaire des Châteaux*. Il y a aux environs de Rennes un baron de Vélines. Serait-ce un descendant du marquis ? À tout hasard, hier, j'ai écrit à ce baron pour lui demander s'il n'avait pas en sa possession un vieux petit livre, dont le titre mentionnerait ce mot de l'Aiguille. J'attends sa réponse.

J'aurais la plus grande satisfaction à parler de toutes ces choses avec vous. Si cela ne vous dérange pas trop, venez me voir. Agréez, monsieur, etc.

P.-S. – Bien entendu, je ne communique pas aux journaux ces petites découvertes. Maintenant que vous approchez du but, la discrétion est de rigueur.

C'était absolument l'avis de Beautrelet. Il alla même plus loin : deux journalistes le harcelant ce matin-là, il leur donna les informations les plus fantaisistes sur son état d'esprit et sur ses projets.

L'après-midi il courut en hâte chez Massiban, qui habitait au numéro 17 du quai Voltaire. À sa grande surprise, il apprit que Massiban venait de partir à l'improviste, lui laissant un mot au cas où il se présenterait. Isidore décacheta et lut :

« Je reçois une dépêche qui me donne quelque espérance. Je pars donc et coucherai à Rennes. Vous pourriez prendre le train du soir et, sans vous arrêter à Rennes, continuer jusqu'à la petite station de Vélines. Nous nous retrouverions au château, situé à quatre kilomètres de cette station. »

Le programme plut à Beautrelet et surtout l'idée qu'il arriverait au château en même temps que Massiban, car il redoutait quelque gaffe de la part de cet homme inexpérimenté. Il rentra chez son ami et passa le reste de la journée avec lui. Le soir il prenait l'express de Bretagne. À six heures il débarquait à Vélines. Il fit à pied, entre des bois touffus, les quatre kilomètres de route. De loin, il aperçut sur une hauteur un long manoir, construction assez hybride[1], mêlée de Renaissance et de Louis-Philippe, mais ayant grand air tout de même avec ses quatre tourelles et son pont-levis emmailloté de lierre.

Isidore sentait son cœur battre en approchant. Touchait-il réellement au terme de sa course ? Le château contenait-il la clef du mystère ?

Il n'était pas sans crainte. Tout cela lui semblait trop beau, et il se demandait si, cette fois encore, il n'obéissait pas à un plan infernal, combiné par Lupin, si Massiban n'était pas, par exemple, un instrument entre les mains de son ennemi.

Il éclata de rire.

1. ***Hybride*** : composite, mêlant différents styles.

« Allons, je deviens comique. On croirait vraiment que Lupin est un monsieur infaillible qui prévoit tout, une sorte de Dieu tout-puissant, contre lequel il n'y a rien à faire. Que diable ! Lupin se trompe, Lupin, lui aussi, est à la merci des circonstances, Lupin fait des fautes, et c'est justement grâce à la faute qu'il a faite en perdant le document, que je commence à prendre barre sur lui. Tout découle de là. Et ses efforts, en somme, ne servent qu'à réparer la faute commise. » Et joyeusement, plein de confiance, Beautrelet sonna.

« Monsieur désire ? dit un domestique apparaissant sur le seuil.

– Le baron de Vélines peut-il me recevoir ? »

Et il tendit sa carte.

« M. le baron n'est pas encore levé, mais si monsieur veut l'attendre…

– Est-ce qu'il n'y a pas déjà quelqu'un qui l'a demandé, un monsieur à barbe blanche, un peu voûté ? fit Beautrelet qui connaissait Massiban par les photographies que les journaux avaient données.

– Oui, ce monsieur est arrivé il y a dix minutes, je l'ai introduit dans le parloir. Si monsieur veut bien me suivre également. »

L'entrevue de Massiban et de Beautrelet fut tout à fait cordiale. Isidore remercia le vieillard des renseignements de premier ordre qu'il lui devait, et Massiban lui exprima son admiration de la façon la plus chaleureuse. Puis ils échangèrent leurs impressions sur le document, sur les chances qu'ils avaient de découvrir le livre, et Massiban répéta ce qu'il avait appris, relativement à M. de Vélines. Le baron était un homme de soixante ans qui, veuf depuis de longues années, vivait très retiré avec sa fille, Gabrielle de Villemon, laquelle venait d'être cruellement frappée par la perte de son mari et de son fils aîné, morts des suites d'un accident d'auto.

« M. le baron fait prier ces messieurs de vouloir bien monter. »

Le domestique les conduisit au premier étage, dans une vaste pièce aux murs nus, et simplement meublée de secrétaires, de casiers et de tables couvertes de papiers et de registres. Le baron les accueillit avec beaucoup d'affabilité et ce grand besoin de parler qu'on souvent les personnes trop solitaires. Ils eurent beaucoup de mal à exposer l'objet de leur visite.

« Ah ! oui, je sais, vous m'avez écrit à ce propos, monsieur Massiban. Il s'agit, n'est-ce pas, d'un livre où il est question d'une Aiguille, et qui me viendrait d'un ancêtre ?

– En effet.

– Je vous dirai que mes ancêtres et moi nous sommes brouillés. On avait de drôles d'idées en ce temps-là. Moi, je suis de mon époque. J'ai rompu avec le passé.

– Oui, objecta Beautrelet, impatienté, mais n'avez-vous aucun souvenir d'avoir vu ce livre ?

– Mais si ! je vous l'ai télégraphié, s'écria-t-il en s'adressant à Massiban, qui, agacé, allait et venait dans la pièce et regardait par les hautes fenêtres, mais si !... ou du moins il semblait à ma fille qu'elle avait vu ce titre parmi les quelques milliers de bouquins qui encombrent la bibliothèque. Car, pour moi, messieurs, la lecture... Je ne lis même pas les journaux. Ma fille quelquefois, et encore ! pourvu que son petit Georges, le fils qui lui reste, se porte bien ! et pourvu, moi, que mes fermages rentrent, que mes baux soient en règle[1] !... Vous voyez mes registres... je vis là-dedans, messieurs... et j'avoue que j'ignore absolument le premier mot de cette histoire, dont vous m'avez entretenu par lettre, monsieur Massiban... »

Isidore Beautrelet, horripilé par ce bavardage, l'interrompit brusquement :

1. ***Que mes fermages rentrent, que mes baux soient en règle*** : que je touche les loyers provenant des terres que je loue.

« Pardon, monsieur, mais alors ce livre…

– Ma fille l'a cherché. Elle le cherche depuis hier.

– Eh bien ?

– Eh bien, elle l'a retrouvé, elle l'a retrouvé il y a une heure ou deux. Quand vous êtes arrivés…

– Et où est-il ?

– Où il est ? Mais elle l'a posé sur cette table… tenez… là-bas… »

Isidore bondit. Au bout de la table, sur un fouillis de paperasses, il y avait un petit livre recouvert de maroquin[1] rouge. Il y appliqua son poing violemment, comme s'il défendait que personne au monde y touchât… et un peu aussi comme si lui-même n'osait le prendre.

« Eh bien, s'écria Massiban, tout ému.

– Je l'ai… le voilà… maintenant, ça y est…

– Mais le titre… êtes-vous sûr ?…

– Eh parbleu ! tenez. »

Il montra les lettres d'or gravées dans le maroquin : « Le mystère de l'Aiguille creuse. »

« Êtes-vous convaincu ? Sommes-nous enfin les maîtres du secret ?

– La première page… Qu'y a-t-il en première page ?

– Lisez : "Toute la vérité dénoncée pour la première fois. – Cent exemplaires imprimés par moi-même et pour l'instruction de la Cour."

– C'est cela, c'est cela, murmura Massiban, la voix altérée, c'est l'exemplaire arraché aux flammes ! C'est le livre même que Louis XIV a condamné. »

Ils le feuilletèrent. La première moitié racontait les explications données par le capitaine de Larbeyrie dans son journal.

« Passons, passons, dit Beautrelet qui avait hâte d'arriver à la solution.

---

1. ***Maroquin*** : cuir de bouc ou de chèvre.

– Comment, passons ! Mais pas du tout. Nous savons déjà que l'homme au Masque de fer fut emprisonné parce qu'il connaissait et voulait divulguer le secret de la maison royale de France ! Mais comment le connaissait-il ? Et pourquoi voulait-il le divulguer ? Enfin, quel est cet étrange personnage ? Un demi-frère de Louis XIV, comme l'a prétendu Voltaire, ou le ministre italien Mattioli, comme l'affirme la critique moderne ? Bigre ! ce sont là des questions d'un intérêt primordial !

– Plus tard ! plus tard ! protesta Beautrelet, comme s'il avait peur que le livre ne s'envolât de ses mains avant qu'il ne connût l'énigme.

– Mais, objecta Massiban, que passionnaient ces détails historiques, nous avons le temps, après… Voyons d'abord l'explication. »

Soudain Beautrelet s'interrompit. Le document ! Au milieu d'une page, à gauche, ses yeux voyaient les cinq lignes mystérieuses de points et de chiffres. D'un regard il constata que le texte était identique à celui qu'il avait tant étudié. Même disposition des signes… mêmes intervalles permettant d'isoler le mot « demoiselles » et de déterminer séparément l'un de l'autre les deux termes de l'Aiguille creuse.

Une petite note précédait : « *Tous les renseignements nécessaires ont été réduits par le roi Louis XIII, paraît-il, en un petit tableau que je transcris ci-dessous.* »

Suivait le tableau. Puis venait l'explication du document.

Beautrelet lut d'une voix entrecoupée :

« – Comme on voit, ce tableau, alors même qu'on a changé les chiffres en voyelles, n'apporte aucune lumière. On peut dire que pour déchiffrer cette énigme, il faut d'abord la connaître. C'est tout au plus un fil qui est donné à ceux qui savent les sentiers du labyrinthe. Prenons ce fil et marchons, je vous guiderai.

« La quatrième ligne d'abord. La quatrième ligne contient des mesures et des indications. En se conformant aux indications et en relevant les mesures inscrites, on arrive inévitablement au but, à condition, bien entendu, de savoir où l'on est et où l'on va, en un mot d'être éclairé sur le sens réel de l'Aiguille creuse. C'est ce que l'on peut apprendre par les trois premières lignes. La première est ainsi conçue de me venger du roi, je l'avais prévenu d'ailleurs… »

Beautrelet s'arrêta, interloqué.

« Quoi ? Qu'y a-t-il ? fit Massiban.

– Le sens n'y est plus.

– En effet, reprit Massiban. "La première est ainsi conçue de me venger du roi…" Qu'est-ce que cela veut dire ?

– Nom de nom ! hurla Beautrelet.

– Eh bien ?

– Déchirées ! Deux pages ! les pages suivantes !… Regardez les traces !… »

Il tremblait, tout secoué de rage et de déception. Massiban se pencha :

« C'est vrai… il reste les bribes de deux pages, comme des onglets. Les traces semblent assez fraîches. Ça n'a pas été coupé, mais arraché… arraché violemment… Tenez, toutes les pages de la fin portent des marques de froissement.

– Mais qui ? qui ? gémissait Isidore, en se tordant les poings… un domestique ? un complice ?

– Cela peut remonter tout de même à quelques mois, observa Massiban.

– Quand même… il faut que quelqu'un ait déniché, ait pris ce livre… Voyons, vous, monsieur, s'écria Beautrelet, apostrophant le baron, vous ne savez rien ?… vous ne soupçonnez personne ?

– Nous pourrions interroger ma fille.

– Oui… oui… c'est cela… peut-être saura-t-elle… »

M. de Vélines sonna son valet de chambre. Quelques minutes après, Mme de Villemon entrait. C'était une femme jeune, à la physionomie douloureuse et résignée. Tout de suite, Beautrelet lui demanda :

« Vous avez trouvé ce livre en haut, madame, dans la bibliothèque ?

– Oui, dans un paquet de volumes qui n'était pas déficelé.

– Et vous l'avez lu ?

– Oui, hier soir.

– Quand vous l'avez lu, les deux pages qui sont là manquaient-elles ? Rappelez-vous bien, les deux pages qui suivent ce tableau de chiffres et de points ?

– Mais non, mais non, dit-elle très étonnée, il ne manquait aucune page.

– Cependant, on a déchiré…

– Mais le livre n'a pas quitté ma chambre cette nuit.

– Ce matin ?

– Ce matin, je l'ai descendu moi-même ici quand on a annoncé l'arrivée de M. Massiban.

– Alors ?

– Alors, je ne comprends pas… à moins que… mais non…

– Quoi ?

– Georges… mon fils… ce matin… Georges a joué avec ce livre. »

Elle sortit précipitamment, accompagnée de Beautrelet, de Massiban et du baron. L'enfant n'était pas dans sa chambre. On le chercha de tous côtés. Enfin, on le trouva qui jouait derrière le château. Mais ces trois personnes semblaient si agitées, et on lui demandait des comptes avec tant d'autorité, qu'il se mit à pousser des hurlements. Tout le monde courait à droite, à gauche. On questionnait les domestiques. C'était un tumulte indescriptible. Et Beautrelet avait l'impression effroyable que la vérité se retirait de lui comme de l'eau qui filtre à travers les doigts. Il fit un effort pour se ressaisir, prit le bras de Mme de Villemon, et, suivi du baron et de Massiban, il la ramena dans le salon et lui dit :

« Le livre est incomplet, soit, deux pages sont arrachées… mais vous les avez lues, n'est-ce pas, madame ?

– Oui.

– Vous savez ce qu'elles contenaient ?

– Oui.

– Vous pourriez nous le répéter ?

– Parfaitement. J'ai lu tout le livre avec beaucoup de curiosité, mais ces deux pages surtout m'ont frappée, étant donné l'intérêt des révélations, un intérêt considérable.

– Eh bien, parlez, madame, parlez, je vous en supplie. Ces révélations sont d'une importance exceptionnelle. Parlez, je vous en prie, les minutes perdues ne se retrouvent pas. L'Aiguille creuse…

– Oh ! c'est bien simple, l'Aiguille creuse veut dire… »

À ce moment un domestique entra.

« Une lettre pour madame…

– Tiens… mais le facteur est passé.

– C'est un gamin qui me l'a remise. »

Mme de Villemon décacheta, lut, et porta la main à son cœur, toute prête à tomber, soudain livide et terrifiée.

Le papier avait glissé à terre. Beautrelet le ramassa et, sans même s'excuser, il lut à son tour :

Taisez-vous… sinon votre fils ne se réveillera pas…

« Mon fils… mon fils… », bégayait-elle, si faible qu'elle ne pouvait même pas aller au secours de celui qu'on menaçait.

Beautrelet la rassura.

« Ce n'est pas sérieux… il y a là une plaisanterie… voyons, qui aurait intérêt ?

– À moins, insinua Massiban, que ce soit Arsène Lupin. »

Beautrelet lui fit signe de se taire. Il le savait bien, parbleu, que l'ennemi était là, de nouveau, attentif et résolu à tout, et c'est pourquoi justement il voulait arracher à Mme de Villemon les mots suprêmes, si longtemps attendus, et les arracher sur-le-champ, à la minute même.

« Je vous en supplie, madame, remettez-vous… Nous sommes tous là… Il n'y a aucun péril… »

Allait-elle parler ? Il le crut, il l'espéra. Elle balbutia quelques syllabes. Mais la porte s'ouvrit encore. La bonne, cette fois, entra. Elle semblait bouleversée.

« M. Georges… madame… M. Georges. »

D'un coup, la mère retrouva toutes ses forces. Plus vite que tous, et poussée par un instinct qui ne trompait pas, elle dégringola les marches de l'escalier, traversa le vestibule et courut vers la terrasse. Là, sur un fauteuil, le petit Georges était étendu, immobile.

« Eh bien quoi ! il dort !…

– Il s'est endormi subitement, madame, dit la bonne. J'ai voulu l'en empêcher, le porter dans sa chambre. Il dormait déjà, et ses mains… ses mains étaient froides.

– Froides ! balbutia la mère… oui, c'est vrai… ah ! mon Dieu, mon Dieu… *pourvu qu'il se réveille* ! »

Beautrelet glissa ses doigts dans une de ses poches, saisit la crosse de son revolver, de l'index agrippa la gâchette, sortit brusquement l'arme, et fit feu sur Massiban.

D'avance, pour ainsi dire, comme s'il épiait les gestes du jeune homme, Massiban avait esquivé le coup. Mais déjà Beautrelet s'était élancé sur lui en criant aux domestiques :

« À moi ! c'est Lupin !… »

Sous la violence du choc, Massiban fut renversé sur un des fauteuils d'osier.

Au bout de sept à huit secondes, il se releva, laissant Beautrelet étourdi, suffoquant, et tenant dans ses mains le revolver du jeune homme.

« Bien… parfait… ne bouge pas… t'en as pour deux ou trois minutes… pas davantage… Mais vrai, t'as mis le temps à me reconnaître. Faut-il que je lui aie bien pris sa tête, au Massiban ?… »

Il se redressa, et d'aplomb maintenant sur ses jambes, le torse solide, l'attitude redoutable, il ricana en regardant les trois domestiques pétrifiés et le baron ahuri.

« Isidore, t'as fait une boulette. Si tu ne leur avais pas dit que j'étais Lupin, ils me sautaient dessus. Et des gaillards comme ceux-là, bigre, que serais-je devenu, mon Dieu ! Un contre quatre ! »

Il s'approcha d'eux :

« Allons, mes enfants, n'ayez pas peur… je ne vous ferai pas de bobo… tenez, voulez-vous un bout de sucre d'orge ? Ça vous remontera. Ah ! toi, par exemple, tu vas me rendre mon billet de cent francs. Oui, oui, je te reconnais. C'est toi que j'ai payé tout à l'heure pour porter la lettre à ta maîtresse… Allons, vite, mauvais serviteur… »

Il prit le billet bleu que lui tendit le domestique et le déchira en petits morceaux.

« L'argent de la trahison… ça me brûle les doigts. »

Il enleva son chapeau et s'inclinant très bas devant Mme de Villemon :

« Me pardonnez-vous, madame ? Les hasards de la vie – de la mienne surtout – obligent souvent à des cruautés dont je suis le premier à rougir. Mais soyez sans crainte pour votre fils, c'est une simple piqûre, une petite piqûre au bras que je lui ai faite, pendant qu'on l'interrogeait. Dans une heure, tout au plus, il n'y paraîtra pas… Encore une fois, toutes mes excuses. Mais j'ai besoin de votre silence. »

Il salua de nouveau, remercia M. de Vélines de son aimable hospitalité, prit sa canne, alluma une cigarette, en offrit une au baron, donna un coup de chapeau circulaire, cria d'un petit ton protecteur à Beautrelet : « Adieu, Bébé ! » et s'en alla tranquillement en lançant des bouffées de cigarette dans le nez des domestiques…

Beautrelet attendit quelques minutes. Mme de Villemon, plus calme, veillait son fils. Il s'avança vers elle dans le but de lui adresser un dernier appel. Leurs yeux se croisèrent. Il ne dit rien. Il avait compris que jamais, maintenant, quoi qu'il arrivât, elle ne parlerait. Là encore, dans ce cerveau de mère, le secret de l'Aiguille creuse était enseveli aussi profondément que dans les ténèbres du passé.

Alors il renonça et partit.

Il était dix heures et demie. Il y avait un train à onze heures cinquante. Lentement il suivit l'allée du parc et s'engagea sur le chemin qui le menait à la gare.

« Eh bien, qu'en dis-tu, de celle-là ? »

C'était Massiban, ou plutôt Lupin, qui surgissait du bois contigu à la route.

« Est-ce bien combiné ? Est-ce que ton vieux camarade sait danser sur la corde raide ? Je suis sûr que t'en reviens pas, hein ? et que tu te demandes si le nommé Massiban, membre de l'Académie des inscriptions et belles-lettres, a jamais existé ? Mais oui, il existe. On te le fera voir même, si t'es sage. Mais d'abord, que je te rende ton revolver… Tu regardes s'il est chargé ? Parfaitement, mon petit. Cinq balles qui restent, dont une seule suffirait à m'envoyer *ad patres*[1]… Eh bien, tu le mets dans ta poche ?… À la bonne heure… J'aime mieux ça que ce que tu as fait là-bas… Vilain ton petit geste ! Mais quoi, on est jeune, on s'aperçoit tout à coup – un éclair – qu'on a été roulé une fois de plus par ce sacré Lupin, et qu'il est là devant vous à trois pas… pfffft, on tire… Je ne t'en veux pas, va… La preuve c'est que je t'invite à prendre place dans ma cent chevaux. Ça colle ? »

Il mit ses doigts dans sa bouche et siffla.

Le contraste était délicieux entre l'apparence vénérable du vieux Massiban, et la gaminerie de gestes et d'accent que Lupin affectait. Beautrelet ne put s'empêcher de rire.

---

1. ***M'envoyer ad patres*** : me tuer. L'expression latine *ad patres* signifie « chez les ancêtres ».

« Il a ri ! il a ri ! s'écria Lupin en sautant de joie. Vois-tu, ce qui te manque, bébé, c'est le sourire… tu es un peu grave pour ton âge… Tu es très sympathique, tu as un grand charme de naïveté et de simplicité… mais vrai, t'as pas le sourire. »

Il se planta devant lui.

« Tiens, j'parie que je vais te faire pleurer. Sais-tu comment j'ai suivi ton enquête ? comment j'ai connu la lettre que Massiban t'a écrite et le rendez-vous qu'il avait pris pour ce matin au château de Vélines ? Par les bavardages de ton ami, celui chez qui tu habites… Tu te confies à cet imbécile-là, et il n'a rien de plus pressé que de tout confier à sa petite amie… Et sa petite amie n'a pas de secrets pour Lupin. Qu'est-ce que je te disais ? Te voilà tout chose… Tes yeux se mouillent… l'amitié trahie, hein ? ça te chagrine… Tiens, tu es délicieux, mon petit… Pour un rien je t'embrasserais… tu as toujours des regards étonnés qui me vont droit au cœur… Je me rappellerai toujours, l'autre soir, à Gaillon, quand tu m'as consulté[1]… Mais oui, c'était moi, le vieux notaire… Mais ris donc, gosse… Vrai, je te le répète, t'as pas le sourire. Tiens, tu manques… comment dirais-je ? tu manques de "primesaut[2]". Moi, j'ai le "primesaut". »

On entendait le halètement d'un moteur tout proche. Lupin saisit brusquement le bras de Beautrelet et, d'un ton froid, les yeux dans les yeux :

« Tu vas te tenir tranquille maintenant, hein ? tu vois bien qu'il n'y a rien à faire. Alors à quoi bon user tes forces et perdre ton temps ? Il y a assez de bandits dans le monde… Cours après, et lâche-moi… sinon… C'est convenu, n'est-ce pas ? »

Il le secouait pour lui imposer sa volonté. Puis il ricana :

« Imbécile que je suis ! Toi me ficher la paix ? T'es pas de ceux qui flanchent… Ah ! je ne sais pas ce qui me retient… En deux temps et trois mouvements, tu serais ficelé, bâillonné… et

1. Voir p. 179.

2. ***Primesaut*** : vivacité, franche impulsion.

dans deux heures, à l'ombre pour quelques mois… Et je pourrais me tourner les pouces en toute sécurité, me retirer dans la paisible retraite que m'ont préparée mes aïeux, les rois de France, et jouir des trésors qu'ils ont eu la gentillesse d'accumuler pour moi… Mais non, il est dit que je ferai la gaffe jusqu'au bout… Qu'est-ce que tu veux ? on a ses faiblesses… Et j'en ai une pour toi… Et puis quoi, c'est pas encore fait. D'ici à ce que tu aies mis le doigt dans le creux de l'Aiguille, il passera de l'eau sous le pont… Que diable ! Il m'a fallu dix jours à moi, Lupin. Il te faudra bien dix ans. Il y a de l'espace, tout de même, entre nous deux. »

L'automobile arrivait, une immense voiture à carrosserie fermée. Il ouvrit la portière, Beautrelet poussa un cri. Dans la limousine il y avait un homme et cet homme c'était Lupin ou plutôt Massiban.

Il éclata de rire, comprenant soudain.

Lupin lui dit :

« Te retiens pas, il dort bien. Je t'avais promis que tu le verrais. Tu t'expliques maintenant les choses ? Vers minuit, je savais votre rendez-vous au château. À sept heures du matin, j'étais là. Quand Massiban est passé, je n'ai eu qu'à le cueillir… Et puis, une petite piqûre… ça y était ! Dors, mon bonhomme… On va te déposer sur le talus… En plein soleil, pour n'avoir pas froid… Allons-y… bien… parfait… À merveille… Et notre chapeau à la main !… un p'tit sou, s'il vous plaît… Ah ! mon vieux Massiban, tu t'occupes de Lupin ! »

C'était vraiment d'une bouffonnerie énorme que de voir l'un en face de l'autre les deux Massiban, l'un endormi et branlant la tête, l'autre sérieux, plein d'attentions et de respect.

« Ayez pitié d'un pauvre aveugle… Tiens, Massiban, voilà deux sous et ma carte de visite…

« Et maintenant, les enfants, filons en quatrième vitesse… Tu entends, le mécano, du 120 à l'heure. En voiture, Isidore… Il y a séance plénière à l'Institut aujourd'hui, et Massiban doit lire, à trois heures et demie, un petit mémoire sur je ne sais pas quoi. Eh bien, il le leur lira, son petit mémoire. Je vais leur servir un Massiban complet, plus vrai que le vrai, avec mes idées à moi sur les inscriptions lacustres[1]. Pour une fois où je suis de l'Institut. Plus vite, mécano, nous ne faisons que du 115... T'as peur, t'oublies donc que t'es avec Lupin ?... Ah ! Isidore, et l'on ose dire que la vie est monotone, mais la vie est une chose adorable, mon petit, seulement il faut savoir... et moi, je sais... Si tu crois que c'était pas à crever de joie tout à l'heure, au château, quand tu bavardais avec le vieux Vélines et que moi, collé contre la fenêtre, je déchirais les pages du livre historique ! Et après, quand t'interrogeais la dame de Villemon sur l'Aiguille creuse ! Allait-elle parler ? Oui, elle parlerait... non, elle ne parlerait pas... oui... non... J'en avais la chair de poule... Si elle parlait, c'était ma vie à refaire, tout l'échafaudage détruit... Le domestique arriverait-il à temps ? Oui... non... le voilà... Mais Beautrelet va me démasquer ? Jamais ! trop gourde ! Si... non... voilà, ça y est... non, ça y est pas... si... il me reluque... ça y est... il va prendre son revolver... Ah ! quelle volupté !... Isidore, tu parles trop... Dormons, veux-tu ? Moi, je tombe de sommeil... bonsoir... »

Beautrelet le regarda. Il semblait presque dormir déjà. Il dormait.

L'automobile, lancée à travers l'espace, se ruait vers un horizon sans cesse atteint et toujours fuyant. Il n'y avait plus ni villes, ni villages, ni champs, ni forêts, rien que de l'espace, de l'espace dévoré, englouti. Longtemps Beautrelet regarda son compagnon de voyage avec une curiosité ardente, et aussi avec le désir de pénétrer, à travers le masque qui la couvrait, jusqu'à sa réelle physionomie. Et il songeait aux circonstances qui les enfermaient ainsi l'un près de l'autre dans l'intimité de cette automobile.

---

1. ***Inscriptions lacustres*** : inscriptions figurant dans des cités anciennes situées sur des lacs.

Mais, après les émotions et les déceptions de cette matinée, fatigué à son tour, il s'endormit.

Quand il se réveilla, Lupin lisait. Beautrelet se pencha pour voir le titre du livre. C'était *Les Lettres à Lucilius*, de Sénèque[1] le philosophe.

8. De César à Lupin

« Que diable ! Il m'a fallu dix jours à moi, Lupin. Il te faudra bien dix ans ! »

Cette phrase, prononcée par Lupin au sortir du château de Vélines, eut une influence considérable sur la conduite de Beautrelet. Très calme au fond et toujours maître de lui, Lupin avait néanmoins de ces moments d'exaltation, de ces expansions un peu romantiques, théâtrales à la fois et bon enfant, où il lui échappait certains aveux, certaines paroles dont un garçon comme Beautrelet pouvait tirer profit.

À tort ou à raison, Beautrelet croyait voir dans cette phrase un de ces aveux involontaires. Il était en droit de conclure que, si Lupin mettait en parallèle ses efforts et les siens dans la poursuite de la vérité sur l'Aiguille creuse, c'est que tous deux possédaient des moyens identiques pour arriver au but, c'est que lui, Lupin, n'avait pas eu des éléments de réussite différents de ceux que possédait son adversaire. Les chances étaient les mêmes. Or, avec ces mêmes chances, avec ces mêmes éléments de réussite, il avait suffi à Lupin de dix jours. Quels étaient ces éléments, ces moyens et ces chances ? Cela se réduisait en définitive à la connaissance de la brochure publiée en 1815, brochure que

1. ***Sénèque*** : philosophe latin (v. 4 av. J.-C.-65 apr. J.-C.).

Lupin avait sans doute, comme Massiban, trouvée par hasard, et grâce à laquelle il était arrivé à découvrir, dans le missel de Marie-Antoinette, l'indispensable document. Donc, la brochure et le document, voilà les deux seules bases sur lesquelles Lupin s'était appuyé. Avec cela, il avait reconstruit tout l'édifice. Pas de secours étrangers. L'étude de la brochure et l'étude du document, un point, c'est tout.

Eh bien, Beautrelet ne pouvait-il se cantonner sur le même terrain ? À quoi bon une lutte impossible ? À quoi bon ces vaines enquêtes où il était sûr, si tant est qu'il évitât les embûches multipliées sous ses pas, de parvenir, en fin de compte, au plus pitoyable des résultats ?

Sa décision fut nette et immédiate, et, tout en s'y conformant, il avait l'intuition heureuse qu'il était sur la bonne voie. Tout d'abord il quitta sans inutiles récriminations[1] son camarade de Janson-de-Sailly, et, prenant sa valise, il alla s'installer après beaucoup de tours et de détours, dans un petit hôtel situé au centre même de Paris. De cet hôtel il ne sortit point pendant des journées entières. Tout au plus mangeait-il à la table d'hôte. Le reste du temps, enfermé à clef, les rideaux de la chambre hermétiquement clos, il songeait.

« Dix jours », avait dit Arsène Lupin, Beautrelet s'efforçant d'oublier tout ce qu'il avait fait et de ne se rappeler que les éléments de la brochure et du document, ambitionnait ardemment de rester dans les limites de ces dix jours. Le dixième cependant passa, et le onzième et le douzième, mais le treizième jour une lueur se fit en son cerveau, et très vite, avec la rapidité déconcertante de ces idées qui se développent en nous comme des plantes miraculeuses, la vérité surgit, s'épanouit, se fortifia. Le soir de ce treizième jour, il ne savait certes pas le mot du problème, mais il connaissait en toute certitude une des méthodes qui pouvaient

1. ***Récriminations*** : accusations, reproches.

en provoquer la découverte, la méthode féconde que Lupin sans aucun doute avait utilisée.

Méthode fort simple et qui découlait de cette unique question, existe-t-il un lien entre tous les événements historiques, plus ou moins importants, auxquels la brochure rattache le mystère de l'Aiguille creuse ?

La diversité des événements rendait la réponse difficile. Cependant, de l'examen approfondi auquel se livra Beautrelet, il finit par se dégager un caractère essentiel à tous ces événements. Tous, sans exception, se passaient dans les limites de l'ancienne Neustrie, lesquelles correspondent à peu près à l'actuelle Normandie. Tous les héros de la fantastique aventure sont Normands, ou le deviennent, ou agissent en pays normand.

Quelle passionnante chevauchée à travers les âges ! Quel émouvant spectacle que celui de tous ces barons, ducs et rois, partant de points si opposés et se donnant rendez-vous en ce coin du monde !

Au hasard, Beautrelet feuilleta l'histoire. C'est Roll, ou Rollon, premier duc *normand*, qui est maître du secret de l'Aiguille après le traité de Saint-Clair-sur-Epte !

C'est Guillaume le Conquérant, duc de *Normandie*, roi d'Angleterre, dont l'étendard est percé à la façon d'une aiguille !

C'est à *Rouen* que les Anglais brûlent Jeanne d'Arc, maîtresse du secret !

Et tout à l'origine de l'aventure, qu'est-ce que ce chef des Calètes qui paie sa rançon à César avec le secret de l'Aiguille, sinon le chef des hommes du pays de Caux, du pays de Caux situé au cœur même de la *Normandie* ?

L'hypothèse se précise. Le champ se rétrécit. Rouen, les rives de la Seine, le pays de Caux… il semble vraiment que toutes les routes convergent de ce côté. Si l'on cite plus particulièrement deux rois de France, maintenant que le secret, perdu pour les ducs de Normandie et pour leurs héritiers les rois d'Angleterre, est devenu le secret royal de la France, c'est Henri IV, Henri IV qui fit le siège de Rouen et gagna la bataille d'Arqués, aux portes de Dieppe. Et c'est François Ier, qui fonda Le Havre et prononça cette phrase révélatrice : « Les rois de France portent des secrets qui règlent souvent le sort des villes ! » Rouen, Dieppe, Le Havre… les trois sommets du triangle, les trois grandes villes qui occupent les trois pointes. Au centre, le pays de Caux.

Le XVIIe siècle arrive. Louis XIV brûle le livre où l'inconnu révèle la vérité. Le capitaine de Larbeyrie s'empare d'un exemplaire, profite du secret qu'il a violé, dérobe un certain nombre de bijoux et, surpris par des voleurs de grand chemin, meurt assassiné. Or, quel est le lieu où se produit le guet-apens ? Gaillon ! Gaillon, petite ville située sur la route qui mène du Havre, de Rouen ou de Dieppe à Paris.

Un an après, Louis XIV achète un domaine et construit le château de l'Aiguille. Quel emplacement choisit-il ? Le centre de la France. De la sorte les curieux sont dépistés. On ne cherche pas en Normandie.

Rouen… Dieppe… Le Havre… Le triangle cauchois… Tout est là… D'un côté la mer. D'un autre la Seine. D'un autre, les deux vallées qui conduisent de Rouen à Dieppe.

Un éclair illumina l'esprit de Beautrelet. Cet espace de terrain, cette contrée des hauts plateaux qui vont des falaises de la Seine aux falaises de la Manche, c'était toujours, presque toujours là, le champ même des opérations où évoluait Lupin.

Depuis dix ans, c'était précisément cette région qu'il mettait en coupe réglée, comme s'il avait eu son repaire au centre même du pays où se rattachait le plus étroitement la légende de l'Aiguille creuse.

L'affaire du baron de Cahorn[1] ? Sur les bords de la Seine, entre Rouen et le Havre. L'affaire de Tibermesnil[2] ? À l'autre

1. Épisode raconté dans « Arsène Lupin en prison », *Arsène Lupin, gentleman cambrioleur* (1907).

2. Épisode raconté dans « Herlock Sholmès arrive trop tard », *Arsène Lupin, gentleman cambrioleur* (1907).

extrémité du plateau, entre Rouen et Dieppe. Les cambriolages de Gruchet, de Montigny, de Crasville ? En plein pays de Caux. Où Lupin se rendait-il quand il fut attaqué et ligoté dans son compartiment par Pierre Onfrey, l'assassin de la rue La Fontaine[1] ? À Rouen. Où Herlock Sholmès, prisonnier de Lupin, fut-il embarqué[2] ? Près du Havre.

Et tout le drame actuel, quel en fut le théâtre ? Ambrumésy, sur la route du Havre à Dieppe.

Rouen, Dieppe, Le Havre, toujours le triangle cauchois.

Donc, quelques années auparavant, Arsène Lupin, possesseur de la brochure et connaissant la cachette où Marie-Antoinette avait dissimulé le document, Arsène Lupin finissait par mettre la main sur le fameux livre d'heures. Possesseur du document, il partait en campagne, *trouvait*, et s'établissait là, en pays conquis.

Beautrelet partit en campagne.

Il partit avec une véritable émotion, en songeant à ce même voyage que Lupin avait effectué, à ces mêmes espoirs dont il avait dû palpiter quand il s'en allait ainsi à la découverte du formidable secret qui devait l'armer d'une telle puissance. Ses efforts à lui, Beautrelet, auraient-ils le même résultat victorieux ?

Il quitta Rouen de bonne heure, à pied, la figure très maquillée, et son sac au bout d'un bâton, sur le dos, comme un apprenti qui fait son tour de France.

Il alla droit à Duclair où il déjeuna. Au sortir de ce bourg, il suivit la Seine et ne la quitta pour ainsi dire plus. Son instinct, renforcé, d'ailleurs, par bien des présomptions, le ramenait toujours aux rives sinueuses du beau fleuve. Le château de Cahorn cambriolé, c'est par la Seine que filent les collections. La Chapelle-Dieu enlevée, c'est vers la Seine que sont convoyées les

1. Épisode raconté dans « Le Mystérieux Voyageur », *Arsène Lupin, gentleman cambrioleur* (1907).

2. Épisode raconté dans « La Dame blonde », *Arsène Lupin contre Herlock Sholmès* (1908).

vieilles pierres sculptées. Il imaginait comme une flottille de péniches faisant le service régulier de Rouen au Havre et drainant les œuvres d'art et les richesses d'une contrée pour les expédier de là vers le pays des milliardaires.

« Je brûle !… Je brûle !… » murmurait le jeune homme, tout pantelant sous les coups de la vérité qui le heurtait par grands chocs successifs.

L'échec des premiers jours ne le découragea point. Il avait une foi profonde, inébranlable dans la justesse de l'hypothèse qui le dirigeait. Hardie, excessive, n'importe ! elle était digne de l'ennemi poursuivi. L'hypothèse valait la réalité prodigieuse qui avait nom Lupin. Avec cet homme-là, devait-on chercher en dehors de l'énorme, de l'exagéré, du surhumain ? Jumièges, La Mailleraie, Saint-Wandrille, Caudebec, Tancarville, Quillebeuf, localités toutes pleines de son souvenir ! Que de fois il avait dû contempler la gloire de leurs clochers gothiques ou la splendeur de leurs vastes ruines !

Mais Le Havre, les environs du Havre attiraient Isidore comme les feux d'un phare.

« Les rois de France portent des secrets qui règlent souvent le sort des villes. »

Paroles obscures et tout à coup, pour Beautrelet, rayonnantes de clarté ! N'était-ce pas l'exacte déclaration des motifs qui avaient décidé François Ier à créer une ville à cet endroit, et le sort du Havre de Grâce n'était-il pas lié au secret même de l'Aiguille ?

« C'est cela… c'est cela… balbutia Beautrelet avec ivresse… Le vieil estuaire normand, l'un des points essentiels, l'un des noyaux primitifs autour desquels s'est formée la nationalité française, le vieil estuaire se complète par ces deux forces, l'une en plein ciel, vivante, connue, port nouveau qui commande l'Océan et qui s'ouvre sur le monde ; l'autre ténébreuse, ignorée et d'autant plus inquiétante qu'elle est invisible et impalpable. Tout un côté de l'histoire de France et de la maison royale s'explique par l'Aiguille, de même que toute l'histoire de Lupin. Les mêmes ressources d'énergie et de pouvoir alimentent et renouvellent la fortune des rois et celle de l'aventurier. »

De bourgade en bourgade, du fleuve à la mer, Beautrelet fureta, le nez au vent, l'oreille aux écoutes et tâchant d'arracher aux choses mêmes leur signification profonde. Était-ce ce coteau qu'il fallait interroger ? Cette forêt ? Les maisons de ce village ? Était-ce parmi les paroles insignifiantes de ce paysan qu'il récolterait le petit mot révélateur ?

Un matin, il déjeunait dans une auberge, en vue d'Honfleur, antique cité de l'estuaire. En face de lui, mangeait un de ces maquignons[1] normands, rouges et lourds, qui font les foires de la région, le fouet à la main, une longue blouse sur le dos. Au bout d'un instant, il parut à Beautrelet que cet homme le regardait avec une certaine attention, comme s'il le connaissait ou du moins comme s'il cherchait à le reconnaître.

« Bah ! pensa-t-il, je me trompe, je n'ai jamais vu ce marchand de chevaux et il ne m'a jamais vu. »

En effet, l'homme sembla ne plus s'occuper de lui. Il alluma sa pipe, demanda du café et du cognac, fuma et but. Son repas achevé, Beautrelet paya et se leva. Un groupe d'individus entrant au moment où il allait sortir, il dut rester debout quelques secondes auprès de la table où le maquignon était assis, et il l'entendit qui disait à voix basse :

« Bonjour, monsieur Beautrelet. »

Isidore n'hésita pas. Il prit place auprès de l'homme et lui dit :

« Oui, c'est moi... mais vous qui êtes-vous ? Comment m'avez-vous reconnu ?

– Pas difficile... Et pourtant je n'ai jamais vu que votre portrait dans les journaux. Mais vous êtes si mal... comment dites-vous en français ?... si mal grimé[2]. »

---

1. ***Maquignons*** : marchands de chevaux.
2. ***Grimé*** : fardé, maquillé.

Il avait un accent étranger très net, et Beautrelet crut discerner, en l'examinant, que lui aussi, il avait un masque qui altérait sa physionomie.

« Qui êtes-vous ? répéta-t-il… Qui êtes-vous ? »

L'étranger sourit :

« Vous ne me reconnaissez pas ?

– Non. Je ne vous ai jamais vu.

– Pas plus que moi. Mais rappelez-vous… Moi aussi, on publie mon portrait dans les journaux… et souvent. Eh bien, ça y est ?

– Non.

– Herlock Sholmès. »

La rencontre était originale. Elle était significative aussi. Tout de suite le jeune homme en saisit la portée. Après un échange de compliments, il dit à Sholmès

« Je suppose que si vous êtes ici… c'est à cause de lui ?

– Oui…

– Alors… alors… vous croyez que nous avons des chances… de ce côté…

– J'en suis sûr. »

La joie que Beautrelet ressentit à constater que l'opinion de Sholmès coïncidait avec la sienne ne fut pas sans mélange. Si l'Anglais arrivait au but, c'était la victoire partagée et qui sait même s'il n'arriverait pas avant lui ?

« Vous avez des preuves ? des indices ?

– N'ayez pas peur, ricana l'Anglais, comprenant son inquiétude, je ne marche pas sur vos brisées[1]. Vous, c'est le document, la brochure… des choses qui ne m'inspirent pas grande confiance.

– Et vous ?

– Moi ce n'est pas cela.

– Est-il indiscret ?…

---

1. ***Je ne marche pas sur vos brisées*** : je ne vous fais pas concurrence.

– Nullement. Vous vous rappelez l'histoire du diadème, l'histoire du duc de Charmerace[1] ?

– Oui.

– Vous n'avez pas oublié Victoire, la vieille nourrice de Lupin, celle que mon bon ami Ganimard a laissée échapper dans une fausse voiture cellulaire[2] ?

– Non.

– J'ai retrouvé la piste de Victoire. Elle habite une ferme non loin de la route nationale n° 25, c'est la route du Havre à Lille. Par Victoire, j'irai facilement jusqu'à Lupin.

– Ce sera long.

– Qu'importe ! J'ai lâché toutes mes affaires. Il n'y a plus que celle-là qui compte. Entre Lupin et moi c'est une lutte… une lutte à mort. »

Il prononça ces mots avec une sorte de sauvagerie où l'on sentait toute la rancœur des humiliations subies, toute une haine féroce contre le grand ennemi qui l'avait joué si cruellement.

« Allez-vous-en, murmura-t-il, on nous regarde… c'est dangereux… Mais rappelez-vous mes paroles : le jour où Lupin et moi nous serons l'un en face de l'autre, ce sera… ce sera tragique ! »

Beautrelet quitta Sholmès tout à fait rassuré : il n'y avait pas à craindre que l'Anglais le gagnât de vitesse.

Et quelle preuve encore lui apportait le hasard de cette entrevue ! La route du Havre à Lille passe par Dieppe. C'est la grande route côtière du pays de Caux ! La route maritime qui commande les falaises de la Manche ! Et c'est dans une ferme voisine de cette route que Victoire était installée. Victoire, c'est-à-dire Lupin, puisque l'un n'allait pas sans l'autre, le maître sans la servante, toujours aveuglément dévouée.

---

1. Épisode raconté dans la pièce en quatre actes *Arsène Lupin* (1909).
2. ***Voiture cellulaire*** : voiture servant à transporter les prisonniers.

« Je brûle…je brûle… se répétait le jeune homme… Dès que les circonstances m'apportent un élément nouveau d'information, c'est pour confirmer ma supposition. D'un côté, certitude absolue des bords de la Seine ; de l'autre, certitude de la route nationale. Les deux voies de communication se rejoignent au Havre, la ville de François Ier, la ville du secret. Les limites se resserrent. Le pays de Caux n'est pas grand, et ce n'est encore que la partie ouest du pays que je dois fouiller. »

Il se remit à l'œuvre avec acharnement.

« Ce que Lupin a trouvé, il n'y a aucune raison pour que je ne le trouve pas », ne cessait-il de dire en lui-même. Certes, Lupin devait avoir sur lui quelques gros avantages, peut-être la connaissance approfondie de la région, des données précises sur les légendes locales, moins que cela, un souvenir – avantage précieux, puisque lui, Beautrelet, ne savait rien, et qu'il ignorait totalement ce pays, l'ayant parcouru pour la première fois lors du cambriolage d'Ambrumésy, et rapidement, sans s'y attarder.

Mais qu'importe !

Dût-il consacrer dix ans de sa vie à cette enquête, il la mènerait à bout. Lupin était là. Il le voyait. Il le devinait. Il l'attendait à ce détour de route, à la lisière de ce bois, au sortir de ce village. Et chaque fois déçu, il semblait qu'il trouvât en chaque déception une raison plus forte de s'obstiner encore.

Souvent, il se jetait sur le talus de la route et s'enfonçait éperdument dans l'examen du document tel qu'il en portait toujours sur lui la copie, c'est-à-dire avec la substitution des voyelles aux chiffres :

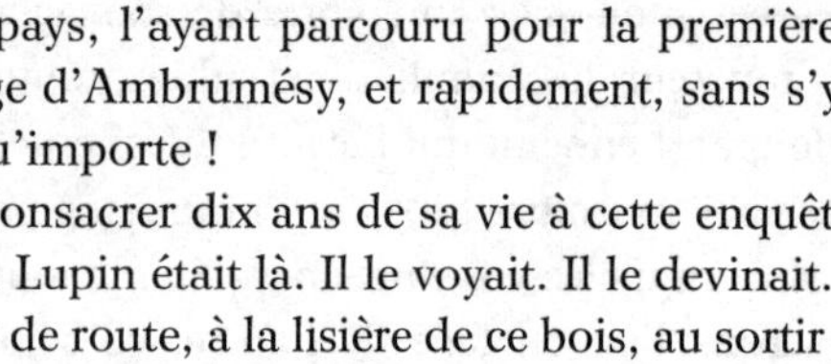

Souvent aussi, selon son habitude, il se couchait à plat ventre dans l'herbe haute et songeait des heures. Il avait le temps. L'avenir lui appartenait.

Avec une patience admirable, il allait de la Seine à la mer, et de la mer à la Seine, s'éloignant par degrés, revenant sur ses pas, et n'abandonnant le terrain que lorsqu'il n'y avait plus théoriquement aucune chance d'y puiser le moindre renseignement.

Il étudia, il scruta Montivilliers, Saint-Romain, Octeville et Gonneville, et Criquetot.

Il frappait le soir chez les paysans et leur demandait le gîte. Après dîner, on fumait ensemble et l'on devisait. Et il leur faisait raconter des histoires qu'ils se racontaient aux longues veillées d'hiver.

Et toujours cette question sournoise :

« Et l'Aiguille ? La légende de l'Aiguille creuse… Vous ne la savez pas ?

– Ma foi, non… je ne vois pas ça…

– Cherchez bien… un conte de vieille bonne femme… quelque chose où il s'agit d'une aiguille… Une aiguille enchantée peut-être… que sais-je ? »

Rien. Aucune légende, aucun souvenir. Et le lendemain, il repartait avec allégresse.

Un jour il passa par le joli village de Saint-Jouin qui domine la mer, et descendit parmi le chaos de rocs qui s'est éboulé de la falaise.

Puis il remonta sur le plateau et s'en alla vers la valleuse[1] de Bruneval, vers le cap d'Antifer, vers la petite crique de Belle-Plage. Il marchait gaiement et légèrement, un peu las, mais si heureux de vivre ! si heureux même qu'il oubliait Lupin et le mystère de l'Aiguille creuse et Victoire et Sholmès, et qu'il s'intéressait au

1. ***Valleuse*** : petite vallée suspendue, aboutissant à la mer et formant entaille dans une falaise.

spectacle des choses, au ciel bleu, à la grande mer d'émeraude, toute éblouissante de soleil.

Des talus rectilignes, des restes de murs en briques, où il crut reconnaître les vestiges d'un camp romain, l'intriguèrent. Puis il aperçut une espèce de petit castel[1], bâti à l'imitation d'un fort ancien, avec tourelles lézardées, hautes fenêtres gothiques, et qui était situé sur un promontoire déchiqueté, montueux, rocailleux, et presque détaché de la falaise. Une grille, flanquée de garde-fous et de broussailles de fer, en défendait l'étroit passage.

Non sans peine, Beautrelet réussit à le franchir. Au-dessus de la porte ogivale, que fermait une vieille serrure rouillée, il lut ces mots :

Fort de Fréfossé[2].

Il n'essaya pas d'entrer, et tournant à droite, il aborda, après avoir descendu une petite pente, un sentier qui courait sur une arête de terre munie d'une rampe en bois. Tout au bout, il y avait une grotte de proportions exiguës, formant comme une guérite[3] à la pointe du roc où elle était creusée, un roc abrupt tombant dans la mer.

On pouvait tout juste tenir debout au centre de la grotte. Des multitudes d'inscriptions s'entrecroisaient sur ses murs. Un trou presque carré percé à même la pierre s'ouvrait en lucarne du côté de la terre, exactement face au fort de Fréfossé dont on apercevait à trente ou quarante mètres la couronne crénelée. Beautrelet jeta son sac et s'assit. La journée avait été lourde et fatigante. Il s'endormit un instant.

---

1. *Castel* : château.

2. Le fort de Fréfossé portait le nom d'un domaine voisin dont il dépendait. Sa destruction, qui eut lieu quelques années plus tard, fut exigée par l'autorité militaire, à la suite des révélations consignées dans ce livre. (Note de l'auteur.)

3. *Guérite* : au sens propre, abri où une sentinelle se met à couvert.

Le vent frais qui circulait dans la grotte l'éveilla. Il resta quelques minutes immobile et distrait, les yeux vagues. Il essayait de réfléchir, de reprendre sa pensée encore engourdie. Et déjà, plus conscient, il allait se lever, quand il eut l'impression que ses yeux soudain fixes, soudain agrandis, regardaient… Un frisson l'agita. Ses mains se crispèrent, et il sentit que des gouttes de sueur se formaient à la racine de ses cheveux.

« Non., non… balbutia-t-il… c'est un rêve, une hallucination… Voyons, serait-ce possible ? »

Il s'agenouilla brusquement et se pencha. Deux lettres énormes, d'un pied[1] chacune peut-être, apparaissaient, gravées, en relief dans le granit du sol.

Ces deux lettres sculptées grossièrement, mais nettement, et dont l'usure des siècles avait arrondi les angles et patiné la surface, ces deux lettres, c'étaient un D et un F.

Un D et un F ! miracle bouleversant ! Un D et un F, précisément, deux lettres du document ! Les deux seules lettres du document !

Ah ! Beautrelet n'avait même pas besoin de le consulter pour évoquer ce groupe de lettres à la quatrième ligne, la ligne des mesures et des indications !

Il les connaissait bien ! Elles étaient inscrites à jamais au fond de ses prunelles, incrustées à jamais dans la substance même de son cerveau !

Il se releva, descendit le chemin escarpé, remonta le long de l'ancien fort, de nouveau s'accrocha, pour passer, aux piquants du garde-fou, et marcha rapidement vers un berger dont le troupeau paissait au long d'une ondulation du plateau.

« Cette grotte, là-bas… cette grotte… »

Ses lèvres tremblaient et il cherchait des mots qu'il ne trouvait pas. Le berger le contemplait avec stupeur. Enfin il répéta :

---

1. Le *pied* est une ancienne unité de mesure de longueur valant 0,3 248 mètre.

« Oui, cette grotte… qui est là… à droite du fort… A-t-elle un nom ?

– Dame ! Tous ceux d'Étretat disent comme ça que c'est les Demoiselles.

– Quoi ?… quoi ?… Que dites-vous ?

– Eh ben, oui… la chambre des Demoiselles… »

Isidore fut sur le point de lui sauter à la gorge, comme si toute la vérité résidait en cet homme, et qu'il espérât la lui prendre d'un coup, la lui arracher…

Les Demoiselles ! Un des mots, un des deux seuls mots connus du document !

Un vent de folie ébranla Beautrelet sur ses jambes. Et cela s'enflait autour de lui, soufflait comme une bourrasque impétueuse qui venait du large, qui venait de la terre, qui venait de toutes parts et le fouettait à grands coups de vérité… Il comprenait ! Le document lui apparaissait avec son sens véritable ! La chambre des Demoiselles… Étretat…

« C'est cela… pensa-t-il, l'esprit envahi de lumière… Ce ne peut-être que cela. Mais comment ne l'ai-je pas deviné plus tôt ? »

Il dit au berger, à voix basse :

« Bien… va-t'en… tu peux t'en aller… merci… »

L'homme, interdit, siffla son chien et s'éloigna.

Une fois seul, Beautrelet retourna vers le fort. Il l'avait déjà presque dépassé, quand tout à coup il s'abattit à terre et resta blotti contre un pan de mur. Et il songeait en se tordant les mains :

« Suis-je fou ! Et s'*il* me voit ? Si ses complices me voient ? Depuis une heure, je vais… je viens… »

Il ne bougea plus. Le soleil s'était couché. La nuit peu à peu se mêlait au jour, estompant la silhouette des choses.

Alors, par menus gestes insensibles, à plat ventre, se glissant, rampant, il s'avança sur une des pointes du promontoire, jusqu'au bout extrême de la falaise. Il y parvint. Du bout de ses mains étendues, il écarta des touffes d'herbe, et sa tête émergea au-dessus de l'abîme.

En face de lui, presque au niveau de la falaise, en pleine mer, se dressait un roc énorme, haut de plus de quatre-vingts mètres, obélisque colossal, d'aplomb sur sa large base de granit que l'on apercevait au ras de l'eau et qui s'effilait ensuite jusqu'au sommet, ainsi que la dent gigantesque d'un monstre marin. Blanc comme la falaise, d'un blanc gris et sale, l'effroyable monolithe était strié de lignes horizontales marquées par du silex, et où l'on voyait le lent travail des siècles accumulant les unes sur les autres les couches calcaires et les couches de galets.

De place en place une fissure, une anfractuosité[1], et tout de suite, là, un peu de terre, de l'herbe, des feuilles.

Et tout cela puissant, solide, formidable, avec un air de chose indestructible contre quoi l'assaut furieux des vagues et des tempêtes ne pouvait prévaloir. Tout cela, définitif, immanent[2], grandiose malgré la grandeur du rempart de falaises qui le dominait, immense malgré l'immensité de l'espace où cela s'érigeait.

Les ongles de Beautrelet s'enfonçaient dans le sol comme les griffes d'une bête prête à bondir sur sa proie. Ses yeux pénétraient dans l'écorce rugueuse du roc, dans sa peau, lui semblait-il, dans sa chair. Il le touchait, il le palpait, il en prenait connaissance et possession… Il se l'assimilait…

L'horizon s'empourprait de tous les feux du soleil disparu, et de longs nuages embrasés, immobiles dans le ciel, formaient des paysages magnifiques, des lagunes irréelles, des plaines en flammes, des forêts d'or, des lacs de sang, toute une fantasmagorie ardente et paisible.

L'azur du ciel s'assombrit. Vénus rayonnait d'un éclat merveilleux, puis des étoiles s'allumèrent, timides encore.

---

1. ***Anfractuosité*** : creux irrégulier.
2. ***Immanent*** : constant.

Et Beautrelet, soudain, ferma les yeux et serra convulsivement[1] contre son front ses bras repliés. Là-bas – oh ! il pensa en mourir de joie, tellement l'émotion fut cruelle qui étreignit son cœur –, là-bas presque en haut de l'Aiguille d'Étretat, en dessous de la pointe extrême autour de laquelle voltigeaient des mouettes, un peu de fumée qui suintait d'une crevasse, ainsi que d'une cheminée invisible, un peu de fumée montait en lentes spirales dans l'air calme du crépuscule.

9. Sésame, ouvre-toi !

L'aiguille d'Étretat est creuse !

Phénomène naturel ? Excavation produite par des cataclysmes intérieurs ou par l'effort insensible de la mer qui bouillonne, de la pluie qui s'infiltre ? Ou bien œuvre surhumaine, exécutée par des humains, Celtes, Gaulois, hommes préhistoriques ? Questions insolubles sans doute. Et qu'importait ? L'essentiel résidait en ceci : l'Aiguille était creuse.

À quarante ou cinquante mètres de cette arche imposante qu'on appelle la porte d'Aval et qui s'élance du haut de la falaise, ainsi que la branche colossale d'un arbre, pour prendre racine dans les rocs sous-marins, s'érige un cône calcaire démesuré, et ce cône n'est qu'un bonnet d'écorce pointu posé sur du vide !

Révélation prodigieuse ! Après Lupin, voilà que Beautrelet découvrait le mot de la grande énigme, qui a plané sur plus de vingt siècles ! mot d'une importance suprême pour celui qui le possédait jadis, aux lointaines époques où des hordes de barbares chevauchaient le vieux monde ! mot magique qui ouvre

1. ***Convulsivement*** : vigoureusement.

l'antre cyclopéen[1] à des tribus entières fuyant devant l'ennemi ! mot mystérieux qui garde la porte de l'asile le plus inviolable ! mot prestigieux qui donne le pouvoir et assure la prépondérance[2] !

Pour l'avoir connu, ce mot, César peut asservir la Gaule. Pour l'avoir connu, les Normands s'imposent au pays, et de là, plus tard, adossés à ce point d'appui, conquièrent l'île voisine, conquièrent la Sicile, conquièrent l'Orient, conquièrent le Nouveau Monde !

Maîtres du secret, les rois d'Angleterre dominent la France, l'humilient, la dépècent, se font couronner rois à Paris. Ils le perdent, et c'est la déroute.

Maîtres du secret, les rois de France grandissent, débordent les limites étroites de leur domaine, fondent peu à peu la grande nation et rayonnent de gloire et de puissance – ils l'oublient ou ne savent point en user, et c'est la mort, l'exil, la déchéance.

Un royaume invisible, au sein des eaux et à dix brasses de la terre !... Une forteresse ignorée, plus haute que les tours de Notre-Dame et construite sur une base de granit plus large qu'une place publique... Quelle force et quelle sécurité ! De Paris à la mer, par la Seine. Là, Le Havre, ville nouvelle, ville nécessaire. Et à sept lieues de là, l'Aiguille creuse, n'est-ce pas l'asile inexpugnable[3] ?

C'est l'asile et c'est aussi la formidable cachette. Tous les trésors des rois, grossis de siècle en siècle, tout l'or de France, tout ce qu'on extrait du peuple, tout ce qu'on arrache au clergé, tout le butin ramassé sur les champs de bataille de l'Europe, c'est dans la caverne royale qu'on l'entasse. Vieux sous d'or, écus reluisants, doublons, ducats, florins, guinées, et les pierreries, et

1. Référence à la grotte du Cyclope dans laquelle le héros de l'*Odyssée*, Ulysse, fut enfermé avec ses compagnons ; « cyclopéen » est synonyme de « géant ».

2. ***Prépondérance*** : supériorité.

3. ***Inexpugnable*** : imprenable.

les diamants, et tous les joyaux, et toutes les parures, tout est là. Qui le découvrirait ? Qui saurait jamais le secret impénétrable de l'Aiguille ? Personne.

Si, Lupin.

Et Lupin devient cette sorte d'être vraiment disproportionné que l'on connaît, ce miracle impossible à expliquer tant que la vérité demeure dans l'ombre. Si infinies que soient les ressources de son génie, elles ne peuvent suffire à la lutte qu'il soutient contre la société. Il en faut d'autres plus matérielles. Il faut la retraite sûre, il faut la certitude de l'impunité[1], la paix qui permet l'exécution des plans.

Sans l'Aiguille creuse, Lupin est incompréhensible, c'est un mythe, un personnage de roman, sans rapport avec la réalité. Maître du secret, et de quel secret ! c'est un homme comme les autres, tout simplement, mais qui sait manier de façon supérieure l'arme extraordinaire dont le destin l'a doté.

Donc, l'Aiguille est creuse, c'est là un fait indiscutable. Restait à savoir comment l'on y pouvait accéder.

Par la mer évidemment. Il devait y avoir, du côté du large, quelque fissure abordable pour les barques à certaines heures de la marée. Mais du côté de la terre ?

Jusqu'au soir, Beautrelet resta suspendu au-dessus de l'abîme, les yeux rivés à la masse d'ombre que formait la pyramide, et songeant, méditant de tout l'effort de son esprit.

Puis il descendit vers Étretat, choisit l'hôtel le plus modeste, dîna, monta dans sa chambre et déplia le document.

Pour lui, maintenant, c'était un jeu que d'en préciser la signification. Tout de suite il s'aperçut que les trois voyelles du mot Étretat se retrouvaient à la première ligne, dans leur ordre et aux intervalles voulus. Cette première ligne s'établissait dès lors ainsi :

---

1. ***Impunité*** : absence de punition.

e.a.a..étretat

Quels mots pouvaient précéder *Étretat* ? Des mots sans doute qui s'appliquaient à la situation de l'Aiguille par rapport au village. Or, l'Aiguille se dressait à gauche, à l'ouest... Il chercha et, se souvenant que les vents d'ouest s'appelaient sur les côtes vents d'*aval* et que la porte était justement dénommée d'*Aval*, il inscrivit :

En aval d'Étretat

La seconde ligne était celle du mot *Demoiselles*, et, constatant aussitôt, avant ce mot, la série de toutes les voyelles qui composent les mots *la chambre des*, il nota les deux phrases :

En aval d'Étretat – La chambre des Demoiselles.

Il eut plus de mal pour la troisième ligne, et ce n'est qu'après avoir tâtonné que, se rappelant la situation, non loin de la chambre des Demoiselles, du castel construit à la place du fort de Fréfossé, il finit par reconstituer ainsi le document presque complet :

En aval d'Étretat – la chambre des Demoiselles – Sous le fort de Fréfossé – Aiguille creuse.

Cela, c'était les quatre grandes formules, les formules essentielles et générales. Par elles, on se dirigeait en aval d'Étretat, on entrait dans la chambre des Demoiselles, on passait selon toutes probabilités sous le fort de Fréfossé et l'on arrivait à l'Aiguille.

Comment ? Par les indications et les mesures qui formaient la quatrième ligne :

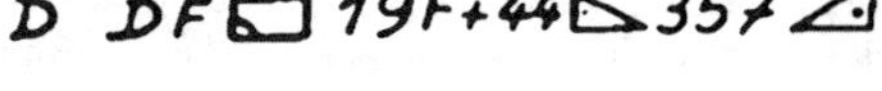

Cela, c'était évidemment les formules plus spéciales, destinées à la recherche de l'issue par où l'on pénétrait, et du chemin qui conduisait à l'Aiguille.

Beautrelet supposa aussitôt – et son hypothèse était la conséquence logique du document – que, s'il y avait réellement une communication directe entre la terre et l'obélisque de l'Aiguille, le souterrain devait partir de la chambre des Demoiselles, passer sous le fort de Fréfossé, descendre à pic les cent mètres de la falaise, et, par un tunnel pratiqué sous les rocs de la mer, aboutir à l'Aiguille creuse.

L'entrée du souterrain ? N'était-ce pas les deux lettres D et F, si nettement découpées, qui la désignaient, qui la livraient peut-être aussi grâce à quelque mécanisme ingénieux ?

Toute la matinée du lendemain, Isidore flâna dans Étretat et bavarda de droite et de gauche pour tâcher de recueillir quelque renseignement utile. Enfin, l'après-midi, il monta sur la falaise. Déguisé en matelot, il s'était rajeuni encore, et il avait l'air d'un gamin de douze ans, avec sa culotte trop courte et son maillot de pêcheur.

À peine entré dans la grotte, il s'agenouilla devant les lettres. Une déception l'attendait. Il eut beau frapper dessus, les pousser, les manipuler dans tous les sens, elles ne bougèrent pas. Et il se rendit compte assez rapidement qu'elles ne pouvaient réellement pas bouger et, par conséquent, qu'elles ne commandaient aucun mécanisme. Pourtant… pourtant elles signifiaient quelque chose ! Des informations qu'il avait prises dans le village, il résultait que personne n'avait jamais pu en expliquer la présence, et que l'abbé Cochet, en son précieux livre sur Étretat[1], s'était lui aussi penché vainement sur ce petit rébus. Mais Isidore savait ce qu'ignorait le savant archéologue normand, c'est-à-dire la

1. *Les Origines d'Étretat*. – En fin de compte, l'abbé Cochet semble conclure que les deux lettres sont les initiales d'un passant. Les révélations que nous apportons démontrent l'erreur d'une telle supposition. (Note de l'auteur.)

présence des deux mêmes lettres sur le document, à la ligne des indications. Coïncidence fortuite ? Impossible. Alors ?...

Une idée lui vint brusquement, et si rationnelle, si simple, qu'il ne douta pas une seconde de sa justesse. Ce D et cet F n'était-ce pas les initiales de deux des mots les plus importants du document ? mots qui représentaient – avec l'Aiguille – les stations essentielles de la route à suivre : la chambre des *Demoiselles* et le fort de *Fréfossé*. Le D de Demoiselles, l'F de Fréfossé, il y avait là un rapport trop étrange pour être le fait du hasard.

En ce cas le problème s'offrait ainsi : le groupe DF représente la relation qui existe entre la chambre des Demoiselles et le fort de Fréfossé ; la lettre isolée D qui commence la ligne représente les Demoiselles, c'est-à-dire la grotte où il faut tout d'abord se poster ; et la lettre isolée F, qui se place au milieu de la ligne, représente Fréfossé, c'est-à-dire l'entrée probable du souterrain.

Entre ces divers signes, il en reste deux : une sorte de rectangle inégal, marqué d'un trait sur la gauche, en bas, et le chiffre 19, signes qui, en toute évidence, indiquent à ceux qui se trouvent dans la grotte, le moyen de pénétrer sous le fort.

La forme de ce rectangle intriguait Isidore. Y aurait-il autour de lui, sur les murs, ou tout au moins à portée du regard, une inscription, une chose quelconque affectant une forme rectangulaire ?

Il chercha longtemps, et il était sur le point d'abandonner cette piste, quand ses yeux rencontrèrent la petite ouverture percée dans le roc et qui était comme la fenêtre de la chambre. Or les bords de cette ouverture dessinaient précisément un rectangle rugueux, inégal, grossier, mais tout de même un rectangle, et aussitôt Beautrelet constata qu'en posant les deux pieds sur le D et l'F gravés dans le sol – et ainsi s'expliquait la barre qui surmontait les deux lettres du document – on se trouvait exactement à la hauteur de la fenêtre !

Il prit position à cet endroit et regarda. La fenêtre étant dirigée, nous l'avons dit, vers la terre ferme, on voyait d'abord le sentier qui reliait la grotte à la terre, sentier suspendu entre deux abîmes, puis on apercevait la base même du monticule qui portait le fort. Pour essayer de voir le fort, Beautrelet se pencha vers la gauche, et c'est alors qu'il comprit la signification du trait arrondi, de la virgule qui marquait le document en bas, à gauche ; en bas, à gauche de la fenêtre, un morceau de silex formait saillie, et l'extrémité de ce morceau se recourbait comme une griffe. On eût dit un véritable point de mire. Et si l'on appliquait l'œil à ce point de mire, le regard découpait, sur la pente du monticule opposé, une superficie de terrain assez restreinte et presque entièrement occupée par un vieux mur de brique, vestige de l'ancien fort de Fréfossé ou de l'ancien *oppidum*[1] romain construit à cet endroit.

Beautrelet courut vers ce pan de mur, long peut-être de dix mètres et dont la surface était tapissée d'herbes et de plantes. Il ne releva aucun indice.

Et cependant, ce chiffre 19 ?

Il revint à la grotte, sortit de sa poche un peloton de ficelle et un mètre en étoffe dont il s'était muni, noua la ficelle à l'angle de silex, attacha un caillou au dix-neuvième mètre et le lança du côté de la terre. Le caillou atteignit à peine l'extrémité du sentier.

« Triple idiot, pensa Beautrelet. Est-ce que l'on comptait par mètres à cette époque ? 19 signifie 19 toises[2] ou ne signifie rien. »

Le calcul effectué, il compta trente-sept mètres sur la ficelle, fit un nœud, et, à tâtons, chercha sur le pan du mur le point exact et forcément unique où le nœud formé à trente-sept mètres de la fenêtre des Demoiselles, toucherait le mur de Fréfossé. Après quelques instants le point de contact s'établit. De sa main restée libre, il écarta des feuilles de molène[3] poussées entre les interstices.

---

1. *Oppidum* : fortification romaine

2. La ***toise*** est une ancienne mesure de longueur valant 6 pieds (voir note 1, p. 207), soit 1,9 488 mètre.

3. *Molène* : plante herbacée, à fleurs en épis.

Un cri lui échappa. Le nœud, qu'il tenait appliqué du bout de son index, était posé sur le centre d'une petite croix sculptée en relief sur une brique.

Or, le signe qui suivait le chiffre 19 sur le document était une croix !

Il lui fallut toute sa volonté pour dominer l'émotion qui l'envahit. Hâtivement, de ses doigts crispés, il saisit la croix et, tout en appuyant, la tourna comme il eût tourné les rayons d'une roue. La brique oscilla. Il redoubla son effort : elle ne bougea plus. Alors, sans tourner, il appuya davantage. Il la sentit aussitôt qui cédait. Et tout à coup, il y eut comme un déclenchement, un bruit de serrure qui s'ouvre ; et, à droite de la brique, sur une largeur d'un mètre, le pan du mur pivota et découvrit l'orifice d'un souterrain.

Comme un fou, Beautrelet empoigna la porte de fer dans laquelle les briques étaient scellées, la ramena violemment, et la ferma. L'étonnement, la joie, la peur d'être surpris convulsaient[1] sa figure jusqu'à la rendre méconnaissable. Il eut la vision effarante de tout ce qui s'était passé là, devant cette porte, depuis vingt siècles, de tous les personnages initiés au grand secret, qui avaient pénétré par cette issue… Celtes, Gaulois, Romains, Normands, Anglais, Français, barons, ducs, rois, et, après eux tous, Arsène Lupin… et après Lupin, lui, Beautrelet… Il sentit que son cerveau lui échappait. Ses paupières battirent. Il tomba évanoui et roula jusqu'au bas de la rampe, au bord même du précipice.

Sa tâche était finie, du moins la tâche qu'il pouvait accomplir seul, avec les seules ressources dont il disposait.

Le soir, il écrivit au chef de la Sûreté une longue lettre, où il rapportait fidèlement les résultats de son enquête et livrait le secret de l'Aiguille creuse. Il demandait du secours pour achever l'œuvre et donnait son adresse.

---

1. *Convulsaient* : contractaient, crispaient.

En attendant la réponse, il passa deux nuits consécutives dans la chambre des Demoiselles. Il les passa, transi de peur, les nerfs secoués d'une épouvante qu'exaspéraient les bruits nocturnes… Il croyait à tout instant voir des ombres qui s'avançaient vers lui. On savait sa présence dans la grotte… on venait… on l'égorgeait… Son regard pourtant, éperdument fixe, soutenu par toute sa volonté, s'accrochait au pan du mur.

La première nuit rien ne bougea, mais la seconde, à la clarté des étoiles et d'un mince croissant de lune, il vit la porte s'ouvrir et des silhouettes qui émergeaient des ténèbres. Il en compta deux, trois, quatre, cinq…

Il lui sembla que ces cinq hommes portaient des fardeaux assez volumineux. Ils coupèrent droit par les champs jusqu'à la route du Havre et il discerna le bruit d'une automobile qui s'éloignait.

Il revint sur ses pas, il côtoya une grande ferme. Mais au détour du chemin qui la bordait, il n'eut que le temps d'escalader un talus et de se dissimuler derrière des arbres. Des hommes encore passèrent, quatre… cinq… et tous chargés de paquets. Et deux minutes après, une autre automobile gronda. Cette fois, il n'eut pas la force de retourner à son poste et il rentra se coucher.

À son réveil, le garçon d'hôtel lui apporta une lettre. Il la décacheta. C'était la carte de Ganimard.

« Enfin ! » s'écria Beautrelet, qui sentait vraiment, après une campagne aussi dure, le besoin d'un secours.

Il se précipita les mains tendues. Ganimard les prit, le contempla un moment et lui dit :

« Vous êtes un rude type, mon garçon.

– Bah ! fit-il, le hasard m'a servi.

– Il n'y a pas de hasard avec *lui* », affirma l'inspecteur, qui parlait toujours de Lupin d'un air solennel et sans prononcer son nom.

Il s'assit.

« Alors nous le tenons ?

– Comme on l'a déjà tenu plus de vingt fois, dit Beautrelet en riant.

– Oui, mais aujourd'hui…

– Aujourd'hui, en effet, le cas diffère. Nous connaissons sa retraite, son château fort, ce qui fait, somme toute, que Lupin est Lupin. Il peut s'échapper. L'aiguille d'Étretat ne le peut pas.

– Pourquoi supposez-vous qu'il s'échappera ? demanda Ganimard inquiet.

– Pourquoi supposez-vous qu'il ait besoin de s'échapper ? répondit Beautrelet. Rien ne prouve qu'il soit dans l'Aiguille actuellement. Cette nuit, onze de ses complices en sont sortis. Il était peut-être l'un de ces onze. »

Ganimard réfléchit.

« Vous avez raison. L'essentiel, c'est l'Aiguille creuse. Pour le reste, espérons que la chance nous favorisera. Et maintenant, causons. »

Il prit de nouveau sa voix grave, son air d'importance convaincue, et prononça :

« Mon cher Beautrelet, j'ai ordre de vous recommander, à propos de cette affaire, la discrétion la plus absolue.

– Ordre de qui ? fit Beautrelet plaisantant. Du préfet de police ?

– Plus haut.

– Le président du Conseil ?

– Plus haut.

– Bigre ! »

Ganimard baissa la voix.

« Beautrelet, j'arrive de l'Élysée. On considère cette affaire comme un secret d'État, d'une extrême gravité. Il y a des raisons sérieuses pour que l'on tienne ignorée cette citadelle invisible… des raisons stratégiques surtout… Cela peut devenir un centre de ravitaillement, un magasin de poudres nouvelles, de projectiles récemment inventés, que sais-je ? l'arsenal inconnu de la France.

– Mais comment espère-t-on garder un tel secret ? Jadis, un seul homme le détenait, le roi. Aujourd'hui, nous sommes déjà quelques-uns à le savoir, sans compter la bande à Lupin.

– Eh ! Quand on ne gagnerait que dix ans, que cinq ans de silence ! Ces cinq années peuvent être le salut…

– Mais, pour s'emparer de cette citadelle, de ce futur arsenal, il faut bien l'attaquer, il faut bien en déloger Lupin. Et tout cela ne se fait pas sans bruit.

– Évidemment, on devinera quelque chose, mais on ne saura pas. Et puis quoi, essayons.

– Soit, quel est votre plan ?

– En deux mots, voilà. Tout d'abord vous n'êtes pas Isidore Beautrelet, et il n'est pas question non plus d'Arsène Lupin. Vous êtes et vous restez un gamin d'Étretat, lequel en flânant a surpris des individus qui sortaient d'un souterrain. Vous supposez, n'est-ce pas, l'existence d'un escalier qui perce la falaise du haut en bas ?

– Oui, il y a plusieurs de ces escaliers le long de la côte. Tenez, tout près, on m'a signalé, en face de Bénouville, l'escalier du Curé, connu de tous les baigneurs. Et je ne parle pas des trois ou quatre tunnels destinés aux pêcheurs.

– Donc, la moitié de mes hommes et moi nous marchons guidés par vous. J'entre seul, ou accompagné, ceci est à voir. Toujours est-il que l'attaque a lieu par là. Si Lupin n'est pas dans l'Aiguille, nous établissons une souricière, où un jour ou l'autre il se fera pincer. S'il est là…

– S'il est là, monsieur Ganimard, il s'enfuira de l'Aiguille par la face postérieure, celle qui regarde la mer.

– En ce cas, il sera immédiatement arrêté par l'autre moitié de mes hommes.

– Oui, mais si, comme je le suppose, vous avez choisi le moment où la mer s'est retirée, laissant à découvert la base de l'Aiguille, la chasse sera publique, puisqu'elle aura lieu devant tous les pêcheurs et pêcheuses de moules, de crevettes et de coquillages qui pullulent sur les rochers avoisinants.

– C'est pourquoi je choisirai justement l'heure où la mer sera pleine.

– En ce cas il s'enfuira sur une barque.

– Et comme j'aurai là, moi, une douzaine de barques de pêche dont chacune sera commandée par un de mes hommes, il sera cueilli.

– S'il ne passe pas entre votre douzaine de barques, ainsi qu'un poisson à travers les mailles.

– Soit. Mais alors je le coule à fond.

– Fichtre ! Vous aurez donc des canons ?

– Mon Dieu, oui. Il y a en ce moment un torpilleur[1] au Havre. Sur un coup de téléphone de moi, il se trouvera à l'heure dite aux environs de l'Aiguille.

– Ce que Lupin sera fier ! Un torpilleur !... Allons, je vois, monsieur Ganimard, que vous avez tout prévu. Il n'y a plus qu'à marcher. Quand donnons-nous l'assaut ?

– Demain.

– La nuit ?

– En plein jour, à marée montante, sur le coup de dix heures.

– Parfait. »

Sous ses apparences de gaieté, Beautrelet cachait une véritable angoisse. Jusqu'au lendemain, il ne dormit pas, agitant tour à tour les plans les plus impraticables. Ganimard l'avait quitté pour se rendre à une dizaine de kilomètres d'Étretat, à Yport, où, par prudence, il avait donné rendez-vous à ses hommes et où il fréta[2] douze barques de pêche, en vue, soi-disant, de sondages le long de la côte.

À neuf heures trois quarts, escorté de douze gaillards solides, il rencontrait Isidore au bas du chemin qui monte sur la falaise. À dix heures précises, ils arrivaient devant le pan de mur. Et c'était l'instant décisif.

1. ***Torpilleur*** : navire de guerre armé de torpilles.
2. ***Fréta*** : loua.

« Qu'est-ce que tu as donc, Beautrelet ? Tu es vert ? ricana Ganimard, tutoyant le jeune homme en manière de moquerie.

– Et toi, monsieur Ganimard, riposta Beautrelet, on croirait que ta dernière heure est venue. »

Ils durent s'asseoir et Ganimard avala quelques gorgées de rhum.

« Ce n'est pas le trac, dit-il, mais, sapristi, quelle émotion ! Chaque fois que je dois le pincer, ça me prend comme ça aux entrailles. Un peu de rhum ?

– Non.

– Et si vous restez en route ?

– C'est que je serai mort.

– Bigre ! Enfin, nous verrons. Et maintenant, ouvrez. Pas de danger d'être vus, hein ?

– Non. L'Aiguille est plus basse que la falaise, et en outre nous sommes dans un repli de terrain. »

Beautrelet s'approcha du mur et pesa sur la brique. Le déclenchement se produisit, et l'entrée du souterrain apparut. À la lueur des lanternes qu'ils allumèrent, ils virent qu'il était percé en forme de voûte et que cette voûte, ainsi d'ailleurs que le sol lui-même, était entièrement recouverte de briques.

Ils marchèrent pendant quelques secondes, et tout de suite un escalier se présenta. Beautrelet compta quarante-cinq marches, marches en briques, mais que l'action lente des pas avait affaissées par le milieu.

« Sacré nom ! jura Ganimard qui tenait la tête, et qui s'arrêta subitement comme s'il avait heurté quelque chose.

– Qu'y a-t-il ?

– Une porte !

– Bigre, murmura Beautrelet en la regardant, et pas commode à démolir. Un bloc de fer, tout simplement.

– Nous sommes fichus, dit Ganimard, il n'y a même pas de serrure.

– Justement, c'est ce qui me donne de l'espoir.

– Et pourquoi ?

– Une porte est faite pour s'ouvrir, et si celle-là n'a pas de serrure, c'est qu'il y a un secret pour l'ouvrir.

– Et comme nous ne connaissons pas ce secret…

– Je vais le connaître.

– Par quel moyen ?

– Par le moyen du document. La quatrième ligne n'a pas d'autre raison que de résoudre les difficultés au moment où elles s'offrent. Et la solution est relativement facile, puisqu'elle est inscrite, non pour dérouter, mais pour aider ceux qui cherchent.

– Relativement facile ! je ne suis pas de votre avis, s'écria Ganimard qui avait déplié le document… Le nombre 44 et un triangle marqué d'un point à gauche, c'est plutôt obscur.

– Mais non, mais non. Examinez la porte. Vous verrez qu'elle est renforcée, aux quatre coins, de plaques de fer en forme de triangles et que ces plaques sont maintenues par de gros clous. Prenez la plaque de gauche, tout en bas, et faites jouer le clou qui est à l'angle… Il y a neuf chances contre une, pour que nous tombions juste.

– Vous êtes tombé sur la dixième, dit Ganimard après avoir essayé.

– Alors, c'est que le chiffre 44… »

À voix basse, tout en réfléchissant, Beautrelet continua :

« Voyons… Ganimard et moi, nous sommes là, tous les deux, à la dernière marche de l'escalier… il y en a 45… Pourquoi 45, tandis que le chiffre du document est 44 ?… Coïncidence ? non… Dans toute cette affaire, il n'y a jamais eu de coïncidence, du moins involontaire. Ganimard, ayez la bonté de remonter d'une marche… C'est cela, ne quittez pas cette 44e marche. Et maintenant, je fais jouer le clou de fer. Et la bobinette cherra[1]… Sans quoi j'y perds mon latin… »

---

1. Cette expression fait allusion à la formule qu'on trouve dans le conte du « Petit Chaperon rouge », quand la grand-mère indique à ses visiteurs comment ouvrir sa porte.

La lourde porte en effet tourna sur ses gonds. Une caverne assez spacieuse s'offrit à leurs regards.

« Nous devons être exactement sous le fort de Fréfossé, dit Beautrelet. Maintenant les couches de terre sont traversées. C'est fini de la brique. Nous sommes en pleine masse calcaire. »

La salle était confusément éclairée par un jet de lumière qui provenait de l'autre extrémité. En s'approchant ils virent que c'était une fissure de la falaise, pratiquée dans un ressaut de la paroi, et qui formait comme une sorte d'observatoire. En face d'eux, à cinquante mètres, surgissait des flots le bloc impressionnant de l'Aiguille. À droite, tout près, c'était l'arc-boutant de la porte d'Aval, et, à gauche, très loin, fermant la courbe harmonieuse d'une vaste crique, une autre arche, plus imposante encore, se découpait dans la falaise, la Manneporte (*magna porta*), si grande, qu'un navire y aurait trouvé passage, ses mâts dressés et toutes voiles dehors. Au fond, partout, la mer.

« Je ne vois pas notre flottille, dit Beautrelet.

– Impossible, fit Ganimard, la porte d'Aval nous cache toute la côte d'Étretat et d'Yport. Mais tenez, là-bas, au large, cette ligne noire, au ras de l'eau…

– Eh bien ?…

– Eh bien, c'est notre flotte de guerre, le torpilleur n° 25. Avec ça, Lupin peut s'évader… s'il veut connaître les paysages sous-marins. »

Une rampe marquait l'orifice de l'escalier, près de la fissure. Ils s'y engagèrent. De temps à autre, une petite fenêtre trouait la paroi, et chaque fois ils apercevaient l'Aiguille, dont la masse leur semblait de plus en plus colossale. Un peu avant d'arriver au niveau de l'eau, les fenêtres cessèrent, et ce fut l'obscurité.

Isidore comptait les marches à haute voix. À la trois cent cinquante-huitième, ils débouchèrent dans un couloir plus large que barrait encore une porte en fer, renforcée de plaques et de clous.

« Nous connaissons ça, dit Beautrelet. Le document nous donne le nombre 357 et un triangle pointé à droite. Nous n'avons qu'à recommencer l'opération. »

La seconde porte obéit comme la première. Un long, très long tunnel se présenta, éclairé de place en place par la lueur vive des lanternes, suspendues à la voûte. Les murs suintaient, et des gouttes d'eau tombaient sur le sol, de sorte que, d'un bout à l'autre, on avait disposé, pour faciliter la marche, un véritable trottoir en planches.

« Nous passons sous la mer, dit Beautrelet. Vous venez, Ganimard ? »

L'inspecteur s'aventura dans le tunnel, suivit la passerelle en bois et s'arrêta devant une lanterne qu'il décrocha :

« Les ustensiles datent peut-être du Moyen Âge, mais le mode d'éclairage est moderne. Ces messieurs s'éclairent avec des manchons à incandescence[1]. »

Il continua son chemin. Le tunnel aboutissait à une autre grotte de proportions plus spacieuses, où l'on apercevait, en face, les premières marches d'un escalier qui montait.

« Maintenant, c'est l'ascension de l'Aiguille qui commence, dit Ganimard, ça devient plus grave. »

Mais un de ses hommes l'appela.

« Patron, un autre escalier, là, sur la gauche. »

Et tout de suite après, ils en découvrirent un troisième sur la droite.

« Fichtre, murmura l'inspecteur, la situation se complique. Si nous passons par ici, ils fileront par là, eux.

– Séparons-nous, proposa Beautrelet.

– Non, non... ce serait nous affaiblir... Il est préférable que l'un de nous parte en éclaireur.

– Moi, si vous voulez...

– Vous, Beautrelet, soit. Je resterai avec mes hommes... comme ça, rien à craindre. Il peut y avoir d'autres chemins que

1. ***Manchons à incandescence*** : gaines de tissu incombustible, imprégnées de produits ayant pour propriété d'augmenter l'éclat de la flamme qu'elles entourent.

celui que nous avons suivi dans la falaise, et plusieurs chemins aussi à travers l'Aiguille. Mais, pour sûr, entre la falaise et l'Aiguille, il n'y a pas d'autre communication que le tunnel. Donc, il faut qu'on passe par cette grotte. Donc je m'y installe jusqu'à votre retour. Allez, Beautrelet, et de la prudence… À la moindre alerte, rappliquez… »

Vivement Isidore disparut par l'escalier du milieu. À la trentième marche, une porte, une véritable porte en bois l'arrêta. Il saisit le bouton de la serrure et tourna. Elle n'était pas fermée.

Il entra dans une salle qui lui sembla très basse, tellement elle était immense. Éclairée par de fortes lampes, soutenue par des piliers trapus, entre lesquels s'ouvraient de profondes perspectives, elle devait presque avoir les mêmes dimensions que l'Aiguille. Des caisses l'encombraient, et une multitude d'objets, des meubles, des sièges, des bahuts[1], des crédences[2], des coffrets, tout un fouillis comme on en voit au sous-sol des marchands d'antiquités. À sa droite et à sa gauche, Beautrelet aperçut l'orifice de deux escaliers, les mêmes sans doute que ceux qui partaient de la grotte inférieure. Il eût donc pu redescendre et avertir Ganimard. Mais, en face de lui, un nouvel escalier montait, et il eut la curiosité de poursuivre seul ses investigations.

Trente marches encore. Une porte, puis une salle un peu moins vaste, sembla-t-il à Beautrelet. Et toujours, en face, un escalier qui montait.

Trente marches encore. Une porte. Une salle plus petite…

Beautrelet comprit le plan des travaux exécutés à l'intérieur de l'Aiguille. C'était une série de salles superposées les unes au-dessus des autres, et par conséquent, de plus en plus restreintes. Toutes servaient de magasins.

1. ***Bahuts*** : grands coffres en bois.
2. ***Crédences*** : buffets servant à poser la vaisselle.

À la quatrième, il n'y avait plus de lampe. Un peu de jour filtrait par des fissures, et Beautrelet aperçut la mer à une dizaine de mètres au-dessous de lui.

À ce moment, il se sentit si éloigné de Ganimard qu'une certaine angoisse commença à l'envahir, et il lui fallut dominer ses nerfs pour ne pas se sauver à toutes jambes. Aucun danger ne le menaçait cependant, et même, autour de lui, le silence était tel qu'il se demandait si l'Aiguille entière n'avait pas été abandonnée par Lupin et ses complices.

« Au prochain étage, se dit-il, je m'arrêterai. »

Trente marches, toujours, puis une porte, celle-ci plus légère, d'aspect plus moderne. Il la poussa doucement, tout prêt à la fuite. Personne. Mais la salle différait des autres comme destination. Aux murs, des tapisseries ; sur le sol, des tapis. Deux dressoirs[1] magnifiques se faisaient vis-à-vis, chargés d'orfèvrerie. Les petites fenêtres, pratiquées dans les fentes étroites et profondes, étaient garnies de vitres.

Au milieu de la pièce, une table richement servie avec une nappe en dentelle, des compotiers de fruits et de gâteaux, du champagne en carafes, et des fleurs, des amoncellements de fleurs.

Autour de la table, trois couverts.

Beautrelet s'approcha. Sur les serviettes il y avait des cartes avec le nom des convives.

Il lut d'abord : Arsène Lupin.

En face : Mme Arsène Lupin.

Il prit la troisième carte et tressauta d'étonnement. Celle-là portait son nom : Isidore Beautrelet !

---

1. ***Dressoirs*** : armoires sans portes dans lesquelles on expose de la vaisselle.

10. Le trésor des rois de France

Un rideau s'écarta.

« Bonjour, mon cher Beautrelet, vous êtes un peu en retard. Le déjeuner était fixé à midi. Mais, enfin, à quelques minutes près… Qu'y a-t-il donc ? Vous ne me reconnaissez pas ? Je suis donc si changé ! »

Au cours de sa lutte contre Lupin, Beautrelet avait connu bien des surprises, et il s'attendait encore, à l'heure du dénouement, à passer par bien d'autres émotions, mais le choc cette fois fut imprévu. Ce n'était pas de l'étonnement, mais de la stupeur, de l'épouvante.

L'homme qu'il avait en face de lui, l'homme que toute la force brutale des événements l'obligeait à considérer comme Arsène Lupin, cet homme c'était Valméras. Valméras ! le propriétaire du château de l'Aiguille. Valméras ! celui-là même auquel il avait demandé secours contre Arsène Lupin. Valméras ! son compagnon d'expédition à Crozant. Valméras ! le courageux ami qui avait rendu possible l'évasion de Raymonde en frappant ou en affectant de frapper, dans l'ombre du vestibule, un complice de Lupin ! « Vous… vous… C'est donc vous ! balbutia-t-il.

– Et pourquoi pas ? s'écria Lupin. Pensiez-vous donc me connaître définitivement parce que vous m'aviez vu sous les traits d'un *clergyman* ou sous l'apparence de M. Massiban ? Hélas ! quand on a choisi la situation sociale que j'occupe, il faut bien se servir de ses petits talents de société. Si Lupin ne pouvait être, à sa guise, pasteur de l'Église réformée et membre de l'Académie des inscriptions et belles-lettres, ce serait à désespérer d'être Lupin. Or, Lupin, le vrai Lupin, Beautrelet, le voici ! Regarde de tous tes yeux, Beautrelet…

– Mais alors… si c'est vous… alors… mademoiselle…

– Eh oui, Beautrelet, tu l'as dit… »

Il écarta de nouveau la tenture, fit un signe et annonça :

« Mme Arsène Lupin.

– Ah ! murmura le jeune homme malgré tout confondu… Mlle de Saint-Véran.

– Non, non, protesta Lupin, Mme Arsène Lupin ! ou plutôt, si vous préférez, Mme Louis Valméras, mon épouse en justes noces, selon les formes légales les plus rigoureuses. Et grâce à vous, mon cher Beautrelet. »

Il lui tendit la main.

« Tous mes remerciements… et, de votre part, je l'espère, sans rancune. »

Chose bizarre, Beautrelet n'en éprouvait point, de la rancune. Aucun sentiment d'humiliation. Nulle amertume. Il subissait si fortement l'énorme supériorité de son adversaire qu'il ne rougissait pas d'avoir été vaincu par lui. Il serra la main qu'on lui offrait.

« Madame est servie. »

Un domestique avait déposé sur la table un plateau chargé de mets.

« Vous nous excuserez, Beautrelet, mon chef est en congé, et nous serons contraints de manger froid. »

Beautrelet n'avait guère envie de manger. Il s'assit cependant, prodigieusement intéressé par l'attitude de Lupin. Que savait-il au juste ? Se rendait-il compte du danger qu'il courait ? Ignorait-il la présence de Ganimard et de ses hommes ?… Et Lupin continuait :

« Oui, grâce à vous, mon cher ami. Certainement, Raymonde et moi, nous nous sommes aimés le premier jour. Parfaitement, mon petit… L'enlèvement de Raymonde, sa captivité, des blagues, tout cela : nous nous aimions… Mais elle, pas plus que moi, d'ailleurs, quand nous fûmes libres de nous aimer, nous n'avons pu admettre qu'il s'établît entre nous un de ces liens passagers qui sont à la merci du hasard. La situation était donc insoluble pour Lupin. Mais elle ne l'était pas si je redevenais le Louis Valméras que je n'ai pas cessé d'être depuis le jour de mon enfance. C'est alors que j'eus l'idée, puisque vous ne lâchiez pas prise et que vous aviez trouvé ce château de l'Aiguille, de profiter de votre obstination.

– Et de ma niaiserie.

– Bah ! qui ne s'y fût laissé prendre ?

– De sorte que c'est sous mon couvert, avec mon appui, que vous avez pu réussir ?

– Parbleu ! Comment aurait-on soupçonné Valméras d'être Lupin, puisque Valméras était l'ami de Beautrelet, et que Valméras venait d'arracher à Lupin celle que Lupin aimait ? Et ce fut charmant. Oh ! Les jolis souvenirs ! L'expédition à Crozant ! les bouquets de fleurs trouvés : ma soi-disant lettre d'amour à Raymonde ! et, plus tard, les précautions que moi, Valméras, j'eus à prendre contre moi, Lupin, avant mon mariage ! Et, le soir de votre fameux banquet, quand vous défaillîtes entre mes bras ! Les jolis souvenirs !… »

Il y eut un silence. Beautrelet observa Raymonde. Elle écoutait Lupin sans mot dire, et elle le regardait avec des yeux où il y avait de l'amour, de la passion, et autre chose aussi, que le jeune homme n'aurait pu définir, une sorte de gêne inquiète et comme une tristesse confuse. Mais Lupin tourna les yeux vers elle et elle lui sourit tendrement. À travers la table, leurs mains se joignirent.

« Que dis-tu de ma petite installation, Beautrelet ? s'écria Lupin… De l'allure, n'est-ce pas ? Je ne prétends point que ce soit du dernier confortable… Cependant, quelques-uns s'en sont contentés, et non des moindres… Regarde la liste de quelques personnages qui furent les propriétaires de l'Aiguille, et qui tinrent à honneur d'y laisser la marque de leur passage. »

Sur les murs, les uns au-dessous des autres, ces mots étaient gravés :

> César. Charlemagne. Roll. Guillaume le Conquérant. Richard, roi d'Angleterre. Louis le Onzième. François Ier. Henri IV. Louis XIV. Arsène Lupin.

« Qui s'inscrira désormais ? reprit-il. Hélas ! la liste est close. De César à Lupin, et puis c'est tout. Bientôt, ce sera la foule anonyme qui viendra visiter l'étrange citadelle. Et dire que, sans Lupin, tout cela restait à jamais inconnu des hommes ! Ah ! Beautrelet, le jour où j'ai mis le pied sur ce sol abandonné, quelle sensation d'orgueil ! Retrouver le secret perdu, en devenir le maître, le seul maître ! Hériter d'un pareil héritage ! Après tant de rois, habiter l'Aiguille !… »

Un geste de sa femme l'interrompit. Elle paraissait très agitée.

« Du bruit, dit-elle… du bruit en dessous de nous… vous entendez…

– C'est le clapotement de l'eau, fit Lupin.

– Mais non… mais non… Le bruit des vagues, je le connais… c'est autre chose…

– Que voulez-vous que ce soit, ma chère amie, dit Lupin en riant. Je n'ai invité que Beautrelet à déjeuner. »

Et, s'adressant au domestique :

« Charolais, tu as fermé les portes des escaliers derrière monsieur ?

– Oui, et j'ai mis les verrous. »

Lupin se leva :

« Allons, Raymonde, ne tremblez pas ainsi… Ah ! mais vous êtes toute pâle ! »

Il lui dit quelques mots à voix basse, ainsi qu'au domestique, souleva le rideau et les fit sortir tous deux.

En bas, le bruit se précisait. C'étaient des coups sourds qui se répétaient à intervalles égaux. Beautrelet pensa :

« Ganimard a perdu patience, et il brise les portes. »

Très calme, et comme si, véritablement, il n'eût pas entendu, Lupin reprit :

« Par exemple, rudement endommagée, l'Aiguille, quand j'ai réussi à la découvrir ! On voyait bien que nul n'avait possédé le secret depuis un siècle, depuis Louis XVI et la Révolution. Le tunnel menaçait ruine. Les escaliers s'effritaient. L'eau coulait à l'intérieur. Il m'a fallu étayer[1], consolider, reconstruire. »

Beautrelet ne put s'empêcher de dire :

« À votre arrivée, était-ce vide ?

– À peu près. Les rois n'ont pas dû utiliser l'Aiguille, ainsi que je l'ai fait, comme entrepôt...

– Comme refuge, alors ?

– Oui, sans doute, au temps des invasions, au temps des guerres civiles, également. Mais sa véritable destination, ce fut d'être... comment dirai-je ? le coffre-fort des rois de France. »

Les coups redoublaient, moins sourds maintenant. Ganimard avait dû briser la première porte, et il s'attaquait à la seconde.

Un silence, puis d'autres coups plus rapprochés encore. C'était la troisième porte. Il en restait deux.

Par une des fenêtres, Beautrelet aperçut les barques qui cinglaient autour de l'Aiguille, et, non loin, flottant comme un gros poisson noir, le torpilleur.

« Quel vacarme ! s'exclama Lupin, on ne s'entend pas ! Montons, veux-tu ? Peut-être cela t'intéressera-t-il de visiter l'Aiguille. »

Ils passèrent à l'étage au-dessus, lequel était défendu, comme les autres, par une porte que Lupin referma derrière lui.

« Ma galerie de tableaux », dit-il.

Les murs étaient couverts de toiles, où Beautrelet lut aussitôt les signatures les plus illustres. Il y avait la *Vierge à l'Agnus Dei*, de Raphaël ; le *Portrait de Lucrezia Fede*, d'André del Sarto ; la *Salomé*, de Titien ; *La Vierge et les anges*, de Botticelli ; des Tintoret, des Carpaccio[2], des Rembrandt, des Vélasquez[3].

1. ***Étayer*** : renforcer.
2. ***Raphaël*** (1483-1520), ***Andrea del Sarto*** (1486-1531), ***Titien*** (1490-1576), ***Botticelli*** (1445-1510), ***Tintoret*** (1518-1594) et ***Carpaccio*** (1460-1526) : peintres italiens.
3. ***Rembrandt*** (1606-1669) : peintre néerlandais ; ***Vélasquez*** (1599-1660) : peintre espagnol.

« De belles copies ! » approuva Beautrelet…

Lupin le regarda d'un air stupéfait :

« Quoi ! Des copies ! Es-tu fou ! Les copies sont à Madrid, mon cher, à Florence, à Venise, à Munich, à Amsterdam.

– Alors, ça ?

– Les toiles originales, collectionnées avec patience dans tous les musées d'Europe, où je les ai remplacées honnêtement par d'excellentes copies.

– Mais, un jour ou l'autre…

– Un jour ou l'autre, la fraude sera découverte ? Eh bien ! l'on trouvera ma signature sur chacune des toiles – par-derrière –, et l'on saura que c'est moi qui ai doté mon pays de chefs-d'œuvre originaux. Après tout, je n'ai fait que ce qu'a fait Napoléon en Italie… Ah ! tiens, Beautrelet, voici les quatre Rubens de M. de Gesvres… »

Les coups ne discontinuaient pas au creux de l'Aiguille.

« Ce n'est plus tenable ! dit Lupin. Montons encore. »

Un nouvel escalier. Une nouvelle porte.

« La salle des tapisseries », annonça Lupin.

Elles n'étaient pas suspendues, mais roulées, ficelées, étiquetées, et mêlées, d'ailleurs, à des paquets d'étoffes anciennes, que Lupin déplia : brocarts[1] merveilleux, velours admirables, soies souples, aux tons fanés, chasubles[2], tissus d'or et d'argent…

Ils montèrent encore et Beautrelet vit la salle des horloges et des pendules, la salle des livres (oh ! les magnifiques reliures, et les volumes précieux introuvables, uniques exemplaires dérobés aux grandes bibliothèques !), la salle des dentelles, la salle des bibelots.

Et, chaque fois, le cercle de la salle diminuait. Et, chaque fois, maintenant, le bruit des coups s'éloignait. Ganimard perdait du terrain.

« La dernière, dit Lupin, la salle du trésor. »

---

1. ***Brocarts*** : étoffes de soie.

2. La chasuble est le riche vêtement que revêt le prêtre au-dessus de l'aube pour célébrer la messe.

Celle-ci était toute différente. Ronde, aussi, mais très haute, de forme conique, elle occupait le sommet de l'édifice, et sa base devait se trouver à quinze ou vingt mètres de la pointe extrême de l'Aiguille.

Du côté de la falaise, point de lucarne mais, du côté de la mer, comme nul regard indiscret n'était à craindre, deux baies vitrées s'ouvraient, par où la lumière entrait abondamment. Le sol était couvert d'un plancher de bois rare, à dessins concentriques. Contre les murs, des vitrines, quelques tableaux.

« Les perles de mes collections, dit Lupin. Tout ce que tu as vu jusque-là est à vendre. Des objets s'en vont, d'autres arrivent. C'est le métier. Ici, dans ce sanctuaire, tout est sacré. Rien que du choix, de l'essentiel, le meilleur du meilleur, de l'inappréciable. Regarde ces bijoux, Beautrelet, amulettes chaldéennes[1], colliers égyptiens, bracelets celtiques, chaînes arabes… Regarde ces statuettes, Beautrelet, cette Vénus grecque, cet Apollon de Corinthe… Regarde ces tanagras[2], Beautrelet ! Tous les vrais tanagras sont ici. Hors de cette vitrine, il n'y en a pas un seul au monde qui soit authentique. Quelle jouissance de se dire cela ! Beautrelet, tu te rappelles les pilleurs d'églises dans le Midi, la bande Thomas et compagnie – des agents à moi, soit dit en passant –, eh bien ! voici la châsse d'Ambazac[3], la véritable, Beautrelet ! Tu te rappelles le scandale du Louvre, la tiare[4] reconnue fausse, imaginée, fabriquée par un artiste moderne… Voici la tiare de Saïtapharnès[5], la véritable, Beautrelet ! Regarde, regarde

1. ***Chaldéennes*** : du sud de la Mésopotamie.

2. ***Tanagras*** : statuettes de terre cuite des IVe et IIIe siècles av. J.-C. représentant une femme ou un enfant.

3. ***La châsse d'Ambazac*** : reliquaire, coffret en cuivre contenant le corps de saint Étienne de Muret qui fut volé dans l'église d'Ambazac en 1907 par un certain Jean Thomas, avant d'être retrouvé par la police.

4. ***Tiare*** : couronne haute et souvent cylindrique portée par des monarques de Mésopotamie.

5. ***La tiare de Saïtapharnès*** : tiare en or du roi scythe Saïtapharnès qui fut acquise par le musée du Louvre en 1896. On découvrit que la tiare était un faux et elle disparut longtemps dans les réserves du musée.

bien, Beautrelet ! Voici la merveille des merveilles, l'œuvre suprême, la pensée d'un dieu, voici *La Joconde* de Vinci[1], la véritable. À genoux, Beautrelet, toute la femme est devant toi ! »

Un long silence entre eux. En bas, les coups se rapprochaient. Deux ou trois portes, pas davantage, les séparaient de Ganimard.

Au large, on apercevait le dos noir du torpilleur et les barques qui croisaient. Le jeune homme demanda :

« Et le trésor ?

– Ah ! petit, c'est cela, surtout, qui t'intéresse ! Tous ces chefs-d'œuvre de l'art humain, n'est-ce pas ? ça ne vaut pas, pour ta curiosité, la contemplation du trésor… Et toute la foule sera comme toi !… Allons, sois satisfait ! »

Il frappa violemment du pied, fit ainsi basculer un des disques qui composaient le parquet, et, le soulevant comme le couvercle d'une boîte, il découvrit une sorte de cuve, toute ronde, creusée à même le roc. Elle était vide. Un peu plus loin, il exécuta la même manœuvre. Une autre cuve apparut. Vide également. Trois fois encore, il recommença. Les trois autres cuves étaient vides.

« Hein ! ricana Lupin, quelle déception ! Sous Louis XI, sous Henri IV, sous Richelieu, les cinq cuves devaient être pleines. Mais, pense donc à Louis XIV, à la folie de Versailles, aux guerres, aux grands désastres du règne ! Et pense à Louis XV, le roi prodigue, à la Pompadour, à la du Barry[2] ! Ce qu'on a dû puiser alors ! Avec quels ongles crochus on a dû gratter la pierre ! Tu vois, plus rien… »

Il s'arrêta :

« Si, Beautrelet, quelque chose encore, la sixième cachette ! Intangible, celle-là… Nul d'entre eux n'osa jamais y toucher.

---

1. *La Joconde* est un tableau réalisé par Léonard de Vinci entre 1503 et 1506. Elle se trouve au musée du Louvre.

2. La ***marquise de Pompadour*** (1721-1764) et la ***comtesse du Barry*** (1743-1793) furent les maîtresses du roi Louis XV.

C'était la ressource suprême… disons le mot, la poire pour la soif[1]. Regarde, Beautrelet. »

Il se baissa et souleva le couvercle. Un coffret de fer emplissait la cuve. Lupin sortit de sa poche une clef à gorge et à rainures compliquées, et il ouvrit.

Ce fut un éblouissement. Toutes les pierres précieuses étincelaient, toutes les couleurs flamboyaient, l'azur des saphirs, le feu des rubis, le vert des émeraudes, le soleil des topazes.

« Regarde, regarde, petit Beautrelet. Ils ont dévoré toute la monnaie d'or, toute la monnaie d'argent, tous les écus, et tous les ducats, et tous les doublons, mais le coffre des pierres précieuses est intact ! Regarde les montures. Il y en a de toutes les époques, de tous les siècles, de tous les pays. Les dots des reines sont là. Chacune apporta sa part, Marguerite d'Écosse et Charlotte de Savoie, Marie d'Angleterre et Catherine de Médicis et toutes les archiduchesses d'Autriche, Éléonore, Élisabeth, Marie-Thérèse, Marie-Antoinette[2]… Regarde ces perles, Beautrelet ! et ces diamants ! l'énormité de ces diamants ! Aucun d'eux qui ne soit digne d'une impératrice ! Le Régent de France n'est pas plus beau ! »

Il se releva et tendit la main en signe de serment :

« Beautrelet, tu diras à l'univers que Lupin n'a pas pris une seule des pierres qui se trouvaient dans le coffre royal, pas une seule, je le jure sur l'honneur ! Je n'en avais pas le droit. C'était la fortune de la France… »

---

1. ***La poire pour la soif*** : l'ultime réserve en cas de besoin.

2. ***Marguerite d'Écosse*** (1424-1445) et ***Charlotte de Savoie*** (1441-1483) furent les épouses de Louis XI ; ***Marie d'Angleterre*** (1516-1558) fut promise à Henri II, et ***Catherine de Médicis*** (1519-1589) épousa ce même roi ; ***Éléonore d'Autriche*** (1498-1558) fut l'épouse de François Ier ; ***Élisabeth d'Autriche*** (1554-1592) fut l'épouse de Charles IX ; ***Marie-Thérèse d'Autriche*** (1638-1683) fut l'épouse de Louis XIV ; ***Marie-Antoinette d'Autriche*** (1755-1793) fut l'épouse de Louis XVI.

En bas, Ganimard se hâtait. À la répercussion des coups, il était facile de juger que l'on attaquait l'avant-dernière porte, celle qui donnait accès à la salle des bibelots.

« Laissons le coffre ouvert, dit Lupin, et toutes les cuves aussi, tous ces petits sépulcres[1] vides… »

Il fit le tour de la pièce, examina certaines vitrines, contempla certains tableaux et, se promenant d'un air pensif :

« Comme c'est triste de quitter tout cela ! Quel déchirement ! Mes plus belles heures, je les ai passées ici, seul en face des objets que j'aimais… Et mes yeux ne les verront plus, et mes mains ne les toucheront plus. »

Il y avait sur son visage contracté une telle expression de lassitude que Beautrelet en éprouva une pitié confuse. La douleur, chez cet homme, devait prendre des proportions plus grandes que chez un autre, de même que la joie, de même que l'orgueil ou l'humiliation.

Près de la fenêtre, maintenant, et le doigt tendu vers l'horizon, il disait :

« Ce qui est plus triste encore, c'est cela, tout cela qu'il me faut abandonner. Est-ce beau ? la mer immense… le ciel… À droite et à gauche les falaises d'Étretat, avec leurs trois portes, la porte d'Amont, la porte d'Aval, la Manneporte… autant d'arcs de triomphe pour le maître… Et le maître c'était moi ! Roi de l'aventure ! Roi de l'Aiguille creuse ! Royaume étrange et surnaturel ! de César à Lupin… Quelle destinée ! »

Il éclata de rire.

« Roi de féerie ? et pourquoi cela ? disons tout de suite roi d'Yvetot ! Quelle blague ! Roi du monde, oui, voilà la vérité ! De cette pointe d'Aiguille, je dominais l'univers ! Je le tenais dans mes griffes comme une proie ! Soulève la tiare de Saïtapharnès, Beautrelet… Tu vois ce double appareil téléphonique… À droite, c'est la communication avec Paris – ligne spéciale. – À

1. ***Sépulcres*** : tombeaux.

gauche, avec Londres – ligne spéciale. Par Londres j'ai l'Amérique, j'ai l'Asie, j'ai l'Australie ! Dans tous ces pays, des comptoirs, des agents de vente, des rabatteurs[1], des indicateurs. C'est le trafic international. C'est le grand marché de l'art et de l'antiquité, la foire du monde. Ah ! Beautrelet, il y a des moments où ma puissance me tourne la tête. Je suis ivre de force et d'autorité… »

La porte en dessous céda. On entendit Ganimard et ses hommes qui couraient et qui cherchaient… Après un instant, Lupin reprit, à voix basse :

« Et voilà, c'est fini… Une petite fille a passé, qui a des cheveux blonds, de beaux yeux tristes, et une âme honnête, oui, honnête, et c'est fini… moi-même je démolis le formidable édifice… tout le reste me paraît absurde et puéril… il n'y a plus que ses cheveux qui comptent… ses yeux tristes… et sa petite âme honnête. »

Les hommes montaient l'escalier. Un coup ébranla la porte, la dernière… Lupin empoigna brusquement le bras du jeune homme.

« Comprends-tu, Beautrelet, pourquoi je t'ai laissé le champ libre, alors que, tant de fois, depuis des semaines, j'aurais pu t'écraser ? Comprends-tu que tu aies réussi à parvenir jusqu'ici ? Comprends-tu que j'aie délivré à chacun de mes hommes leur part de butin et que tu les aies rencontrés l'autre nuit sur la falaise ? Tu le comprends, n'est-ce pas ? L'Aiguille creuse, c'est l'Aventure. Tant qu'elle est à moi, je reste l'Aventurier. L'Aiguille reprise, c'est tout le passé qui se détache de moi, c'est l'avenir qui commence, un avenir de paix et de bonheur où je ne rougirai plus quand les yeux de Raymonde me regarderont, un avenir… »

Il se retourna furieux, vers la porte :

1. ***Rabatteurs*** : personnes qui fournissent des clients à un vendeur, des marchandises à des acheteurs.

« Mais tais-toi donc, Ganimard, je n'ai pas fini ma tirade ! »

Les coups se précipitaient. On eût dit le choc d'une poutre projetée contre la porte. Debout en face de Lupin, Beautrelet, éperdu de curiosité, attendait les événements, sans comprendre le manège de Lupin. Qu'il eût livré l'Aiguille, soit, mais pourquoi se livrait-il lui-même ? Quel était son plan ? Espérait-il échapper à Ganimard ? Et d'un autre côté, où donc se trouvait Raymonde ?

Lupin cependant murmurait, songeur :

« Honnête… Arsène Lupin honnête… plus de vol… mener la vie de tout le monde… Et pourquoi pas ? il n'y a aucune raison pour que je ne retrouve pas le même succès… Mais fiche-moi donc la paix, Ganimard ! Tu ignores donc, triple idiot, que je suis en train de prononcer des paroles historiques, et que Beautrelet les recueille pour nos petits-fils ! »

Il se mit à rire :

« Je perds mon temps. Jamais Ganimard ne saisira l'utilité de mes paroles historiques. »

Il prit un morceau de craie rouge, approcha du mur un escabeau, et il inscrivit en grosses lettres :

> Arsène Lupin lègue à la France tous les trésors de l'Aiguille creuse, à la seule condition que ces trésors soient installés au musée du Louvre, dans des salles qui porteront le nom de « Salles Arsène Lupin ».

« Maintenant, dit-il, ma conscience est en paix. La France et moi nous sommes quittes. »

Les assaillants frappaient à tour de bras. Un des panneaux fut éventré. Une main passa, cherchant la serrure.

« Tonnerre, dit Lupin, Ganimard est capable d'arriver au but, pour une fois. »

Il sauta sur la serrure et enleva la clef.

« Crac, mon vieux, cette porte-là est solide… J'ai tout mon temps… Beautrelet, je te dis adieu… Et merci !… car vraiment tu aurais pu me compliquer l'attaque… mais tu es un délicat, toi ! »

Il s'était dirigé vers un grand triptyque[1] de Van der Weyden[2], qui représentait les Rois mages. Il replia le volet de droite et découvrit ainsi une petite porte dont il saisit la poignée.

« Bonne chasse, Ganimard, et bien des choses chez toi ! »

Un coup de feu retentit. Il bondit en arrière.

« Ah ! canaille, en plein cœur ! T'as donc pris des leçons ? Fichu le roi mage ! En plein cœur ! Fracassé comme une pipe à la foire…

– Rends-toi, Lupin ! hurla Ganimard dont le revolver surgissait hors du panneau brisé et dont on apercevait les yeux brillants… Rends-toi, Lupin !

– Et la garde, est-ce qu'elle se rend ?

– Si tu bouges, je te brûle…

– Allons donc, tu ne peux pas m'avoir d'ici ! »

De fait, Lupin s'était éloigné, et si Ganimard, par la brèche pratiquée dans la porte, pouvait tirer droit devant lui, il ne pouvait tirer ni surtout viser du côté où se trouvait Lupin… La situation de celui-ci n'en était pas moins terrible, puisque l'issue sur laquelle il comptait, la petite porte du triptyque, s'ouvrait en face de Ganimard. Essayer de s'enfuir, c'était s'exposer au feu du policier… et il restait cinq balles dans le revolver.

« Fichtre, dit-il en riant, mes actions sont en baisse. C'est bien fait, mon vieux Lupin, t'as voulu avoir une dernière sensation et t'as trop tiré sur la corde. Fallait pas tant bavarder. »

Il s'aplatit contre le mur. Sous l'effort des hommes, un pan du panneau encore avait cédé, et Ganimard était plus à l'aise. Trois mètres, pas davantage, séparaient les deux adversaires. Mais une vitrine en bois doré protégeait Lupin.

« À moi donc, Beautrelet, s'écria le vieux policier, qui grinçait de rage… tire donc dessus, au lieu de reluquer comme ça !… »

---

1. ***Un grand triptyque*** : une grande œuvre peinte composée de trois panneaux dont les deux volets extérieurs peuvent se refermer sur celui du milieu.
2. ***Van der Weyden*** (1399-1464) : peintre du Hainaut (région de Belgique).

Isidore, en effet, n'avait pas remué, spectateur passionné, mais indécis jusque-là. De toutes ses forces, il eût voulu se mêler à la lutte et abattre la proie qu'il tenait à sa merci. Un sentiment obscur l'en empêchait.

L'appel de Ganimard le secoua. Sa main se crispa à la crosse de son revolver.

« Si je prends parti, pensa-t-il, Lupin est perdu… et j'en ai le droit… c'est mon devoir… »

Leurs yeux se rencontrèrent. Ceux de Lupin étaient calmes, attentifs, presque curieux, comme si, dans l'effroyable danger qui le menaçait, il ne se fût intéressé qu'au problème moral qui étreignait le jeune homme. Isidore se déciderait-il à donner le coup de grâce à l'ennemi vaincu ?… La porte craqua du haut en bas.

« À moi, Beautrelet, nous le tenons », vociféra Ganimard.

Isidore leva son revolver.

Ce qui se passa fut si rapide qu'il n'en eut pour ainsi dire conscience que par la suite. Il vit Lupin se baisser, courir le long du mur, raser la porte, au-dessous de l'arme même que brandissait vainement Ganimard, et il se sentit soudain, lui, Beautrelet, projeté à terre, ramassé aussitôt, et soulevé par une force invincible.

Lupin le tenait en l'air, comme un bouclier vivant, derrière lequel il se cachait.

« Dix contre un que je m'échappe, Ganimard ! Avec Lupin, vois-tu, il y a toujours de la ressource… »

Il avait reculé rapidement vers le triptyque. Tenant d'une main Beautrelet plaqué contre sa poitrine, de l'autre il dégagea l'issue et referma la petite porte. Il était sauvé… Tout de suite un escalier s'offrit à eux, qui descendait brusquement.

« Allons, dit Lupin, en poussant Beautrelet devant lui, l'armée de terre est battue… occupons-nous de la flotte française. Après Waterloo, Trafalgar… T'en auras pour ton argent, hein, petit !… Ah ! que c'est drôle, les voilà qui cognent le triptyque maintenant… Trop tard, les enfants… Mais file donc, Beautrelet… »

L'escalier, creusé dans la paroi de l'Aiguille, dans son écorce même, tournait tout autour de la pyramide, l'encerclant comme la spirale d'un toboggan.

L'un pressant l'autre, ils dégringolaient les marches deux par deux, trois par trois. De place en place un jet de lumière giclait à travers une fissure, et Beautrelet emportait la vision des barques de pêche qui évoluaient à quelques dizaines de brasses, et du torpilleur noir…

Ils descendaient, ils descendaient, Isidore silencieux, Lupin toujours exubérant.

« Je voudrais bien savoir ce que fait Ganimard ? Dégringole-t-il les autres escaliers pour me barrer l'entrée du tunnel ? Non, il n'est pas si bête… Il aura laissé là quatre hommes… et quatre hommes suffisent. »

Il s'arrêta.

« Écoute… ils crient là-haut… c'est ça, ils auront ouvert la fenêtre et ils appellent leur flotte… Regarde, on se démène sur les barques… on échange des signaux… le torpilleur bouge… Brave torpilleur ! je te reconnais, tu viens du Havre… Canonniers, à vos postes… Bigre, voilà le commandant… Bonjour, Duguay-Trouin[1]. »

Il passa son bras par une fenêtre et agita son mouchoir. Puis il se remit en marche.

« La flotte ennemie fait force de rames, dit-il. L'abordage est imminent. Dieu que je m'amuse ! »

Ils perçurent des bruits de voix au-dessous d'eux. À ce moment, ils approchaient du niveau de la mer, et ils débouchèrent presque aussitôt dans une vaste grotte où deux lanternes allaient et venaient parmi l'obscurité. Une ombre surgit et une femme se jeta au cou de Lupin !

---

1. ***René Duguay-Trouin*** (1673-1736) : corsaire français.

« Vite ! vite ! j'étais inquiète !... Qu'est-ce que vous faisiez ?... Mais vous n'êtes pas seul ?... »

Lupin la rassura.

« C'est notre ami Beautrelet... Figure-toi que notre ami Beautrelet a eu la délicatesse... mais je te raconterai cela... nous n'avons pas le temps... Charolais, tu es là ?... Ah bien... Le bateau ?... »

Charolais répondit : « Le bateau est prêt. »

« Allume », fit Lupin.

Au bout d'un instant le bruit d'un moteur crépita, et Beautrelet dont le regard s'habituait peu à peu aux demi-ténèbres, finit par se rendre compte qu'ils se trouvaient sur une sorte de quai, au bord de l'eau, et que, devant eux, flottait un canot.

« Un canot automobile, dit Lupin, complétant les observations de Beautrelet. Hein, tout ça t'épate ; mon vieil Isidore... Tu ne comprends pas ?... Comme l'eau que tu vois n'est autre que l'eau de la mer qui s'infiltre à chaque marée dans cette excavation, il en résulte que j'ai une petite rade invisible et sûre...

– Mais fermée, objecta Beautrelet. Personne ne peut y entrer, et personne en sortir.

– Si, moi, fit Lupin, et je vais te le prouver. »

Il commença par conduire Raymonde, puis revint chercher Beautrelet. Celui-ci hésita.

« Tu as peur ? dit Lupin.

– De quoi ?

– D'être coulé à fond par le torpilleur ?

– Non.

– Alors tu te demandes si ton devoir n'est pas de rester côté Ganimard, justice, société, morale, au lieu d'aller côté Lupin, honte, infamie, déshonneur ?

– Précisément.

– Par malheur, mon petit, tu n'as pas le choix... Pour l'instant, il faut qu'on nous croie morts tous les deux... et qu'on me fiche la paix que l'on doit à un futur honnête homme. Plus tard, quand je t'aurai rendu ta liberté, tu parleras à ta guise… je n'aurai plus rien à craindre. »

À la manière dont Lupin lui étreignit le bras, Beautrelet sentit que toute résistance était inutile. Et puis, pourquoi résister ? N'avait-il pas le droit de s'abandonner à la sympathie irrésistible que, malgré tout, cet homme lui inspirait ? Ce sentiment fut si net en lui qu'il eut envie de dire à Lupin :

« Écoutez, vous courez un autre danger plus grave : Sholmès est sur vos traces… »

« Allons, viens », lui dit Lupin, avant qu'il se fût résolu à parler.

Il obéit et se laissa mener jusqu'au bateau, dont la forme lui parut singulière et l'aspect tout à fait imprévu.

Une fois sur le pont, ils descendirent les degrés d'un petit escalier abrupt, d'une échelle plutôt, qui était accrochée à une trappe, laquelle trappe se referma sur eux.

Au bas de l'échelle, il y avait, vivement éclairé par une lampe, un réduit de dimensions très exiguës où se trouvait déjà Raymonde, et où ils eurent exactement la place de s'asseoir tous les trois. Lupin décrocha un cornet acoustique et ordonna « En route, Charolais. »

Isidore eut l'impression désagréable que l'on éprouve à descendre dans un ascenseur, l'impression du sol, de la terre qui se dérobe sous vous, l'impression du vide. Cette fois, c'était l'eau qui se dérobait, et du vide s'entrouvrait, lentement…

« Hein, nous coulons ? ricana Lupin. Rassure-toi… le temps de passer de la grotte supérieure où nous sommes, à une petite grotte située tout en bas, à demi ouverte à la mer, et où l'on peut entrer à marée basse… tous les ramasseux de coquillages la connaissent… Ah ! dix secondes d'arrêt !… nous passons… et le passage est étroit ! juste la grandeur du sous-marin…

– Mais, interrogea Beautrelet, comment se fait-il que les pêcheurs qui entrent dans la grotte d'en bas ne sachent pas qu'elle est percée en haut et communique avec une autre grotte d'où part un escalier qui traverse l'Aiguille ? La vérité est à la disposition du premier venu.

– Erreur, Beautrelet ! La voûte de la petite grotte publique est fermée, à marée basse, par un plafond mobile, couleur de roche, que la mer en montant déplace et élève avec elle, et que la mer en redescendant rapplique hermétiquement sur la petite grotte. C'est pourquoi à marée haute, je puis passer... Hein ! c'est ingénieux... Une idée à Bibi[1] ça... Il est vrai que ni César ni Louis XIV, bref qu'aucun de mes aïeux ne pouvait l'avoir puisqu'ils ne jouissaient pas du sous-marin... Ils se contentaient de l'escalier qui descendait alors jusqu'à la petite grotte du bas... Moi, j'ai supprimé les dernières marches et imaginé ce plafond mobile. Un cadeau que je fais à la France... Raymonde, ma chérie, éteignez la lampe qui est à côté de vous... nous n'en avons plus besoin... au contraire. »

En effet, une clarté pâle, qui semblait la couleur même de l'eau, les avait accueillis au sortir de la grotte et pénétrait dans la cabine par les deux hublots dont elle était munie et par une grosse calotte de verre qui dépassait le plancher du pont et permettait d'inspecter les couches supérieures de la mer.

Et tout de suite une ombre glissa au-dessus d'eux.

« L'attaque va se produire. La flotte ennemie cerne l'Aiguille... Mais si creuse que soit cette Aiguille, je me demande comment ils vont y pénétrer... »

Il prit le cornet acoustique :

« Ne quittons pas les fonds, Charolais... Où allons-nous ? Mais je te l'ai dit... À Port-Lupin... et à toute vitesse, hein ? Il faut qu'il y ait de l'eau pour aborder... nous avons une dame avec nous. »

Ils rasaient la plaine de rocs. Les algues, soulevées, se dressaient comme une lourde végétation noire, et les courants profonds les faisaient onduler gracieusement, se détendre, et

---

1. ***À Bibi*** : à moi.

s'allonger comme des chevelures qui flottent. Une ombre encore, plus longue…

« C'est le torpilleur, dit Lupin… le canon va donner de la voix… Que va faire Duguay-Trouin ? Bombarder l'Aiguille ? Ce que nous perdons, Beautrelet, en n'assistant pas à la rencontre de Duguay-Trouin et de Ganimard ! La réunion des forces terrestres et des forces navales !… Hé, Charolais ! nous dormons… »

On filait vite, cependant. Les champs de sable avaient succédé aux rochers, puis ils virent presque aussitôt d'autres rochers qui marquaient la pointe droite d'Étretat, la porte d'Amont. Des poissons s'enfuyaient à leur approche. L'un d'eux plus hardi s'accrocha au hublot, et il les regardait de ses gros yeux immobiles et fixes.

« À la bonne heure, nous marchons, s'écria Lupin… Que dis-tu de ma coquille de noix, Beautrelet ? Pas mauvaise, n'est-ce pas ?… Tu te rappelles l'aventure du Sept-de-cœur[1], la fin misérable de l'ingénieur Lacombe, et comment, après avoir puni ses meurtriers, j'ai offert à l'État ses papiers et ses plans pour la construction d'un nouveau sous-marin – encore un cadeau à la France. Eh bien, parmi ces plans, j'avais gardé ceux d'un canot automobile submersible, et voilà comment tu as l'honneur de naviguer en ma compagnie… »

Il appela Charolais.

« Fais-nous monter, plus de danger… »

Ils bondirent jusqu'à la surface et la cloche de verre émergea… Ils se trouvaient à un mille[2] des côtes, hors de vue par conséquent, et Beautrelet put alors se rendre un compte plus juste de la rapidité vertigineuse avec laquelle ils avançaient.

Fécamp d'abord passa devant eux, puis toutes les plages normandes, Saint-Pierre, les Petites-Dalles, Veulettes, Saint-Valery, Veules, Quiberville.

---

1. Épisode raconté dans « Le Sept de cœur », *Arsène Lupin, gentleman cambrioleur* (1907).

2. ***Un mille*** : 1 852 mètres.

Lupin plaisantait toujours, et Isidore ne se lassait pas de le regarder et de l'entendre, émerveillé par la verve de cet homme, sa gaieté, sa gaminerie, son insouciance ironique, sa joie de vivre.

Il observait aussi Raymonde. La jeune femme demeurait silencieuse, serrée contre celui qu'elle aimait. Elle avait pris ses mains entre les siennes et souvent levait les yeux sur lui, et plusieurs fois Beautrelet remarqua que ses mains se crispaient un peu et que la tristesse de ses yeux s'accentuait. Et, chaque fois, c'était comme une réponse muette et douloureuse aux boutades de Lupin. On eût dit que cette légèreté de paroles, cette vision sarcastique de la vie lui causaient une souffrance.

« Tais-toi, murmura-t-elle… c'est défier le destin que de rire… Tant de malheurs peuvent encore nous atteindre ! »

En face de Dieppe, on dut plonger pour n'être pas aperçu des embarcations de pêche. Et vingt minutes plus tard, ils obliquèrent vers la côte, et le bateau entra dans un petit port sous-marin formé par une coupure irrégulière entre les rochers, se rangea le long d'un môle[1] et remonta doucement à la surface.

« Port-Lupin », annonça Lupin.

L'endroit situé à cinq lieues de Dieppe, à trois lieues du Tréport, protégé à droite et à gauche par deux éboulements de falaise, était absolument désert. Un sable fin tapissait les pentes de la menue plage.

« À terre, Beautrelet… Raymonde, donnez-moi la main… Toi, Charolais, retourne à l'Aiguille voir ce qui se passe entre Ganimard et Duguay-Trouin, et tu viendras me le dire à la fin du jour. Ça me passionne, cette affaire-là. »

Beautrelet se demandait avec une certaine curiosité comment ils allaient sortir de cette anse emprisonnée qui s'appelait Port-Lupin, quand il avisa au pied même de la falaise les montants d'une échelle de fer.

---

1. ***Môle*** : construction en maçonnerie destinée à protéger l'entrée d'un port.

« Isidore, dit Lupin, si tu connaissais ta géographie et ton histoire, tu saurais que nous sommes au bas de la gorge de Parfonval, sur la commune de Biville. Il y a plus d'un siècle, dans la nuit du 23 août 1803, Georges Cadoudal et six complices débarqués en France avec l'intention d'enlever le Premier consul Bonaparte, se hissèrent jusqu'en haut par le chemin que je vais te montrer. Depuis, des éboulements ont démoli ce chemin. Mais Valméras, plus connu sous le nom d'Arsène Lupin, l'a fait restaurer à ses frais, et il a acheté la ferme de la Neuvillette, où les conjurés ont passé leur première nuit, et où, retiré des affaires, désintéressé des choses de ce monde, il va vivre, entre sa mère et sa femme, la vie respectable du hobereau[1]. Le gentleman-cambrioleur est mort, vive le gentleman-farmer[2] ! »

Après l'échelle, c'était comme un étranglement, une ravine abrupte creusée par les eaux de pluie, et au fond de laquelle on s'accrochait à un simulacre d'escalier garni d'une rampe. Ainsi que l'expliqua Lupin, cette rampe avait été mise en lieu et place de l'« estamperche », longue corde fixée à des pieux dont s'aidaient jadis les gens du pays pour descendre à la plage… Une demi-heure d'ascension et ils débouchèrent sur le plateau non loin d'une de ces huttes creusées en pleine terre, et qui servent d'abri aux douaniers de la côte. Et précisément, au détour de la sente[3], un douanier apparut.

« Rien de nouveau, Gomel ? lui dit Lupin.

– Rien, patron.

– Personne de suspect ?

– Non, patron… cependant…

– Quoi ?

– Ma femme… qui est couturière à la Neuvillette…

– Oui, je sais… Césarine… Eh bien ?

1. ***Hobereau*** : gentilhomme campagnard, qui vit sur ses terres.
2. ***Farmer*** : fermier, agriculteur, en anglais.
3. ***La sente*** : le sentier.

– Il paraît qu'un matelot rôdait ce matin dans le village.

– Quelle tête avait-il, ce matelot ?

– Pas naturelle… Une tête d'Anglais.

– Ah ! fit Lupin préoccupé… Et tu as donné l'ordre à Césarine…

– D'ouvrir l'œil, oui, patron.

– C'est bien, surveille le retour de Charolais d'ici deux, trois heures… S'il y a quelque chose, je suis à la ferme. »

Il reprit son chemin et dit à Beautrelet :

« C'est inquiétant… Est-ce Sholmès ? Ah ! si c'est lui, exaspéré comme il doit l'être, tout est à craindre. »

Il hésita un moment :

« Je me demande si nous ne devrions pas rebrousser chemin… oui, j'ai de mauvais pressentiments… »

Des plaines légèrement ondulées se déroulaient à perte de vue. Un peu sur la gauche, de belles allées d'arbres menaient vers la ferme de la Neuvillette dont on apercevait les bâtiments… C'était la retraite qu'il avait préparée, l'asile de repos promis à Raymonde. Allait-il, pour d'absurdes idées, renoncer au bonheur à l'instant même où il atteignait le but ?

Il saisit le bras d'Isidore, et lui montrant Raymonde qui les précédait :

« Regarde-la. Quand elle marche, sa taille a un petit balancement que je ne puis voir sans trembler… Mais, tout en elle me donne ce tremblement de l'émotion et de l'amour, ses gestes aussi bien que son immobilité, son silence comme le son de sa voix. Tiens, le fait seul de marcher sur la trace de ses pas me cause un véritable bien-être. Ah ! Beautrelet, oubliera-t-elle jamais que je fus Lupin ? Tout ce passé qu'elle exècre, parviendrai-je à l'effacer de son souvenir ? »

Il se domina et, avec une assurance obstinée :

« Elle oubliera ! affirma-t-il. Elle oubliera parce que je lui ai fait tous les sacrifices. J'ai sacrifié le refuge inviolable de l'Aiguille creuse, j'ai sacrifié mes trésors, ma puissance, mon orgueil… je sacrifierai tout… Je ne veux plus être rien… plus rien qu'un homme qui aime… un homme honnête puisqu'elle ne peut aimer qu'un homme honnête… Après tout, qu'est-ce que ça me fait d'être honnête ? Ce n'est pas plus déshonorant qu'autre chose… »

La boutade lui échappa pour ainsi dire à son insu. Sa voix demeura grave et sans ironie. Et il murmurait avec une violence contenue :

« Ah ! vois-tu, Beautrelet, de toutes les joies effrénées que j'ai goûtées dans ma vie d'aventures, il n'en est pas une qui vaille la joie que me donne son regard quand elle est contente de moi… Je me sens tout faible alors… et j'ai envie de pleurer… »

Pleurait-il ? Beautrelet eut l'intuition que des larmes mouillaient ses yeux. Des larmes dans les yeux de Lupin, des larmes d'amour !

Ils approchaient d'une vieille porte qui servait d'entrée à la ferme. Lupin s'arrêta une seconde et balbutia :

« Pourquoi ai-je peur ?… C'est comme une oppression… Est-ce que l'aventure de l'Aiguille creuse n'est pas finie ? Est-ce que le destin n'accepte pas le dénouement que j'ai choisi ? »

Raymonde se retourna, tout inquiète.

« Voilà Césarine. Elle court… »

La femme du douanier, en effet, arrivait de la ferme en toute hâte. Lupin se précipita :

« Quoi ! qu'y a-t-il ? Parlez donc ! »

Suffoquée, à bout de souffle, Césarine bégaya :

« Un homme… j'ai vu un homme dans le salon.

– L'Anglais de ce matin ?

– Oui… mais déguisé autrement…

– Il vous a vue ?

– Non. Il a vu votre mère. Mme Valméras l'a surpris comme il s'en allait.

– Eh bien ?

– Il lui a dit qu'il cherchait Louis Valméras, qu'il était votre ami.

– Alors ?

– Alors madame a répondu que son fils était en voyage… pour des années…

– Et il est parti ?

– Non. Il a fait des signes par la fenêtre qui donne sur la plaine… comme s'il appelait quelqu'un. »

Lupin semblait hésiter. Un grand cri déchira l'air. Raymonde gémit :

« C'est ta mère… je reconnais… »

Il se jeta sur elle, et l'entraînant dans un élan de passion farouche :

« Viens… fuyons… toi d'abord… »

Mais tout de suite il s'arrêta, éperdu, bouleversé.

« Non, je ne peux pas… c'est abominable… Pardonne-moi… Raymonde… la pauvre femme là-bas… Reste ici… Beautrelet, ne la quitte pas. »

Il s'élança le long du talus qui environne la ferme, tourna, et le suivit, en courant, jusqu'auprès de la barrière qui s'ouvre sur la plaine… Raymonde, que Beautrelet n'avait pu retenir, arriva presque en même temps que lui, et Beautrelet, dissimulé derrière les arbres, aperçut, dans l'allée déserte qui menait de la ferme à la barrière, trois hommes, dont l'un, le plus grand, marchait en tête, et dont deux autres tenaient sous les bras une femme qui essayait de résister et qui poussait des gémissements de douleur.

Le jour commençait à baisser. Cependant Beautrelet reconnut Herlock Sholmès. La femme était âgée. Des cheveux blancs encadraient son visage livide. Ils approchaient tous les quatre. Ils atteignaient la barrière. Sholmès ouvrit un battant. Alors Lupin s'avança et se planta devant lui.

Le choc parut d'autant plus effroyable qu'il fut silencieux, presque solennel. Longtemps les deux ennemis se mesurèrent du regard. Une haine égale convulsait leurs visages. Ils ne bougeaient pas.

Lupin prononça avec un calme terrifiant :

« Ordonne à tes hommes de laisser cette femme.

– Non ! »

On eût pu croire que l'un et l'autre ils redoutaient d'engager la lutte suprême et que l'un et l'autre ils ramassaient toutes leurs forces. Et plus de paroles inutiles cette fois, plus de provocations railleuses. Le silence, un silence de mort.

Folle d'angoisse, Raymonde attendait l'issue du duel. Beautrelet lui avait saisi les bras et la maintenait immobile. Au bout d'un instant, Lupin répéta

« Ordonne à tes hommes de laisser cette femme.

– Non ! »

Lupin prononça :

« Écoute, Sholmès… »

Mais il s'interrompit, comprenant la stupidité des mots. En face de ce colosse d'orgueil et de volonté qui s'appelait Sholmès, que signifiaient les menaces ?

Décidé à tout, brusquement il porta la main à la poche de son veston. L'Anglais le prévint, et, bondissant vers sa prisonnière, il lui colla le canon de son revolver à deux pouces de la tempe.

« Pas un geste, Lupin, ou je tire. »

En même temps ses deux acolytes sortirent leurs armes et les braquèrent sur Lupin… Celui-ci se raidit, dompta la rage qui le soulevait, et, froidement, les deux mains dans ses poches, la poitrine offerte à l'ennemi, il recommença :

« Sholmès, pour la troisième fois, laisse cette femme tranquille. »

L'Anglais ricana :

« On n'a pas le droit d'y toucher, peut-être ! Allons, allons, assez de blagues ! Tu ne t'appelles pas plus Valméras que tu ne t'appelles Lupin, c'est un nom que tu as volé, comme tu avais volé le nom de Charmerace[1]. Et celle que tu fais passer pour ta mère, c'est Victoire, ta vieille complice, celle qui t'a élevé… »

Sholmès eut un tort. Emporté par son désir de vengeance, il regarda Raymonde, que ces révélations frappaient d'horreur. Lupin profita de l'imprudence. D'un mouvement rapide, il fit feu.

« Damnation ! » hurla Sholmès, dont le bras, transpercé, retomba le long du corps.

Et apostrophant ses hommes :

« Tirez donc, vous autres ! Tirez donc ! »

Mais Lupin avait sauté sur eux, et il ne s'était pas écoulé deux secondes que celui de droite roulait à terre, la poitrine démolie, tandis que l'autre, la mâchoire fracassée, s'écroulait contre la barrière.

« Débrouille-toi, Victoire… attache-les… Et maintenant, à nous deux, l'Anglais… »

Il se baissa en jurant :

« Ah ! canaille… »

Sholmès avait ramassé son arme de la main gauche et le visait.

Une détonation… un cri de détresse… Raymonde s'était précipitée entre les deux hommes, face à l'Anglais. Elle chancela, porta la main à sa gorge, se redressa, tournoya, et s'abattit aux pieds de Lupin.

« Raymonde !… Raymonde ! »

Il se jeta sur elle et la pressa contre lui.

« Morte », fit-il.

Il y eut un moment de stupeur. Sholmès semblait confondu de son acte. Victoire balbutiait :

« Mon petit… mon petit… »

Beautrelet s'avança vers la jeune femme et se pencha pour l'examiner. Lupin répétait : « Morte… morte… » d'un ton réfléchi, comme s'il ne comprenait pas encore.

---

1. Épisode raconté dans la pièce en quatre actes *Arsène Lupin* (1909).

Mais sa figure se creusa, transformée soudain, ravagée de douleur. Et il fut alors secoué d'une sorte de folie, fit des gestes irraisonnés, se tordit les poings, trépigna comme un enfant qui souffre trop.

« Misérable ! » cria-t-il tout à coup, dans un accès de haine.

Et d'un choc formidable, renversant Sholmès, il le saisit à la gorge et lui enfonça ses doigts crispés dans la chair. L'Anglais râla, sans même se débattre.

« Mon petit, mon petit », supplia Victoire…

Beautrelet accourut. Mais Lupin déjà avait lâché prise, et, près de son ennemi étendu à terre, il sanglotait.

Spectacle pitoyable ! Beautrelet ne devait jamais en oublier l'horreur tragique, lui qui savait tout l'amour de Lupin pour Raymonde, et tout ce que le grand aventurier avait immolé de lui-même pour animer d'un sourire le visage de sa bien-aimée.

La nuit commençait à recouvrir d'un linceul d'ombre le champ de bataille. Les trois Anglais ficelés et bâillonnés gisaient dans l'herbe haute. Des chansons bercèrent le vaste silence de la plaine. C'était les gens de la Neuvillette qui revenaient du travail.

Lupin se dressa. Il écouta les voix monotones. Puis il considéra la ferme heureuse où il avait espéré vivre paisiblement auprès de Raymonde. Puis il la regarda, elle, la pauvre amoureuse, que l'amour avait tuée, et qui dormait, toute blanche, de l'éternel sommeil.

Les paysans approchaient cependant. Alors Lupin se pencha, saisit la morte dans ses bras puissants, la souleva d'un coup, et, ployé en deux, l'étendit sur son dos.

« Allons-nous-en, Victoire.

– Allons-nous-en, mon petit.

– Adieu, Beautrelet », dit-il.

Et, chargé du précieux et horrible fardeau, suivi de sa vieille servante, silencieux, farouche, il partit du côté de la mer, et s'enfonça dans l'ombre profonde…

DOSSIER

- Avez-vous bien lu ?
- Microlectures
- Qui est Arsène Lupin ?
- L'aventurier et l'enquêteur
- Écriture d'invention
- Pour aller plus loin

Avez-vous bien lu ?

Vie et œuvre de Maurice Leblanc

1. En quelle année Maurice Leblanc est-il né ?
2. Quelle est sa région d'origine ?
3. En quelle année s'installe-t-il à Paris ? dans quel but ?
4. Quel est le titre du roman autobiographique qu'il a publié en 1901 ?
5. Comment s'intitule la nouvelle dans laquelle Arsène Lupin apparaît pour la première fois ?
6. Dans quelle association l'auteur s'est-il engagé, en particulier pendant la Première Guerre mondiale ?
7. Comment baptise-t-il la villa qu'il s'achète à Étretat ?
8. Où se déroule principalement l'intrigue de *L'Aiguille creuse* ?
9. Comment s'appelle la revue dans laquelle *L'Aiguille creuse* a été publiée en feuilleton ?
10. En quelle année Maurice Leblanc meurt-il ?

L'Aiguille creuse

1. Par quoi Raymonde de Saint-Véran est-elle réveillée en pleine nuit au début du roman ?
2. Qui s'improvise enquêteur après s'être fait passer pour journaliste ?
3. Qui est en réalité le cambrioleur blessé par balle ?
4. Que découvre-t-on sous le maître-autel de la chapelle du domaine d'Ambrumésy ?
5. Où Isidore Beautrelet et Arsène Lupin se rencontrent-ils pour la première fois ?
6. Où le père d'Isidore Beautrelet est-il détenu lorsqu'il est enlevé ?
7. À quel endroit se situe la fameuse Aiguille creuse ?
8. Que trouve-t-on à l'intérieur ?

9. Qui sont les deux enquêteurs expérimentés qui poursuivent Arsène Lupin ?
10. Quel événement tragique marque la fin du roman ?

Microlectures

Microlecture n° 1 : commencer un récit

Relisez le début du roman, de « À six heures du matin [...] » à « C'est ce que nous allons savoir » (chapitre 1, p. 46-48), puis répondez aux questions suivantes :

1. Les caractéristiques de l'*incipit*

A. Pouvez-vous préciser le cadre spatio-temporel du passage ?
B. Quels sont les personnages principaux de ce dernier ?
C. Comment ces personnages sont-ils décrits ? Qu'apprend-on à leur sujet ?

2. Un roman policier

A. Quel vocabulaire permet de dire qu'il s'agit d'une histoire policière ?
B. L'action de la police vous semble-t-elle efficace ? Pourquoi ?
C. Quel crime a été commis ? En quoi est-il surprenant ?

3. Un texte réaliste

A. Selon vous, pourquoi l'auteur décrit-il aussi précisément les lieux ?
B. Pourquoi les noms propres se multiplient-ils dans ce passage ? Pouvez-vous établir des critères pour les classer ?
C. Quel est le rôle de l'italique dans le premier paragraphe ?

Microlecture n° 2 : un nouveau type d'enquêteur

Relisez le chapitre 1, de « Il s'interrompit, comme si une idée le frappait [...] » à « Mais non, tout de suite, jeune homme... » (p. 56-61), puis répondez aux questions suivantes :

1. Un étrange journaliste

A. À quoi voit-on que le second journaliste n'est pas aussi franc que le premier ?

B. Comment le lecteur comprend-il que ce journaliste est un imposteur ? Quelle hypothèse formule-t-il ?

C. De quelle manière le jeune homme repousse-t-il les accusations dont on l'accable ?

2. Isidore Beautrelet, élève de rhétorique

A. Quels sont les éléments importants de son portrait physique ?

B. Relevez les adjectifs qui caractérisent le jeune homme. Quelle image du personnage offrent-ils ?

C. Ce personnage vous semble-t-il réaliste ? Pourquoi ?

3. Les premiers pas de l'enquête

A. En quoi Isidore Beautrelet s'oppose-t-il aux enquêteurs traditionnels des récits policiers ?

B. Pourquoi retarde-t-il ses révélations sur le vol ?

C. Quels points communs peut-on relever entre Arsène Lupin et Isidore Beautrelet ?

Microlecture n° 3 : le face-à-face

Relisez le chapitre 4, de « Non, sûrement, Lupin n'avait pas [...] » à « Oh ! papa... papa... » (p. 122-129), puis répondez aux questions suivantes :

1. L'affrontement

A. Relevez le champ lexical de la guerre. Pourquoi prend-il autant d'ampleur dans ce passage ?
B. Quel est le temps employé au début du dialogue ? Quel effet l'auteur cherche-t-il à produire ?
C. Comment les paroles d'Arsène Lupin et de Beautrelet se font-elles écho ? Qu'en déduisez-vous ?

2. Deux ennemis

A. Comment Isidore Beautrelet est-il décrit dans ce passage ?
B. Comment Arsène Lupin est-il décrit dans ce passage ?
C. Comment expliquez-vous la présence de la première personne du singulier dans la narration ?

3. Une scène mouvementée

A. Qui domine la scène au début de l'extrait ? Qui la domine à la fin ?
B. Que révèle l'alternance entre le vouvoiement et le tutoiement ? Contribue-t-elle à faire évoluer le rapport de forces entre les deux personnages ?
C. Quel élément permet le retournement de situation final ?

Microlecture n° 4 : la fin du texte

Relisez le chapitre 10, de « Ils passèrent à l'étage au-dessus [...] » à « [...] et bien des choses chez toi ! » (p. 232-240), puis répondez aux questions suivantes :

1. Un suspens maîtrisé

A. Quelles menaces pèsent sur Arsène Lupin ?
B. Quel lien pouvez-vous établir entre les coups de Ganimard, les salles de plus en plus petites et les horloges ?
C. Que symbolise l'Aiguille ici ?

2. La découverte d'un trésor

A. Que renferment les différentes salles ?
B. À quoi peut-on voir que les objets sont de plus en plus précieux ?
C. En quoi ce trésor fait-il le lien entre le début du roman et l'histoire de France ?

3. « Je n'ai pas fini ma tirade ! »

A. Relevez les verbes d'énonciation. Quel est le personnage qui parle le plus ?
B. Quelle image Arsène Lupin cherche-t-il à donner de lui-même ?
C. Relevez le champ lexical de la tristesse. En quoi annonce-t-il la fin du roman ?

Qui est Arsène Lupin ?

1. Biographie du gentleman cambrioleur

Maurice Leblanc a consacré pas moins de trente-cinq romans et nouvelles aux aventures d'Arsène Lupin, à tel point que la vie de ce personnage fictif est aussi précise que celle d'une figure historique ! La voici telle qu'elle peut être reconstituée en suivant les œuvres de l'auteur[1].

Les années d'apprentissage

Arsène Raoul Lupin est né en 1874 à Blois. Sa mère, Henriette d'Andrésy, est une aristocrate, tandis que son père, Théophraste Lupin, est un professeur de gymnastique, d'escrime et de boxe. Le jeune garçon est placé en nourrice chez Victoire, l'épouse d'un culti-

1. Nous suivons ici la notice de Francis Lacassin, « La vraie vie d'Arsène Lupin », *Les Aventures extraordinaires d'Arsène Lupin*, Omnibus, 2004, t. II, p. 1235-1295.

vateur. Plus tard, il profitera des leçons de son père en matière d'arts martiaux.

En 1880, Arsène retourne auprès de sa mère à Paris. Elle est désormais séparée de son mari qui s'est révélé être un voleur. Sur ordre de sa famille, qui n'a jamais admis qu'elle puisse s'unir à un roturier, Henriette d'Andrésy est contrainte de se faire passer pour veuve et de vivre dans la plus grande pauvreté, malgré ses origines. Cette situation familiale est importante puisqu'elle explique en partie la personnalité du futur cambrioleur : dès sa prime jeunesse, Arsène Lupin aspire à retrouver le rang qu'il mérite au sein de l'aristocratie, et dont a injustement été privée sa mère. Voler les bourgeois ou les humilier devient le moyen de sa vengeance. Arsène suit rapidement les traces de son père puisqu'il commet son premier larcin à six ans !

Les victimes soupçonnent Henriette d'être l'auteur du vol. La mère et le fils déménagent et se réfugient en Normandie, chez Victoire. Henriette d'Andrésy meurt de maladie en 1886. Arsène poursuit des études de latin, grec, anglais, allemand. Ses qualités linguistiques lui seront particulièrement utiles au cours de sa carrière, lorsqu'il usurpera l'identité de personnalités étrangères. Brillant, il obtient son bac très jeune, en 1890.

Il parfait sa formation en étudiant le droit, la médecine, et se fait initier à la prestidigitation. En 1892, il séduit Louise d'Ernemont, jeune noble qui accouche l'année suivante d'une fille, Geneviève. Quelques mois après la naissance de l'enfant, il tombe passionnément amoureux de Clarisse d'Étigues, fille de baron. Lupin s'occupera de Geneviève mais à distance, sans qu'elle connaisse son existence.

En 1894, Arsène tente son premier grand coup avec l'affaire des époux Humbert, un fait divers réel très célèbre à l'époque (Maurice Leblanc ne voile que très légèrement leur nom dans le récit qui les fait côtoyer Lupin : ils se nomment « Imbert »)[1]. Il élabore un plan pour leur subtiliser un énorme héritage. Mais, pour une fois, le

1. Voir chronologie, p. 30.

gentleman cambrioleur est roulé par plus fort que lui. Il est escroqué par le couple, qui empoche l'héritage et lui vole même de l'argent ! La même année, Arsène demande la main de Clarisse d'Étigues au père de la jeune femme, qui refuse de la donner à un garçon sans situation. Peu de temps après, il succombe au charme d'une aventurière, la comtesse de Cagliostro. Cette passion devient rapidement orageuse, et même dangereuse : la comtesse est aussi rusée que Lupin et souhaite le doubler dans une affaire lucrative. En outre, elle est cruelle et sans scrupule, ce que le héros ne tarde pas à découvrir. Il revient donc auprès de Clarisse et l'épouse, en empruntant l'identité de « vicomte d'Andrésy », en dépit des menaces de la comtesse qui promet de venger sa passion déçue. À la fin de l'année, Clarisse accouche d'un enfant mort-né[1].

Arsène Lupin découvre ensuite l'existence du mystère de l'Aiguille creuse et s'en fait un quartier général : il y cache les richesses et œuvres d'art dérobées aux quatre coins du monde. Il rencontre en 1899 celui qui deviendra son biographe : Maurice Leblanc[2].

Arsène Lupin perd son épouse la même année : Clarisse d'Étigues meurt en donnant naissance à un fils. Celui-ci est immédiatement enlevé par la comtesse de Cagliostro, dont Arsène Lupin perd la trace.

Le gentleman cambrioleur

Arsène Lupin part pour le Maroc, sous l'identité de Jean Daspry, et se fait passer pour mort. En 1900, il revient à Paris et se lance dans des cambriolages retentissants. Il est arrêté à New York en 1902 par l'inspecteur Ganimard, son ennemi juré. Emprisonné dans une cellule, le captif trouve tout de même le moyen d'organiser un cambriolage par correspondance ! Puis il parvient à s'évader[3].

Un an plus tard, il rencontre un nouvel adversaire dans la personne de Herlock Sholmès, nom à peine travesti du fameux détective

---

1. *La Comtesse de Cagliostro* (1923).

2. « Le Sept de cœur », *Arsène Lupin, gentleman cambrioleur* (1907).

3. *Arsène Lupin, gentleman cambrioleur.*

anglais inventé par Conan Doyle, Sherlock Holmes. Arsène Lupin fait preuve de sa supériorité en parvenant à voler la montre de l'Anglais au cours de leur entrevue[1].

Après une série de vols audacieux où il se révèle plus sensible à la souffrance d'autrui, il tombe amoureux de Clarisse Mergy qui repousse ses avances. Peu de temps après, il apprend la mort de son premier amour, Louise d'Ernemont. Il confie alors sa fille Geneviève à un couple de fermiers.

Arsène Lupin organise un faux mariage avec Angélique de Sarzeau-Vendôme, princesse de Bourbon-Condé, pour s'emparer de sa dot qui s'élève à onze millions de francs. Une fois mariée, la jeune femme découvre la vraie nature de son « époux », mais ne trouve aucun motif valable pour divorcer. Elle finit donc par se retirer dans un couvent. Arsène Lupin conservera toute sa vie le remords d'avoir poussé cette femme à prendre le voile[2].

En 1905, le gentleman cambrioleur affronte de nouveau Herlock Sholmès puis Ganimard, ainsi qu'un jeune lycéen, Isidore Beautrelet. Blessé au cours d'un cambriolage, Lupin est soigné par Raymonde de Saint-Véran qui tombe amoureuse de lui. Lupin se marie pour la troisième fois. Mais Raymonde meurt accidentellement lorsque le secret de l'Aiguille creuse est découvert. À la suite de ce drame, Arsène Lupin disparaît pendant quatre ans, et l'inspecteur Ganimard prend sa retraite[3].

Le patriote

Pendant plusieurs années, Lupin revêt l'identité de M. Lenormand, chef de la Sûreté, et résout de nombreuses affaires. Il tente de marier sa fille Geneviève mais le promis est amoureux de Dolorès Kesselbach, une jolie veuve dont s'éprend aussi Arsène Lupin avant de découvrir qu'elle est en réalité une criminelle. Après la mort de

---

1. « Herlock Sholmès arrive trop tard », *Arsène Lupin, gentleman cambrioleur* (1907).
2. « Le Mariage d'Arsène Lupin », *Les Confidences d'Arsène Lupin* (1910).
3. *L'Aiguille creuse* (1908).

cette dernière, Lupin tente de se suicider en se jetant du haut d'une falaise[1].

Il réapparaît cependant en 1913 dans la Légion étrangère au Maroc sous un faux nom. Il se bat pour la France, négocie pour obtenir la paix avec la Turquie, déjoue un complot allemand. Il parvient à se forger un empire en Mauritanie et se fait proclamer sultan avant de proposer ses terres à la France[2].

Après la guerre, Arsène Lupin revient à Paris. Il épouse en quatrièmes noces Florence Levasseur[3] et se retire à la campagne sur les bords de l'Oise dans un domaine nommé le « Clos des lupins ». Il reprend du service sous le nom de Victor Hautin comme inspecteur de la Sûreté.

Plus tard, en 1927, il doit déjouer un complot organisé par la comtesse de Cagliostro. Bien qu'il ait été déclaré mort à de multiples reprises, la comtesse n'a jamais cru à sa disparition et continue de le poursuivre de sa haine. Pour lui nuire, elle fait accuser à tort le jeune Félicien Charles d'un crime atroce[4]. Or, celui-ci n'est autre que le fils d'Arsène Lupin et de Clarisse d'Étigues ! Le jeune homme est finalement innocenté, sans qu'Arsène Lupin reconnaisse en lui le fils que la comtesse lui avait enlevé.

En 1928, le gentleman se retire dans son domaine d'Aspremont, sur la Côte d'Azur. La date de son décès demeure mystérieuse.

Biographie établie à partir de celle reconstituée par Francis Lacassin pour *Les Aventures extraordinaires d'Arsène Lupin*,

---

1. *813* (1910).
2. *Les Dents du tigre* (1920).
3. Il l'a rencontrée dans *Les Dents du tigre*.
4. *La Cagliostro se venge* (1934).

2. Arsène Lupin vu par Maurice Leblanc

La personnalité d'Arsène Lupin est difficile à cerner. Prestidigitateur, passé maître dans l'art de la manipulation, changeant d'identité à volonté, tour à tour détective et bandit, il séduit mais déroute également.
À la fin de sa vie, alors que le succès des aventures d'Arsène Lupin battait son plein, Maurice Leblanc a tenu à éclairer le tempérament singulier de son personnage. Dans un article publié dans *Le Petit Var* en 1933, il retrace avec humour la naissance de son héros et esquisse son portrait.

[…] j'ai dû faire d'Arsène Lupin un héros double, un homme qui soit à la fois un bandit et un garçon sympathique (car il ne peut y avoir de héros de roman qui ne soit sympathique). Il fallait donc ajouter à mon récit un élément humain pour faire accepter ses cambriolages comme des choses très pardonnables, sinon toutes naturelles. D'abord, il vole beaucoup plus par plaisir que par avidité[1]. Ensuite, il ne dépouille jamais des gens sympathiques. Il se montre même parfois très généreux. Enfin, ses exploits malhonnêtes sont souvent expliqués en partie par des entraînements sentimentaux qui lui donnent l'occasion de faire preuve de bravoure, de dévouement et d'esprit chevaleresque.

Dans Conan Doyle, Sherlock Holmes n'est animé que du désir de résoudre des énigmes, et il n'intéresse le public que par les moyens qu'il emploie pour y parvenir. Arsène Lupin, au contraire, est continuellement mêlé à des événements qui, le plus souvent, lui tombent dessus sans qu'il sache même pourquoi, et dont il doit sortir avec honneur… c'est-à-dire un peu plus riche qu'avant. Lui aussi se jette dans des aventures pour découvrir la vérité ; seulement cette vérité il l'empoche.

Cela ne signifie pas d'ailleurs qu'il se pose en ennemi de la société. Au contraire, il dit de lui-même : « Je suis un bon

1. ***Avidité*** : ici, appât du gain.

bourgeois… Si on me volait ma montre, je crierais au voleur. » Il est donc, par goût, sociable et conservateur. Seulement, cet ordre qu'il juge nécessaire, qu'il approuve même, son instinct le pousse sans cesse à le bouleverser. Ce sont des remarquables dons à « barboter[1] » qui l'amènent fatalement à être malhonnête.

Mais il est, dans ses aventures, un autre élément d'intérêt important et qui me semble avoir le mérite de l'originalité. Je ne m'en suis pas rendu compte non plus tout de suite. D'ailleurs, en littérature on ne prévoit jamais ce que l'on doit faire : ce qui vient de nous se forme en nous et nous est souvent une révélation à nous-mêmes. Il s'agit dans le cas d'Arsène Lupin de l'intérêt que présente la liaison du présent, dans ce qu'il a de plus moderne, avec le passé, surtout historique, ou même légendaire, il ne s'agit pas de reconstituer les événements d'autrefois en les romançant, comme dans Alexandre Dumas, mais de découvrir la solution de problèmes très anciens. Arsène Lupin est continuellement mêlé à de tels mystères par le goût qu'il a de ces sortes de recherches.

D'où cette série d'aventures d'Arsène Lupin où les faits sont contemporains mais où l'énigme est historique. […]

Établir un roman d'aventures policières sur de telles données, élève forcément le sujet ; et c'est une des raisons, j'imagine, qui ont concouru à rendre populaire et attachante la personnalité de ce Don Quichotte sans vergogne[2] qu'est Arsène Lupin.

Maurice Leblanc, *Le Petit Var*, « Qui est Arsène Lupin ? »,
samedi 11 novembre 1933,
repris dans *Les Aventures extraordinaires d'Arsène Lupin*,
éd. Jacques Derouard et Francis Lacassin,
Omnibus, t. II,
2004, p. II-III.

1. ***Barboter*** : voler (terme argotique).
2. ***Sans vergogne*** : sans honte, sans scrupule.

L'aventurier et l'enquêteur

1. Figures de l'enquêteur

En matière d'esprit et de raisonnement, Arsène Lupin s'inscrit dans une lignée d'illustres prédécesseurs : le texte que Maurice Leblanc consacre à son personnage le prouve (voir *supra*) ! Parmi eux figurent, outre Sherlock Holmes – le célèbre détective du romancier écossais Conan Doyle (1859-1930) –, le chevalier Auguste Dupin – inventé par Edgar Allan Poe (1809-1849) –, mais aussi Monsieur Lecoq – l'enquêteur fétiche d'Émile Gaboriau (1832-1873). « En inventant le personnage d'Arsène Lupin, Leblanc se propose de créer un héros opposé à Sherlock Holmes[1] », puisque, à la différence de Holmes, Arsène Lupin est à la fois gentleman et cambrioleur, escroc et redresseur de torts. Il déclenche des actions criminelles, mais s'emploie aussi à les résoudre ! Les extraits suivants marquent l'entrée en littérature de ces célèbres icônes du genre policier.

Le chevalier Auguste Dupin

Considéré par beaucoup comme l'inventeur du roman policier, l'écrivain américain Edgar Allan Poe invente le chevalier Dupin et inaugure avec lui le personnage du détective amateur capable de résoudre les affaires criminelles les plus ardues. Le chevalier Dupin apparaît dans trois nouvelles de Poe, dont le célèbre « Double Assassinat dans la rue Morgue » (1841).
Dans l'extrait qui suit, le narrateur fait le portrait de cet étrange enquêteur. La scène se déroule à Paris, sous la monarchie de Juillet (1830-1848).

Mon ami avait une bizarrerie d'humeur, – car comment définir cela ? – c'était d'aimer la nuit pour l'amour de la nuit ; la nuit

1. Boileau-Narcejac, *Le Roman policier*, PUF, coll. « Que sais-je ? », 1964.

était sa passion ; et je tombai moi-même tranquillement dans cette bizarrerie, comme dans toutes les autres qui lui étaient propres, me laissant aller au courant de toutes ses étranges originalités avec un parfait abandon. La noire divinité[1] ne pouvait pas toujours demeurer avec nous ; mais nous en faisions la contrefaçon[2]. Au premier point du jour, nous fermions tous les lourds volets de notre masure, nous allumions un couple de bougies fortement parfumées, qui ne jetaient que des rayons très faibles et très pâles. Au sein de cette *débile*[3] clarté, nous livrions chacun notre âme à ses rêves, nous lisions, nous écrivions, ou nous causions, jusqu'à ce que la pendule nous avertît du retour de la véritable obscurité. Alors, nous nous échappions à travers les rues, bras dessus bras dessous, continuant la conversation du jour, rôdant au hasard jusqu'à une heure très avancée, et cherchant à travers les lumières désordonnées et les ténèbres de la populeuse cité[4] ces innombrables excitations spirituelles que l'étude paisible ne peut pas donner.

Dans ces circonstances, je ne pouvais m'empêcher de remarquer et d'admirer, – quoique la riche idéalité dont il était doué eût dû m'y préparer – une aptitude analytique[5] particulière chez Dupin. Il semblait prendre un délice âcre à l'exercer – peut-être même à l'étaler – et avouait sans façon tout le plaisir qu'il en tirait. Il me disait à moi, avec un petit rire tout épanoui, que bien des hommes avaient pour lui une fenêtre ouverte à l'endroit de leur cœur, et d'habitude il accompagnait une pareille assertion[6] de preuves immédiates et des plus surprenantes, tirées d'une connaissance profonde de ma propre personne.

1. ***La noire divinité*** : périphrase poétique désignant la nuit.
2. ***Nous en faisions la contrefaçon*** : nous cherchions à faire en sorte qu'il fît toujours nuit (en fermant les volets, par exemple).
3. ***Débile*** : faible (sens étymologique).
4. ***Populeuse cité*** : ville très peuplée (périphrase désignant Paris).
5. ***Une aptitude analytique*** : des capacités d'analyse.
6. ***Assertion*** : déclaration catégorique.

Dans ces moments-là, ses manières étaient glaciales et distraites ; ses yeux regardaient dans le vide, et sa voix – une riche voix de ténor, habituellement – montait jusqu'à la voix de tête ; c'eût été de la pétulance[1], sans l'absolue délibération de son parler et la parfaite certitude de son accentuation. Je l'observais dans ses allures, et je rêvais souvent à la vieille philosophie de l'*âme double*. – Je m'amusais à l'idée d'un Dupin double – un Dupin créateur et un Dupin analyste.

Qu'on ne s'imagine pas, d'après ce que je viens de dire, que je vais dévoiler un grand mystère ou écrire un roman. Ce que j'ai remarqué dans ce singulier Français était simplement le résultat d'une intelligence surexcitée – malade peut-être.

Edgar Allan Poe, « Double Assassinat dans la rue Morgue », trad. Charles Baudelaire, coll. « Étonnants Classiques », 1996, rééd. 2006, p. 27-28.

1. Quelle relation le narrateur entretient-il avec Dupin ?
2. Quelle est la qualité essentielle du chevalier ?
3. En quoi ce personnage est-il inquiétant ?

Monsieur Lecoq

Émile Gaboriau (1832-1873) est également considéré comme l'un des pères du roman policier. Dans *L'Affaire Lerouge* (1866), il met en scène un jeune agent de la Sûreté nommé Lecoq qui deviendra par la suite un commissaire célèbre. Après s'être illustré dans cette première aventure par ses incroyables facultés de déduction, le personnage fait son grand retour dans *Monsieur Lecoq* (1869). Émile Gaboriau évoque dans ce roman les raisons qui ont conduit son héros à devenir policier.

L'agent auquel Gévrol abandonnait une information qu'il jugeait inutile, était un débutant dans « la partie ».

1. ***Pétulance*** : ardeur, fougue.

Il s'appelait Lecoq.

C'était un garçon de vingt-cinq à vingt-six ans, presque imberbe, pâle, avec la lèvre rouge et d'abondants cheveux noirs ondés[1]. Il était un peu petit, mais bien pris, et ses moindres mouvements trahissaient une vigueur peu commune.

En lui, d'ailleurs, rien de remarquable, sinon l'œil, qui selon sa volonté, étincelait ou s'éteignait comme le feu d'un phare à éclipses, et le nez, dont les ailes larges et charnues[2] avaient une surprenante mobilité.

Fils d'une riche et honorable famille de Normandie, Lecoq avait reçu une bonne et solide éducation.

Il commençait son droit à Paris, quand dans la même semaine, coup sur coup, il apprit que son père, complètement ruiné, venait de mourir, et que sa mère ne lui avait survécu que quelques heures.

Désormais il était seul au monde, sans ressources..., et il fallait vivre. Il put apprécier sa juste valeur ; elle était nulle.

L'université, avec le diplôme de bachelier, ne donne pas de brevet de rentes viagères[3]. C'est une lacune. À quoi servait à l'orphelin sa science du lycée ?

Il envia le sort de ceux qui, ayant un état au bout des bras[4], peuvent entrer hardiment chez le premier patron venu et dire : « Je voudrais de l'ouvrage ».

Ceux-là travaillent et mangent.

Lui, demanda du pain à tous les métiers qui sont le lot des déclassés. Métiers ingrats !... Il y a cent mille déclassés à Paris.

N'importe !... Il fit preuve d'énergie. Il donna des leçons et copia des rôles pour un avoué. Un jour, il débuta dans la nouveauté ; le mois suivant, il allait proposer à domicile des rossi-

---

1. ***Ondés*** : onduleux.
2. ***Charnues*** : bien en chair, rebondies.
3. ***Rentes viagères*** : ressources qu'une personne acquiert sans travailler, durant toute sa vie.
4. ***Ayant un état au bout des bras*** : sachant travailler de leurs mains.

gnols de librairie[1]. Il fut courtier d'annonces, maître d'études, dénicheur d'assurances, placier à la commission...

En dernier lieu, il avait obtenu un emploi près d'un astronome dont le nom est une autorité, le baron Moser. Il passait ses journées à remettre au net des calculs vertigineux, à raison de cent francs par mois.

Mais le découragement arrivait. Après cinq ans, il se trouvait au même point. Il était pris d'accès de rage quand il récapitulait les espérances avortées, les tentatives vaines, les affronts endurés.

Le passé avait été triste, le présent était presque intolérable, l'avenir menaçait d'être affreux.

Condamné à de perpétuelles privations, il essayait du moins d'échapper aux dégoûts de la réalité en se réfugiant dans le rêve.

Seul en son taudis, après un écœurant labeur, poigné par les mille convoitises de la jeunesse, il songeait aux moyens de s'enrichir d'un coup, du soir au lendemain.

Sur cette pente, son imagination devait aller loin. Il n'avait pas tardé à admettre les pires expédients[2].

Mais à mesure qu'il s'abandonnait à ses chimères, il découvrait en lui de singulières facultés d'invention et comme l'instinct du mal. Les vols les plus audacieux et réputés les plus habiles, n'étaient, à son jugement, que d'insignes maladresses.

Il se disait que s'il voulait, lui !... Et alors il cherchait, et il trouvait des combinaisons étranges, qui assuraient le succès et garantissaient mathématiquement l'impunité. Bientôt, ce fut chez lui une manie, un délire. Au point que ce garçon, admirablement honnête, passait sa vie à perpétrer, par la pensée, les plus abominables méfaits. Tant, que lui-même s'effraya de ce jeu. Il ne fallait qu'une heure d'égarement pour passer de l'idée au fait, de la théorie à la pratique.

---

1. ***Rossignols de librairie*** : ouvrages invendus et sans valeur.
2. ***Expédients*** : moyens, trucs.

Puis, ainsi qu'il advient à tous les monomanes[1], l'heure sonna où les bizarres conceptions qui emplissaient sa cervelle débordèrent.

Un jour, il ne put s'empêcher d'exposer à son patron un petit plan qu'il avait conçu et mûri, et qui eût permis de rafler cinq ou six cent mille francs sur les places de Londres et de Paris. Deux lettres et une dépêche télégraphique, et le tour était joué. Et impossible d'échouer, et pas un soupçon à craindre.

L'astronome, stupéfait de la simplicité du moyen, admira. Mais, à la réflexion, il jugea peu prudent de garder près de soi un secrétaire si ingénieux.

C'est pourquoi, le lendemain, il lui remit un mois d'appointements[2] et le congédia en lui disant :

« Quand on a vos dispositions et qu'on est pauvre, on devient un voleur fameux ou un illustre policier. Choisissez. »

Lecoq se retira confus, mais la phrase de l'astronome devait germer dans son esprit.

« Au fait, se disait-il, pourquoi ne pas suivre un bon conseil ? »

Émile Gaboriau, *Monsieur Lecoq*,
Dentu, 1869.

1. Pourquoi Émile Gaboriau insiste-t-il sur l'éducation et les expériences professionnelles du personnage ?
2. Qu'est-ce qui le conduit à imaginer des vols ?
3. En quoi ce passage montre-t-il que voleurs et policiers sont finalement très proches ?

Sherlock Holmes

Plus que tout autre, Sherlock Holmes est devenu le personnage typique de l'enquêteur. Pourtant, son inventeur, l'Écossais Conan

---

1. ***Monomanes*** : obsédés par une idée fixe.
2. ***D'appointements*** : de salaire.

Doyle (1859-1930) reconnaissait bien volontiers s'être inspiré du Dupin de Poe et du Lecoq de Gaboriau pour forger son propre personnage. Dans *Une étude en rouge* (1887), premier roman consacré à Sherlock Holmes, Conan Doyle prépare habilement l'entrée en scène de son excentrique détective : pour conserver l'aura de mystère qui l'entoure, son apparition est retardée. Le lecteur ne peut se faire une idée du personnage qu'à travers les yeux d'un autre. Tout juste rentré d'une guerre en Afghanistan, celui qui deviendra le soutien le plus fidèle de Sherlock Holmes, le docteur Watson, écoute avec curiosité le portrait qu'un de ses amis, Stamford, dresse de l'énigmatique Sherlock Holmes.

« Pauvre garçon, me dit Stamford sur un ton de commisération[1], et maintenant où en êtes-vous ?

– Pour le moment je suis à la recherche d'un logement et par là même d'un problème, le problème consistant à dénicher pour un prix raisonnable un appartement suffisamment confortable.

– Étrange, murmura-t-il, vous êtes la seconde personne aujourd'hui qui me tienne identiquement le même langage.

– Et quelle est la première ?

– Un garçon qui vient à l'hôpital travailler dans le laboratoire de chimie. Il se plaignait ce matin devant moi de ne pouvoir trouver un ami pour partager avec lui un charmant appartement qu'il avait été visiter, mais dont le loyer dépassait ses moyens.

– Bon Dieu ! m'écriai-je, s'il désire vraiment trouver quelqu'un qui partage avec lui et l'appartement et le loyer, je suis son homme. Je préfère de beaucoup loger avec un camarade que vivre tout seul. »

Le jeune Stamford me regarda par-dessus son verre d'une façon singulière. « Vous ne connaissez pas encore Sherlock Holmes, me dit-il ; peut-être ne tiendrez-vous pas à l'avoir toujours pour compagnon.

---

1. ***Commisération*** : intérêt porté aux malheurs des autres.

– Pourquoi ? A-t-on quelque chose à lui reprocher ?

– Oh ! ce n'est pas ce que j'ai voulu dire. Seulement il est quelque peu original, un véritable fanatique par rapport à certains genres de sciences. Cependant par ce que j'en connais, il paraît être un très brave garçon.

– Un étudiant en médecine, sans doute ?

– Non, et même je n'ai aucune idée de ce qu'il a l'intention de faire. Il est, dit-on, très fort en anatomie et tout à fait de premier ordre en chimie ; mais jamais, que je sache, il n'a suivi régulièrement les cours de médecine. Il étudie d'une façon très décousue, excentrique même ; et, sans s'astreindre aux connaissances que tout le monde cherche à acquérir, il en a amassé une foule d'autres, de quoi certainement étonner tous ses professeurs.

– Ne lui avez-vous jamais demandé à quelle carrière il se destinait ?

– Non certes, car ce n'est pas un homme qu'on puisse faire causer facilement, quoique à l'occasion, et si la fantaisie lui en prend, il sache être assez communicatif.

– Je serais bien aise de le rencontrer, dis-je. Si je dois habiter avec quelqu'un, je préférerais que ce fût avec un homme studieux et d'habitudes tranquilles. Je ne suis pas encore assez fort, voyez-vous, pour supporter beaucoup de bruit ou d'agitation, et d'ailleurs j'ai eu assez de tout cela en Afghanistan pour en être rassasié jusqu'à la fin de mes jours. Comment faire pour rencontrer votre ami ?

– Il est bien probablement au laboratoire, répliqua Stamford ; ou bien il n'y met pas les pieds pendant des semaines entières, ou bien il y travaille du matin jusqu'au soir. Si vous voulez, nous prendrons une voiture après déjeuner et nous irons jusque-là.

– Parfaitement », répondis-je, et là-dessus nous nous mîmes à parler d'autre chose.

En nous rendant à l'hôpital, Stamford me donna encore quelques détails sur mon futur compagnon.

« Il ne faut pas m'en vouloir, commença-t-il, si vous ne vous entendez pas avec l'individu en question ; je ne le connais guère que pour l'avoir rencontré de temps à autre au laboratoire. C'est vous qui avez eu l'idée de cet arrangement, ne m'en rendez donc pas responsable.

– Si nous ne nous entendons pas, repris-je, il sera facile de nous séparer. Cependant, Stamford, ajoutai-je, en le regardant fixement, il me semble que vous ayez des raisons spéciales pour vous laver les mains de tout ce qui pourrait advenir. Y a-t-il vraiment quelque chose à craindre du caractère de cet homme ? Allons, parlez franchement et ne soyez pas aussi cachottier. »

Stamford se mit à rire. « C'est qu'il n'est pas facile d'exprimer ce qui est inexprimable, dit-il. Ce Holmes s'est, pour mon goût, un peu trop identifié avec la science elle-même, et je crois que cela doit amener fatalement à l'insensibilité la plus complète. Ainsi, je m'imagine qu'il serait parfaitement capable d'administrer à un ami une petite pincée de la substance toxique la plus récemment découverte, non par méchanceté, vous m'entendez bien, mais simplement, étant donné son esprit chercheur, pour se rendre exactement compte de la façon dont ce poison opère. Cependant, je dois dire pour être juste, et cela avec la conviction la plus entière, qu'il tenterait tout aussi bien l'expérience sur lui-même. Il semble avoir la rage d'approfondir ce qu'il étudie de façon à tout résumer dans des formules d'une exactitude mathématique.

– Et je trouve qu'il a bien raison.

– D'accord, mais on peut pousser cette qualité jusqu'à l'exagération ; ainsi, quand on en arrive à prendre un bâton pour en battre les sujets anatomiques déposés sur la table de dissection, cela peut paraître au moins étrange.

– Que me racontez-vous là ?

– La pure vérité ; il a fait cela un jour ; c'était, paraît-il, pour se rendre compte des effets ainsi produits sur les cadavres, et cela je l'ai vu, de mes yeux vu.

– Cependant, vous dites que ce n'est pas un étudiant en médecine ?

– Non, Dieu seul sait quel est le but de ses études… Mais nous voici arrivés et vous allez pouvoir vous former vous-même une opinion à son sujet. »

Arthur Conan Doyle, *Une étude en rouge*,
trad. Hachette, 1903.

1. Quel rôle joue la science dans la construction du personnage de Sherlock Holmes ?
2. Quelle image du détective ce portrait permet-il d'esquisser ?
3. En quoi peut-on dire qu'Arsène Lupin est « un héros opposé à Sherlock Holmes » ?

2. Les exploits de l'aventurier

Arsène Lupin n'est pas seulement un cambrioleur. C'est aussi et avant tout un aventurier (voir présentation, p. 19). Dans sa jeunesse, Maurice Leblanc s'est plongé avec ravissement dans la lecture de grands romans d'aventures, comme ceux de Walter Scott (1771-1832), d'Alexandre Dumas (1802-1870), de Jules Verne (1828-1905) et de Fenimore Cooper (1789-1851). L'action périlleuse de *L'Aiguille creuse*, la thématique de la chasse au trésor, ainsi que le profil de hors-la-loi d'Arsène Lupin renvoient à des motifs clés du roman d'aventures. Les extraits suivants présentent quelques-uns des représentants majeurs du genre, et permettent de mieux entrevoir les exploits dont ses héros sont capables.

Le capitaine Nemo

Auteur prolifique de romans d'aventures, Jules Verne s'est notamment spécialisé dans les récits d'anticipation : se fondant sur les progrès scientifiques de son temps, l'écrivain s'est plu à imaginer le futur. Machines extraordinaires, voyages improbables et savants géniaux peuplent son œuvre. Moteur de l'action, la science nourrit ses romans, comme dans *Vingt Mille Lieues sous les mers* (1869-1870). Le héros de cette célèbre odyssée, le capitaine Nemo, est à la fois un aventurier qui parcourt les mers et un scientifique talentueux. Désireux de fuir la compagnie des hommes, cet explorateur des bas-fonds a bâti un sous-marin capable de détruire les navires lancés à sa poursuite. Dans notre extrait, il vient de couler le bateau qui transportait le professeur Aronnax et le harponneur Ned Land. Le capitaine a recueilli les naufragés à bord de son sous-marin.

« J'ai longtemps hésité, reprit le commandant. Rien ne m'obligeait à vous donner l'hospitalité. Si je devais me séparer de vous, je n'avais aucun intérêt à vous revoir. Je vous remettais sur la plate-forme de ce navire qui vous avait servi de refuge. Je m'enfonçais sous les mers, et j'oubliais que vous aviez jamais existé. N'était-ce pas mon droit ?

– C'était peut-être le droit d'un sauvage, répondis-je, ce n'était pas celui d'un homme civilisé.

– Monsieur le professeur, répliqua vivement le commandant, je ne suis pas ce que vous appelez un homme civilisé ! J'ai rompu avec la société tout entière pour des raisons que moi seul j'ai le droit d'apprécier. Je n'obéis donc point à ses règles, et je vous engage à ne jamais les invoquer devant moi ! »

Ceci fut dit nettement. Un éclair de colère et de dédain avait allumé les yeux de l'inconnu, et dans la vie de cet homme, j'entrevis un passé formidable. Non seulement il s'était mis en dehors des lois humaines, mais il s'était fait indépendant, libre dans la plus rigoureuse acception du mot, hors de toute atteinte ! Qui donc oserait le poursuivre au fond des mers, puisque, à leur surface, il déjouait les efforts tentés contre lui ? Quel navire résisterait au choc de son monitor sous-marin ? Quelle cuirasse, si épaisse qu'elle fût, supporterait les coups de son éperon ? Nul, entre les hommes, ne pouvait lui demander compte de ses œuvres. Dieu, s'il y croyait, sa conscience, s'il en avait une, étaient les seuls juges dont il pût dépendre.

Ces réflexions traversèrent rapidement mon esprit pendant que l'étrange personnage se taisait, absorbé et comme retiré en lui-même. Je le considérais avec un effroi mélangé d'intérêt et, sans doute, ainsi qu'Œdipe considérait le Sphinx[1].

Après un assez long silence, le commandant reprit la parole.

« J'ai donc hésité, dit-il, mais j'ai pensé que mon intérêt pouvait s'accorder avec cette pitié naturelle à laquelle tout être humain a droit. Vous resterez à mon bord, puisque la fatalité vous y a jetés. » [...]

Puis, d'une voix plus douce, il reprit :

« Maintenant, permettez-moi d'achever ce que j'ai à vous dire. Je vous connais, monsieur Aronnax. Vous, sinon vos compagnons, vous n'aurez peut-être pas tant à vous plaindre du hasard qui vous lie à mon sort. Vous trouverez parmi les livres qui servent à mes études favorites cet ouvrage que vous avez publié sur les grands fonds de la mer. Je l'ai souvent lu. Vous avez poussé votre œuvre aussi loin que vous le permettait la science terrestre. Mais vous ne savez pas tout, vous n'avez pas tout vu. Laissez-moi donc vous dire, monsieur le professeur, que vous ne regretterez pas le temps passé à mon bord. Vous allez voyager dans le pays des merveilles. L'étonnement, la stupéfaction seront probablement l'état habituel de votre esprit. Vous ne vous blaserez pas facilement sur le spectacle incessamment offert à vos yeux. Je vais revoir dans un nouveau tour du monde sous-marin – qui sait ? le dernier peut-être – tout ce que j'ai pu étudier au fond de ces mers tant de fois parcourues, et vous serez mon com-

---

1. Dans la mythologie grecque, créature mi-femme mi-lion. Elle terrorise la ville de Thèbes en tuant les voyageurs quand ils ne parviennent pas à résoudre l'énigme qu'elle leur propose. Œdipe réussit à trouver la solution à cette dernière (voir aussi note 3, p. 116).

pagnon d'études. À partir de ce jour, vous entrez dans un nouvel élément, vous verrez ce que n'a vu encore aucun homme – car moi et les miens nous ne comptons plus –, et notre planète, grâce à moi, va vous livrer ses derniers secrets. »

Je ne puis le nier, ces paroles du commandant firent sur moi un grand effet. J'étais pris là par mon faible, et j'oubliai, pour un instant, que la contemplation de ces choses sublimes ne pouvait valoir la liberté perdue. D'ailleurs, je comptais sur l'avenir pour trancher cette grave question. Ainsi, je me contentai de répondre :

« Messieurs, si vous avez brisé avec l'humanité, je veux croire que vous n'avez pas renié tout sentiment humain. Nous sommes des naufragés charitablement recueillis à votre bord, nous ne l'oublierons pas. Quant à moi, je ne méconnais pas que, si l'intérêt de la science pouvait absorber jusqu'au besoin de liberté, ce que me promet notre rencontre m'offrirait de grandes compensations. »

Je pensais que le commandant allait me tendre la main pour sceller notre traité. Il n'en fit rien. Je le regrettai pour lui.

« Une dernière question, dis-je, au moment où cet être inexplicable semblait vouloir se retirer.

– Parlez, monsieur le professeur.

– De quel nom dois-je vous appeler ?

– Monsieur, répondit le commandant, je ne suis pour vous que le capitaine Nemo[1], et vos compagnons et vous, n'êtes pour moi que les passagers du *Nautilus*. »

Jules Verne, *Vingt Mille Lieues sous les mers*,
GF-Flammarion, 2005.

1. Quels éléments font de Nemo un personnage « non civilisé » ?
2. En quoi se rapproche-t-il néanmoins d'Aronnax, professeur au Muséum d'histoire naturelle ?
3. En quoi l'aventurier se double-t-il ici d'un scientifique ?

---

1. ***Nemo*** : personne, en grec.

Long John Silver et la chasse au trésor

Digne représentant du roman d'exploration, Robert Louis Stevenson (1850-1894) a mis à l'honneur le roman de piraterie. Dans *L'Île au trésor* (1883), les richesses recherchées par les flibustiers et les explorateurs ne sont pas celles de l'esprit (la connaissance) ; elles se composent plutôt d'or et d'argent.

Le jeune Jim Hawkins a récupéré une carte indiquant la cachette du fabuleux trésor enfoui par la bande du capitaine Flint dans une île déserte. Il en suit la piste accompagné de Long John Silver, pirate reconnaissable à sa béquille et à son perroquet sur l'épaule. Alors que l'équipée se rapproche peu à peu de la précieuse cachette, les comportements se modifient...

On atteignit le premier des grands arbres ; mais la boussole montra que ce n'était pas le bon. De même pour le second. Le troisième s'élevait en l'air à près de deux cents pieds au-dessus d'un bois taillis ; ce géant végétal avait un fût rouge aussi épais qu'une maisonnette, et il projetait une ombre assez spacieuse pour y faire manœuvrer une compagnie. On l'apercevait du large, aussi bien à l'est qu'à l'ouest, et il aurait pu figurer comme amer[1] sur la carte.

Mais ce qui impressionnait mes compagnons, ce n'était pas sa taille, mais bien de savoir que sept cent mille livres en or se trouvaient enterrées quelque part dans l'étendue de son ombre. La pensée de l'argent, à mesure qu'ils approchaient, résorbait leurs terreurs de naguère. Leurs yeux flamboyaient, leur pas devenait plus vif et plus léger, leur âme entière était captivée par cette richesse qui les attendait là, et représentait pour chacun d'eux toute une vie de plaisir et de débauche.

Silver sautillait sur sa béquille avec des grognements ; ses narines dilatées frémissaient ; il sacrait[2] comme un fou quand les

1. ***Amer*** : objet fixe et visible qui sert de point de repère en mer.
2. ***Sacrait*** : jurait.

mouches se posaient sur son visage luisant de sueur ; il secouait rageusement la longe qui me reliait à lui, et de temps à autre tournait vers moi des yeux où luisait un regard assassin. Il ne prenait certes plus la peine de me cacher ses pensées, et je les lisais à livre ouvert. La proximité immédiate de l'or lui faisait oublier tout le reste : [...] il comptait bien s'emparer du trésor, retrouver l'*Hispaniola*[1] et l'aborder à la faveur de la nuit, massacrer tout ce qu'elle renfermait d'honnêtes gens, et remettre à la voile suivant ses intentions primitives, chargé de forfaits et de richesses.

Ces craintes m'accablaient, et j'avais peine à soutenir l'allure rapide des chercheurs de trésor. À tout moment, je trébuchais ; et c'est en ces occasions que Silver secouait si brutalement mon filin et me lançait ses regards meurtriers. Dick[2], qui marchait maintenant à notre suite et formait l'arrière-garde, parlait tout seul dans l'excitation de sa fièvre croissante, et mêlait les blasphèmes aux prières. Ma détresse s'en augmenta, et pour la couronner, mon imagination évoquait le drame qui s'était autrefois déroulé sur ce plateau, lorsque le flibustier à la face bleue – cet impie qui était mort à Savannah en chantant et réclamant à boire – avait de sa propre main égorgé ses six complices[3]. Je songeais aux hurlements qui avaient dû emplir alors ce bois aujourd'hui si paisible, et je me figurais presque les entendre résonner encore.

Nous arrivâmes à la lisière du taillis.

« Hardi, les gars, tous ensemble ! » cria Merry[4].

Et les plus avancés se mirent à courir.

Ils n'avaient pas fait dix toises[5], que nous les vîmes soudain s'arrêter. Un cri de désappointement[6] retentit. Silver redoubla de

---

1. ***Hispaniola*** : nom du navire affrété pour la chasse au trésor.

2. ***Dick*** est un pirate appartenant à la bande du capitaine Flint.

3. Il s'agit du pirate Billy Bones qui avait volé la carte du trésor de Flint. Jim, le narrateur, l'a rencontré dans une auberge où il se cachait.

4. ***Merry*** appartenait également à la bande de Flint.

5. Voir note 2, p. 216.

6. ***Désappointement*** : déception.

vitesse, piochant comme un possédé avec le bout de sa béquille, et un instant plus tard, lui et moi nous arrêtions net également.

Une large excavation[1] s'ouvrait devant nous. Elle datait déjà, car ses parois s'éboulaient, et de l'herbe avait crû au fond. Elle renfermait le manche d'une pioche cassé en deux et les planches éparses de plusieurs caisses. Sur l'une de ces planches je lus, imprimé au fer chaud, le mot *Walrus*, le nom du navire de Flint.

Tout était clair jusqu'à l'évidence. On avait découvert la cache et raflé son contenu : les sept cent mille livres s'en étaient allées.

Robert Louis Stevenson, *L'Île au trésor*, trad. Déodat Serval, coll. « Étonnants Classiques », 1999, rééd. 2007, p. 203-204.

1. Quels éléments dessinent un paysage exotique ?
2. Relevez les expressions qui comparent les pirates à des malades. Quel est l'effet recherché ?
3. À quoi voit-on que le narrateur est un jeune garçon ?

La fin d'un héros : le géant Porthos

Qu'il soit motivé par le désir de connaissances (Nemo) ou par l'appât du gain (Long John Silver), l'aventurier a le goût de l'exploration. Pour parvenir à ses fins, il tire souvent profit de ses facultés intellectuelles. Mais l'aventure serait bien fade si elle ne se résumait qu'à un pur jeu de l'esprit. Aussi les héros des romans populaires sont-ils également capables d'exploits physiques, à la manière des valeureux mousquetaires d'Alexandre Dumas (1803-1870) ou d'Arsène Lupin, qui est à la fois un maître du déguisement et une force de la nature. Si Dumas est célèbre pour avoir écrit *Les Trois Mousquetaires* (1844), il a donné une suite aux aventures d'Athos, de Portos, d'Aramis et de d'Artagnan, moins connue : *Vingt Ans après* (1845) et *Le Vicomte de Bragelonne* (1847). Dans ce dernier texte, les héros sont fatigués et disparaissent les uns après les

1. ***Excavation*** : trou, creux.

autres. Athos meurt de chagrin lorsqu'on lui annonce la mort de son fils, puis c'est au tour de Porthos de succomber. Dans l'extrait qui suit, le plus massif des mousquetaires a rejoint son ami Aramis pour engager une bataille contre les troupes du roi. Pourchassé dans la grotte de Locmaria, en Bretagne, il fait exploser un baril de poudre pour repousser ses assaillants.

Cet effroyable choc parut rendre à Porthos les forces qu'il avait perdues ; il se releva, géant lui-même entre ces géants. Mais, au moment où il fuyait entre la double haie de fantômes granitiques, ces derniers, qui n'étaient plus soutenus par les chaînons correspondants, commencèrent à rouler avec fracas autour de ce Titan[1] qui semblait précipité du ciel au milieu des rochers qu'il venait de lancer contre lui.

Porthos sentit trembler sous ses pieds le sol ébranlé par ce long déchirement. Il étendit à droite et à gauche ses vastes mains pour repousser les rochers croulants. Un bloc gigantesque vint s'appuyer à chacune de ses paumes étendues ; il courba la tête, et une troisième masse granitique vint s'appesantir entre ses deux épaules.

Un instant, les bras de Porthos avaient plié ; mais l'hercule réunit toutes ses forces, et l'on vit les deux parois de cette prison dans laquelle il était enseveli s'écarter lentement et lui faire place. Un instant, il apparut dans cet encadrement de granit comme l'ange antique du chaos ; mais, en écartant les roches latérales, il ôta son point d'appui au monolithe qui pesait sur ses fortes épaules, et le monolithe, s'appuyant de tout son poids précipita le géant sur ses genoux. Les roches latérales, un instant écartées, se rapprochèrent et vinrent ajouter leur poids au poids primitif, qui eût suffi pour écraser dix hommes.

---

1. Allusion aux divinités primordiales géantes (les Titans) de la mythologie gréco-romaine, fils d'Ouranos et de Gaïa, qui régnèrent un temps sur le monde, sous la direction de Cronos.

Le géant tomba sans crier à l'aide ; il tomba en répondant à Aramis par des mots d'encouragement et d'espoir, car un instant, grâce au puissant arc-boutant de ses mains, il put croire que, comme Encelade[1], il secouerait ce triple poids. Mais, peu à peu, Aramis vit le bloc s'affaisser ; les mains crispées un instant, les bras roidis[2] par un dernier effort, plièrent, les épaules tendues s'affaissèrent déchirées, et la roche continua de s'abaisser graduellement.

« Porthos ! Porthos ! criait Aramis en s'arrachant les cheveux, Porthos, où es-tu ? Parle !

– Là ! là ! murmurait Porthos d'une voix qui s'éteignait ; patience ! patience ! »

À peine acheva-t-il ce dernier mot : l'impulsion de la chute augmenta la pesanteur ; l'énorme roche s'abattit, pressée par les deux autres qui s'abattirent sur elle et engloutit Porthos dans un sépulcre de pierres brisées.

En entendant la voix expirante de son ami, Aramis avait sauté à terre. Deux des Bretons le suivirent un levier à la main [...]. Les derniers râles du vaillant lutteur les guidèrent dans les décombres.

Aramis, étincelant, superbe, jeune comme à vingt ans, s'élança vers la triple masse, et de ses mains délicates, comme des mains de femme, leva par un miracle de vigueur un coin de l'immense sépulcre de granit. Alors, il entrevit dans les ténèbres de cette fosse l'œil brillant de son ami, à qui la masse soulevée un instant venait de rendre la respiration. Aussitôt les deux hommes se précipitèrent, se cramponnèrent au levier de fer, réunissant leur triple effort, non pas pour le soulever, mais pour le maintenir. Tout fut inutile : les trois hommes plièrent lente-

1. ***Encelade*** : dans la mythologie gréco-romaine, un des Géants, fils d'Ouranos et de Gaïa, enseveli par la déesse Athéna sous le mont Etna. On lui attribuait les tremblements de terre et les éruptions du volcan (effets, racontait-on, respectivement de ses mouvements et de sa respiration).
2. ***Roidis*** : raidis.

ment avec des cris de douleur, et la rude voix de Porthos, les voyant s'épuiser dans une lutte inutile, murmura d'un ton railleur ces mots suprêmes venus jusqu'aux lèvres avec la suprême respiration :

« Trop lourd ! »

Après quoi, l'œil s'obscurcit et se ferma, le visage devint pâle, la main blanchit, et le Titan se coucha, poussant un dernier soupir.

Avec lui s'affaissa la roche, que, même dans son agonie, il avait soutenue encore !

Les trois hommes laissèrent échapper le levier qui roula sur la pierre tumulaire[1].

Puis, haletant, pâle, la sueur au front, Aramis écouta, la poitrine serrée, le cœur prêt à se rompre.

Plus rien ! Le géant dormait de l'éternel sommeil, dans le sépulcre que Dieu lui avait fait à sa taille.

Alexandre Dumas, *Le Vicomte de Bragelonne*,
Michel Lévy Frères, 1876.

1. À quels personnages mythologiques Porthos est-il comparé ? Pourquoi ?
2. Quel contraste est établi entre Aramis et Porthos ? Dans quel but ?
3. D'ordinaire, les héros de romans d'aventures ne meurent pas. Comment Dumas parvient-il malgré tout à préserver la grandeur de son personnage ?

1. ***Pierre tumulaire*** : pierre faisant office de tombeau.

Écriture d'invention

Rédiger une description

Imaginez qu'Arsène Lupin ne soit pas sauvé par Raymonde à la fin de *L'Aiguille creuse*. Inventez son agonie, le testament d'aventurier qu'il laisse. À la manière de Dumas pour Porthos, faites de l'Aiguille un tombeau digne du personnage.

Inventer un dialogue

Imaginez un dialogue entre Isidore Beautrelet, Sherlock Holmes, le chevalier Dupin et Monsieur Lecoq. Chacun défend sa manière d'enquêter et tente d'aider Beautrelet à arrêter Arsène Lupin.

Écrire une scène de roman

Arsène Lupin s'enfuit de l'Aiguille creuse à bord du *Nautilus*. Décrivez la rencontre entre le capitaine Nemo qui a rompu avec la société et Arsène Lupin le gentleman cambrioleur.

Pour aller plus loin

Les aventures d'Arsène Lupin imaginées par Maurice Leblanc

Les Aventures extraordinaires d'Arsène Lupin, éd. Jacques Derouard et Francis Lacassin, Omnibus, 2004-2005 (3 vol.).

Textes critiques

TADIÉ, Jean-Yves, *Le Roman d'aventures*, PUF, 1982.
RUAUD, André-François, *Les Nombreuses Vies d'Arsène Lupin*, Les moutons électriques, Lyon, 2008.

Adaptations à l'écran

Au cinéma

S. PORTER, Edwin, *Une aventure d'Arsène Lupin*, 1908 (avec William V. Ranous).

CONWAY, Jack, *Arsène Lupin*, 1932 (avec John Barrymore).

DIAMANT-BERGER, Henri, *Arsène Lupin détective*, 1937 (avec Jules Berry).

FITZMAURICE, George, *Le Retour d'Arsène Lupin*, 1938 (avec Melvyn Douglas).

BECKER, Jacques, *Les Aventures d'Arsène Lupin*, 1956 (avec Robert Lamoureux).

ROBERT, Yves, *Signé Arsène Lupin*, 1959 (avec Robert Lamoureux).

MOLINARO, Édouard, *Arsène Lupin contre Arsène Lupin*, 1962 (avec Jean-Pierre Cassel et Jean-Claude Brialy).

SALOMÉ, Jean-Paul, *Arsène Lupin*, 2004 (avec Romain Duris).

À la télévision

NAHUM, Jacques, *Arsène Lupin*, 1971-1974 (série en vingt-six épisodes, avec Georges Descrières).

ASTRUC, Alexandre, et LAUDENBACH, Roland, *Arsène Lupin joue et perd*, 1980 (adapté du roman *813*, avec Jean-Claude Brialy).

NAHUM, Jacques, *Les Nouveaux Exploits d'Arsène Lupin*, 1995-1996 (série en huit épisodes avec François Dunoyer).